Rieke Jost
In dunklen Wäldern

Das Buch

Der Fund einer Leiche im nordhessischen Habichtswald ruft die Kripo auf den Plan. Schnell finden Kommissarin Lodi Lenke und ihr Kollege Thomas Ziegler heraus, wer die Tote ist: Sonja Werkmann, deren Ehe nach heftigen Streitereien vor dem Aus stand. Ein Alibi hat ihr Ehemann nicht. Doch er bleibt nicht der Einzige, der ein Motiv haben könnte.

Dabei sind die Ermittlungen nicht Lodis einziges Problem. Obwohl sie und Thomas ein eingeschworenes Team sind, verschweigt sie ihm etwas. Denn Lodi wollte keinen Fuß mehr in einen Wald hineinsetzen. Aber genau das muss sie jetzt tun ...

Die Autorin

Rieke Jost ist 43 Jahre alt und studierte Romanistin. Sie ist im beschaulichen Marburg in Mittelhessen aufgewachsen, umgeben von Bergen und Wäldern. Außer für Flora und Fauna interessiert sie sich für zeitgenössische Kunst. Sie schwimmt gern in den zahlreichen Seen in ihrer Nähe und hat ein Faible für lange Fahrradtouren.

Als Kind wollte sie Kommissarin werden. Da dies nicht geklappt hat, schreibt sie heute Krimis und lässt ihre Protagonistin Lodi Lenke ermitteln, die ihr in vielen Dingen sehr ähnlich ist.

RIEKE JOST

IN DUNKLEN WÄLDERN

KRIMINALROMAN

LODI LENKE ERMITTELT

Deutsche Erstveröffentlichung bei
Edition M, Amazon Media EU S.à r.l.
38, avenue John F. Kennedy, L-1855 Luxembourg
Februar 2024
Copyright © der deutschsprachigen Ausgabe 2024
By Rieke Jost
All rights reserved.

Die Übersetzung dieses Buches wurde durch Amazon Crossing ermöglicht.

Umschlaggestaltung: Brian Barth, Berlin
Umschlagmotiv: © Olga Krämer / ArcAngel
1. Lektorat: Lektorat Kanut Kirches
2. Lektorat und Korrektorat: Rotkel Textwerkstatt
Gedruckt durch:
Amazon Distribution GmbH, Amazonstraße 1, 04347 Leipzig /
Canon Deutschland Business Services GmbH, Ferdinand-Jühlke-Straße 7,
99095 Erfurt /
CPI books GmbH, Birkstraße 10, 25917 Leck

ISBN 978-2-49671-499-9
eISBN 978-2-49671-498-2

www.edition-m-verlag.de

»So lasset uns ablegen die Werke der Finsternis und anlegen
die Waffen des Lichts.«
(Römer 13:12)

Mittwoch, früher Nachmittag, Wald

Plötzlich fühlte ihre Jacke sich zu eng an. Lodi öffnete hastig die oberen Knöpfe. Sie zerrte am Kragen ihres Pullovers und verschaffte sich Luft. Ihr Atem ging flach, Schweiß rann ihre Stirn hinunter. Mit dem Handrücken wischte sie ihn ab.

»Du siehst nicht gut aus«, sagte Thomas.

»Nein, alles okay«, erwiderte sie.

Ihr Kollege kaute weiter seinen Kaugummi und schaute ihr fest in die Augen. Er musste spüren, dass etwas nicht in Ordnung war.

Dann wandte er sich von ihr ab und konzentrierte sich auf die Tote. Wie immer, wenn sie an einen Tatort kamen, fischte er ein Döschen aus seiner Jacke, schraubte den Deckel ab und hielt es Lodi hin. Sie schüttelte den Kopf. Thomas hingegen schob zwei Finger in die Paste hinein und schmierte sich etwas davon unter die Nase. Sein Ritual, das in diesem Fall unnötig war, da Leichen an der frischen Luft selten rochen. Die, die zu ihren Füßen lag, tat es nicht.

Lodi hatte es befürchtet. Thomas und sie waren mit der Rufbereitschaft an der Reihe gewesen. Als man sie zum Fundort der Leiche im Habichtswald beordert hatte, waren sofort die Bilder in ihr aufgeblitzt. Im Büro und im Auto hatte sie sie noch unterdrückt, doch jetzt, bei diesem Anblick, drohten die Erinnerungen über sie hereinzubrechen.

Lodi hob den Kopf und ließ den Blick schweifen. Bloß auf andere Gedanken kommen, sich irgendwie beruhigen.

Menschen in Schutzanzügen schwirrten um sie herum. Spurensicherung, eine undankbare Aufgabe bei diesem Wetter, denn der tagelange Novemberregen hatte den Fundort in eine Schlammlandschaft verwandelt. Bis zu den Knöcheln versanken die Kollegen im Morast, ihre Overalls färbten sich matschbraun.

Lodi schaute zum Himmel. Über ihnen hing eine Wand aus pechschwarzen Wolken. Dicke Tropfen prasselten auf die Blätter am Boden, ein endloser Trommelwirbel. Dazu der Geruch von nassem Laub und Erde, der feine Duft von Heidekraut, Frauenfarn und Zittergras.

Thomas ging in die Hocke. Aus seiner Gesäßtasche baumelten Plastikhandschuhe, er zog sie heraus und streifte sie über.

»Sie ist gewürgt worden«, stellte er fest. Er zeigte auf den Hals des Opfers. Behutsam hob er den Kopf der Frau an und drehte ihn zur Seite. Eine blutige Stelle zwischen Hinterkopf und Schädeldecke kam zum Vorschein. »Sie hat einen heftigen Schlag abbekommen, wahrscheinlich die Todesursache.«

Lodi nickte mechanisch. Sie versuchte, ihre Gedanken zu sortieren, sich auf das Hier und Jetzt zu konzentrieren. Doch da waren zu viele Parallelen. Ihre Mutter hatte eine ähnliche Verletzung gehabt, und auch sie hatte einen weinroten Mantel getragen. Außerdem musste die Frau etwa gleich alt gewesen sein, darauf deuteten ihre nicht mehr jugendlichen, aber immer noch straffen Gesichtszüge hin. Ihre Mutter war fünfunddreißig gewesen, als ihr Mörder sie aus dem Leben gerissen hatte, drei Jahre jünger als Lodi heute.

Da hörte sie Schritte neben sich. Sie drehte sich um, es war Richard. Fast hätte sie ihren Kollegen nicht erkannt, denn durch die geschnürte Kapuze war nur ein Ausschnitt seines Gesichts zu sehen.

»Wir wissen noch nicht, wer sie ist«, sagte er. »Die Vermisstenanzeigen haben wir schon geprüft.«

Thomas drückte sich aus den Knien hoch. »Dann hoffen wir, dass wir es schnell herausbekommen.«

Rascheln weckte Lodis Aufmerksamkeit. Eine Kröte kroch aus dem Ärmel des Mantels, verharrte einen Moment und schien sie anzuschauen. »Entschuldigt mich«, sagte sie, »ich muss kurz …« Sie drehte sich um und schwankte davon. Thomas rief ihr hinterher, doch seine Nachfragen wischte sie mit erhobener Hand beiseite. Erst als sie sich weit genug entfernt hatte, als die Szenerie nur noch eine Andeutung zwischen den kahlen Bäumen war, fiel sie auf die Knie.

Es überkam sie wie ein plötzliches Fieber. Sie presste die Hände aufs Gesicht, schluchzte auf. Bilder, die Fragmente ihrer Erinnerung, vermengten sich zu einem Brei, der keinen klaren Gedanken mehr zuließ.

* * *

»Was war da eben mit dir los?«, fragte Thomas.

Lodi drehte sich nicht zu ihm um. Den Kopf auf die Faust gestützt, lehnte sie am Beifahrerfenster und sah nach draußen auf die Landschaft. Farblose Felder, auf den Wegen trotteten vermummte Menschen mit hängenden Köpfen. Die Straße, auf der sie fuhren, ertrank im Regen. Ein Traktor tuckerte vor ihnen her und wirbelte eine riesige Gischt auf, die Scheibenwischer kämpften auf höchster Stufe gegen sie an. Thomas versuchte zu überholen, doch bei dem Gegenverkehr kam er nicht vorbei und scherte fluchend wieder ein.

Gern hätte Lodi ihren Kollegen angesehen und ihm geantwortet. Aber sie konnte es nicht, die Eindrücke waren noch zu frisch. Dort im Wald hatte sie sich gefühlt wie fremdgesteuert, als hätte die Angst ihr Gehirn geflutet und die Kontrolle über sie ergriffen.

Sie angelte sich eine Wasserflasche aus dem Fußraum. Setzte an und trank einen Schluck.

Irgendetwas musste sie Thomas sagen. Nicht die Wahrheit, nicht, dass sie heute seit fünfundzwanzig Jahren zum ersten Mal wieder einen Wald betreten hatte. Früher hatte sie es geliebt, dort zu sein, und diese Wunderwelt der Natur mit ihren Sinnen zu erkunden. Stundenlang hatte sie unter den Bäumen gelegen, den Zweigen bei ihrem Auf und Ab im Wind zugesehen oder zwischen den Kronen hindurch die Wolkenrennen am Himmel bestaunt. Manchmal hatte sie auch den Tieren gelauscht, dem Surren der Bienen und Hummeln, den Gesprächen der Vögel oder den Rehen, die sich durchs Geäst pirschten.

Dann war das Unfassbare geschehen. Doch Thomas davon zu erzählen, hätte nur alles verkompliziert. Trotzdem, irgendeine Erklärung war sie ihm schuldig.

»Ich fühle mich schon seit Tagen etwas schwach«, log sie. »Vielleicht ist eine Erkältung im Anmarsch.«

Vorerst gab Thomas sich zufrieden, und für den Moment war Lodi das genug. Still folgten sie den nassen Serpentinen, die sich durch die Ausläufer des Wilhelmshöher Bergparks wanden.

»Sie hat kein Portemonnaie bei sich gehabt.« In der Zeit, als Lodi weg gewesen war, hatte Thomas den Mantel der Toten durchsucht. »Was verrät uns das?«

»Könnte viele Gründe haben. Vielleicht hat sie es einfach vergessen, musste schnell aus dem Haus.«

»Dann hat sie wohl nicht damit gerechnet, lange weg zu sein.«

»Das könnte wiederum bedeuten, dass sie nicht weit vom Fundort entfernt gewohnt hat.«

Thomas wog den Kopf hin und her. »Möglich.«

Lodis Gedanken waren nun wieder ganz bei ihrem neuen Fall angekommen.

* * *

Er kam ihrer Bitte nach und setzte sie zu Hause ab. Sie streifte sich ihre Kapuze über und stieg aus.

Thomas fuhr das Fenster runter. »Hey, kurier dich aus, okay? Trink 'nen Tee, leg dich in die Wanne.«

»Du fährst zurück zur Dienststelle?«

Er nickte. »Falls was passiert, ruf ich durch.« Ein kritischer Blick. »Diensthandy?«

Sie tippte an ihre Jackentasche.

»Super. Also dann …« Er fuhr das Fenster wieder hoch und rollte davon.

Lodi ging zum Hauseingang und blickte die Fassade hinauf. Die Malerarbeiten waren immer noch nicht abgeschlossen. Zwar erstrahlten die oberen Etagen des Mehrfamilienhauses bereits in dem zarten Rosa, für das sich die Hausgemeinschaft entschieden hatte, die unteren mussten allerdings noch gestrichen werden.

Noch viel dringlicher fehlte dem Gebäude jedoch ein Fahrstuhl. Auch heute graute es Lodi vor den Treppen, die immer endloser wurden, je höher man vorankam. Sechster Stock, Altbau. Bei der Hälfte legte sie eine Verschnaufpause ein.

Dann weiter. Oben angekommen, schloss sie sich in ihrer Wohnung ein und zog bequeme Kleidung an. Die erste Stunde nach dem Dienst verbrachte sie meistens auf ihrer Dachterrasse. Aber heute war sie zu müde, sie wollte nur kurz nachsehen, ob alles in Ordnung war. Sie kletterte die Leiter zum Dachfenster hoch und schaute hindurch. Nach wie vor verhüllten dichte schwarze Wolken den Himmel.

Lodi stieg wieder hinunter und ging zur Couch. Erschöpft ließ sie sich fallen und vergrub sich in den Kissen.

Die Frau. Der Mantel. Der Wald. Allmählich zerflossen die Bilder vor ihrem geistigen Auge wie ein verwässertes Aquarell.

Mittwoch, früher Abend, Wohnung

Ein fernes Klingeln, Lodi schreckte hoch. Sie brauchte einen Moment, um sich zu sammeln.

Das Diensthandy! Sie eilte zur Garderobe hinüber, griff in die Tasche ihres Mantels und nahm ab. »Lenke?«

»Ich bin's.«

»He, Thomas, was …« Sie streckte das Handy kurz von sich und schaute aufs Display, es war erst zehn nach sieben.

»Hast du geschlafen?«

»Ein wenig. Aber mir geht's schon besser.«

»Wir haben einen Hinweis bekommen. Eine ältere Dame, Frau Bartsch, hat bei den Kollegen in Wilhelmshöhe angerufen, sie wohnt dort in der Seniorenresidenz. Ihre Tochter besucht sie jeden Tag, ist aber gestern und heute nicht aufgetaucht. Außerdem ist eine Streife am Waldrand auf einen verwaisten SUV gestoßen. Er ist auf den Mann der Tochter zugelassen.«

»Wer ist sie?«

»Sonja Werkmann, dreiunddreißig, verheiratet, ein Kind.«

Lodi schluckte. Zwei Jahre jünger als ihre Mutter damals, dort im Wald hatte sie richtig vermutet. Wieder flackerten Bilder auf, frische und vergangene, sie verflossen ineinander.

»Wir sollten hinfahren, ich hole dich ab. Zehn Minuten?«

»Ich warte unten vor der Tür.«

* * *

Pünktlich bog Thomas um die Ecke. Lodi rieb sich die kältesteifen Hände. Als er vor dem Haus hielt, vergrub sie sich wieder unter ihrer Kapuze und stieg ein.

»Bestes Wetter, um zu einem Leichenfund im Wald zu ermitteln, was?«, begrüßte er sie. Beim K11 war er bekannt für seine locker sitzenden Sprüche. Manchmal schoss er mit ihnen auch übers Ziel hinaus, dann wirkten sie bestenfalls deplatziert. Lodi hatte ihren Umgang damit gefunden, indem sie sie nicht kommentierte, wie in diesem Fall.

Sie verließen den von Häusern aus der Gründerzeit geprägten Stadtteil Vorderer Westen und gelangten geradewegs nach Wilhelmshöhe. In engen Windungen schlängelte sich die Straße bergauf.

»Nicht gerade ein sozialer Brennpunkt«, kommentierte Thomas, während sie durch die Villenkolonie am Mulang fuhren.

Er hatte recht, man musste es sich leisten können, hier zu wohnen: im teuersten Bezirk der Stadt, der zugleich ein Kurort war. Die Pagode, an der sie vorbeifuhren, erinnerte daran, dass dieses Viertel früher ein chinesisches Dorf gewesen war und den Namen *Mou-lang* getragen hatte.

Einige Kurven und Höhenmeter später bogen sie in eine Seitenstraße ab. Sie parkten vor einer Fachwerkvilla mit angebautem Turm, stiegen aus und gingen zum Gartentor hinüber.

Es wurde von zwei Hecken flankiert und war in eine Steinmauer mit bewachsenem Rundbogen eingelassen.

Lodi blickte die Straße hinauf. Eine für das nasskalte Wetter erstaunlich dünn bekleidete ältere Dame mit rot gefärbten Haaren und quietschgrüner Jacke spazierte auf sie zu. An der Leine in ihrer einen Hand zerrte sie einen struppigen Havaneser hinter sich her, in der anderen hielt sie einen Regenschirm.

»Kein Name auf der Klingel«, bemerkte Thomas.

Lodi stellte sich neben ihn. »Adresse stimmt?«

»Ist das richtige Haus.«

»Dann versuch es.«

Er klingelte, sie konnten den schrillen Ton sogar von draußen hören. Wenn jemand zu Hause war, musste er es mitbekommen haben.

Doch es geschah nichts. Keine Bewegung hinter den gardinenverhangenen Fenstern, keine Geräusche hinter den Fachwerkmauern, kein Licht. Die Villa verharrte im Tiefschlaf.

»Entschuldigen Sie bitte«, stoppte Lodi die ältere Dame, als diese auf ihrer Höhe angekommen war. »Das ist das Haus der Familie Werkmann, richtig?«

Sie zuckte mit den Schultern. »Keine Ahnung, die haben sich mir nie vorgestellt.« Mit einem Ruck gab sie ihrem störrischen Begleiter die Sporen. »Sind nicht gerade die offensten Nachbarn, da könnense lange klingeln. Ich hab's auch öfter mal versucht. Dafür haben sie sich oft gestritten.«

Bei diesem Stichwort zückte Thomas umgehend sein Diensthandy und öffnete die Notizen-App. »Wie haben Sie von diesen Streitigkeiten mitbekommen, Frau …?«

Die Dame trat einen Schritt zurück und musterte ihn. »Polizei?«

»Kripo«, antwortete Lodi.

15

Sie nickte. »Ich hab mir schon gedacht, dass Sie irgendwann hier auftauchen.« Mit dem Kinn deutete sie auf die Villa. »Im Vorbeigehen hab ich oft Geschrei gehört.«

»Haben Sie verstanden, worum es dabei ging?«

»Nein. Aber es klang, als seien Gegenstände geflogen.«

Thomas hielt ihre Aussage fest. »Wissen Sie, wo wir Herrn Werkmann finden könnten?«

Sie schaute zum Himmel und kräuselte die Stirn. »Ich glaube, er ist Arzt in der Klinik, unten an der Straße. Mein Blacky und ich gehen öfter hier spazieren, da hab ich ihn manchmal in einem weißen Kittel ins Auto steigen sehen.«

»Okay, wir überprüfen das. Haben Sie vielen Dank, Sie haben uns sehr weitergeholfen, Frau …?«

»Seidel, Elfriede.«

»Sie wohnen auch hier in der Nähe?«

Sie nahm ihren Schirm herunter und deutete mit der Spitze in die Rischtung eines Mehrfamilienhauses einige Hundert Meter weiter. »Da drüben, in der Fünf.«

Thomas notierte auch diese Information und ließ das Smartphone anschließend zurück in die Hosentasche gleiten.

»Danke sehr, Frau Seidel. Falls wir Fragen haben, würden wir mit Ihrer Erlaubnis gern auf Sie zukommen.«

Sie nickte knapp.

Dann zog sie davon und verschwand am Ende der Straße durch einen der Zugänge im Bergpark. Blacky wehrte sich weiterhin nach Kräften, es sah aus, als würde die Dame ihn hinter sich herschleifen wie eine Sträflingskugel.

»Mit dem Auto runterfahren?«, fragte Thomas. »Nicht dass deine Erkältung so richtig ausbricht.«

* * *

Die Fahrt verlief schweigend. Lodi verfiel ins Grübeln.

Auch ihre Eltern hatten sich häufig gestritten. Gegenstände waren bei ihnen zwar nicht geflogen, aber die Worte, die Lodi trotz geschlossener Tür verstanden hatte, waren schlimm genug gewesen. Dann hatte sie sich stets in ihrem Zimmer verkrochen, mit tränenfeuchtem Gesicht auf dem Boden gekauert und sich die Hände auf die Ohren gepresst. Hatte gehofft, dass es bald vorüber sein würde.

Vielleicht auch deshalb war sie ein in sich gekehrter Teenager gewesen, den viele sonderbar fanden. Sie hielten sie für nicht normal, und das nur, weil sie sich für andere Dinge interessierte als sie. *Das Waldmädchen* nannten sie sie, wechselten die Straßenseite, wenn sich ihre Wege kreuzten, und tuschelten. Allerdings mochte Lodi den Namen damals, in ihren Augen passte er zu ihr.

Wenig später kamen sie an der Klinik an, stellten sich kurz unter das Vordach und betraten das Gebäude dann durch den Steinbogen. Das Foyer erstrahlte in hellen Farben, Weiß, Vanille und Sandgelb. Auf den Marmorfliesen funkelte das Licht eines Kronleuchters, darüber erstreckten sich Perserteppiche, während weiter hinten ein Korridor mit Parkett abzweigte. Palmen beschirmten eine gemütliche Sitzecke.

Thomas wies zum Empfang hinüber. Zwischen Bildschirmen und deckenhohen Säulen beugte sich eine Blondine über den Tresen und schenkte ihnen ein professionelles Lächeln.

»Guten Tag, und willkommen in unserer Klinik«, begrüßte sie sie. Ihre Wangen waren gerötet wie nach einem Spaziergang an einem Wintertag. Während sie auf eine Reaktion wartete, zupfte sie ihr hellblaues Hemd mit dem Kliniklogo zurecht und streifte sich ihre Haare hinter die Ohren. Der Anstecker an ihrer Brust verriet ihren Namen: Charlotte Hinz.

Lodi und Thomas zückten ihre Dienstausweise.

»Kripo«, kommentierte die Frau. »Ist etwa jemand …? Es ist doch wohl nichts Schlimmes passiert?«

17

»Wir suchen Martin Werkmann«, erklärte Lodi. »Arbeitet er hier?«

»Ja, er ist …« Frau Hinz zeigte auf den Durchgang zum Verwaltungstrakt. »Hat er … Ich meine … Was ist los?«

»Das möchten wir vertraulich mit ihm besprechen«, sagte Thomas. »Wären Sie so freundlich, uns zu ihm zu bringen?«

»Ja, natürlich.«

Ohne ein weiteres Wort kam sie um den Tresen herum und ging mit schnellen Schritten voran. Lodi und Thomas folgten ihr durch die Halle, dann durch die Glastüren in den dahinterliegenden Korridor. Sie gingen auf einen adrett gekleideten, schlanken und hoch gewachsenen Mann im Anzug zu, der vor einer der hinteren Türen stand und gerade in seinen Mantel schlüpfte.

»Das muss er sein«, flüsterte Lodi.

Frau Hinz war wesentlich kleiner, er beugte sich zu ihr herunter. Sie wirkten vertraut miteinander.

»Herr Werkmann«, sagte Thomas kraftvoll. Der Mann sah zu ihnen auf und wartete. Fragen standen ihm ins Gesicht geschrieben. Und nackte Angst. »Wir würden uns gern mit Ihnen unterhalten.«

»Ich war gerade auf dem Weg nach Hause«, erklärte er. »Um was geht's denn?«

»Um Ihre Frau. Sie wurde heute als vermisst gemeldet.«

»Vermisst?« Er schüttelte den Kopf. »Wer hat …«

»Ihre Schwiegermutter.«

Sein Gesicht entspannte sich. »Es passt ihr nicht, wenn sie nicht jeden Tag Besuch bekommt.«

»Wir würden trotzdem gern in Ruhe mit Ihnen sprechen.«

»Wie gesagt, ich wollte gerade nach Hause gehen.«

»Draußen schüttet es wie aus Eimern.« Lodi deutete über die Schulter. »Wir nehmen Sie mit.«

Mittwoch, späterer Abend, Haus der Familie Werkmann

Er kam mit drei Gläsern und einer Flasche Wasser an den Tisch und goss ein. »Ich hoffe, Sie verzeihen mir meine Reaktion in der Klinik.« Er zog sich einen Stuhl heran, setzte sich und versuchte sich an einem Lächeln. Als er sein Glas hob, zitterte seine Hand, und er setzte es wieder ab.

»Bitte entschuldigen Sie, ich bin immer noch ganz … Ich hatte noch nie mit der Polizei zu tun.« Er drückte den Rücken durch. »Wie kann ich Ihnen behilflich sein?«

Thomas sah sich flüchtig um. Lodi nahm an, dass er nach einem Familienfoto suchte. Doch auf den Möbeln standen nur Staubfänger und abstrakte Skulpturen, und statt mit Bildern waren die Wände mit kunstvollen Zeichnungen dekoriert.

»Haben Sie ein Foto von Ihrer Frau?«, fragte Thomas.

»Ja, ich … Auf meinem Handy.« Werkmann zog das Smartphone aus der Hosentasche, entsperrte es und wischte eine Weile übers Display. »Das ist das aktuellste, das ich habe.«

Thomas nahm das Handy an sich. Er betrachtete das Foto und hielt es Lodi hin. Sie schluckte. Mit einem Mal spürte sie einen Kloß im Hals.

Die Frau auf dem Bild lächelte in die Kamera. Ihr Gesicht war das lebendige Gegenstück zu dem, das im Wald zu ihren Füßen gelegen hatte. Auch wenn ihnen der Beweis noch fehlte, handelte es sich mit sehr hoher Wahrscheinlichkeit um die Tote. Ein DNA-Abgleich würde ihnen Gewissheit bringen.

Lodi war gespannt, wie Thomas reagieren würde. Ihre Intuition verriet ihr, dass es noch zu früh war, Werkmann über den Tod seiner Frau zu informieren. Zunächst interessierte sie, was er über das Verschwinden seiner Frau erzählen würde.

»Danke sehr«, sagte ihr Kollege und gab Werkmann das Smartphone zurück. Er nahm sein eigenes zur Hand und öffnete die Notizen. »Wann haben Sie Ihre Frau zum letzten Mal gesehen?« Offensichtlich teilte er Lodis Einschätzung, was den richtigen Zeitpunkt anging.

»Vorgestern Abend.«

»Wann und wo?«

»Wir haben hier zu Abend gegessen, so gegen halb neun.«

»Okay, und danach?«

»Dann habe ich mich vor den Fernseher gesetzt. Ich schaue gerade eine spannende Serie, die im Zweiten Weltkrieg spielt. *Band of Brothers.*«

Weder Lodi noch Thomas reagierten auf diesen Ablenkungsversuch.

Werkmann hustete sich in die Faust. »Wie auch immer, ich bin auf dem Sofa eingeschlafen. Irgendwann habe ich mich dann ins Bett gelegt.«

»Wann genau ist das gewesen?«

»Keine Ahnung. Halb elf, schätze ich.«

»Wo hat sich Ihre Frau zu diesem Zeitpunkt aufgehalten?«

»Das …« Werkmann kratzte sich am Kopf. »Das kann ich Ihnen nicht sagen.«

»Wie meinen Sie das? Das müssen Sie uns erklären.«

»Ich vermute, sie war bei ihrer besten Freundin. Wahrscheinlich ist sie immer noch da.«

»Haben Sie einen Namen für uns? Adresse, Telefonnummer?«

»Sie heißt Julia Gersten und wohnt in Lohfelden.« Thomas tippte den Namen ein. »Die genaue Adresse kenne ich nicht, und ihre Telefonnummer schon gar nicht.«

Er sah zu ihm auf. »Sie klingen nicht so, als würden sie viel von dieser Freundin halten?«

»Pff«, zischte Werkmann. Er runzelte die Stirn und lehnte sich mit verschränkten Armen zurück. »Fragen Sie nicht, diese Frau ist ein Aas.«

Thomas ließ es dabei bewenden. »Gut, wir sprechen mit Frau Gersten und klären das.«

Ein prüfender Blick zu Lodi, sie nickte. Jetzt war auch für sie der richtige Zeitpunkt gekommen.

Thomas steckte sein Handy weg und faltete seine Hände im Schoß. Lodi kannte ihn gut, sie wusste, dass er seine Stimme nun in ihren einfühlsamen Modus schalten würde. Er holte tief Luft.

»Herr Werkmann, wir müssen Ihnen leider mitteilen, dass Ihre Frau sehr wahrscheinlich einem Tötungsdelikt zum Opfer gefallen ist.« Er presste kurz die Lippen zusammen. »Es tut mir sehr leid.«

Lodis Blick schwenkte zu dem Witwer hinüber.

Werkmann reagierte anders, als sie erwartet hatte. Die Nachricht vom Tod seiner Frau ließ den Ausdruck in seinem Gesicht gefrieren. Stück für Stück, wie in Zeitlupe, sank er wortlos auf dem Stuhl in sich zusammen.

»Herr Werkmann?«, sprach Thomas ihn behutsam an. »Haben Sie verstanden, was ich Ihnen mitgeteilt habe?«

Es dauerte weitere reglose Sekunden, bis ihr Gegenüber ein leises »Ja« krächzte.

»Bis wir die Identifikation abgeschlossen haben, bitte ich Sie, die Stadt nicht zu verlassen. Außerdem brauchen wir eine DNA-Probe. Haare, eine Zahnbürste …«

Werkmann nickte kaum merklich. »Ich …« Schon beim ersten Wort versagte ihm die Stimme. Er hielt inne und glitt mit einer Hand über seinen Hals. »Warten Sie, ich hole Ihnen etwas.«

* * *

Thomas lehnte sich an die offene Autotür und nickte zur Villa hinüber, in seiner Hand baumelte das Plastiktütchen mit Zahnbürste. Lodi hatte bereits wieder auf dem Beifahrersitz Platz genommen.

»Du hast das Foto gesehen«, sagte er. »Sie ist es.«

Kurzes Schweigen, dann wedelte er mit dem Tütchen.

»Ich schicke die Probe heute noch zum LKA. Die Kriminaltechnik soll einen DNA-Abgleich vornehmen.«

Lodi brummte zustimmend. »Morgen früh Rechtsmedizin?«, fragte sie.

»Ja, danach sind wir schlauer.«

Thomas ließ sich auf den Fahrersitz sinken und legte die Probe in der Mittelkonsole ab. Er startete den Motor, wendete in einer Auffahrt und steuerte sie anschließend die Mulangstraße hinunter. Die Dunkelheit verhüllte die Welt hinter Lodis Fenster, sie lag auf ihr wie ein Überwurf. Die Häuser waren nur noch zu erahnen, angedeutete Erinnerungen an ihre Hinfahrt, Bruchstücke im gelblichen Schimmer der Straßenbeleuchtung. Obwohl der Starkregen aufgehört hatte, flossen immer noch nur langsam versiegende Sturzbäche die Straße bergab.

Lodi verlor sich in Gedanken. Auch ihr Vater hatte nicht die Polizei alarmiert, nachdem ihre Mutter verschwunden war. Er hatte genauso argumentiert wie Werkmann. Dass er geglaubt habe, sie sei zu einer Freundin gefahren, sich ausheulen. Dass er davon ausgegangen sei, sie würde sich beruhigen und zurückkommen, denn es wäre nicht das erste Mal.

Schweigend fuhren sie nun die Wilhelmshöher Allee hinunter. In der Ferne strahlte das erleuchtete Vordach des Bahnhofs, wie ein Fixpunkt auf ihrem Weg zurück zum Präsidium. An einer roten Ampel mussten sie warten, das Geräusch des Blinkers wie eine rhythmische Untermalung, die die Situation im Wagen noch bedrückender werden ließ. Selten hatte sich Lodi so auf ihren Feierabend gefreut wie heute.

Donnerstag, 08:55 Uhr, Germaniastraße

Als würde ein Fluch auf dem Wetter liegen. Lodi schaute nach oben. Zwar hatte der Regen über Nacht aufgehört, aber der immer noch tiefschwarze Himmel verhieß bereits seine baldige Rückkehr.

Sie stand vor dem Neubau, in dem sich das Institut für Pathologie befand. Obwohl das Bürogebäude nur wenige Hundert Meter von ihrer Wohnung entfernt lag, war sie zu früh losgegangen. Um die Wartezeit zu überbrücken, holte Lodi ihr Handy heraus. Sie scrollte durch die Nachrichten des jungen Tages, doch bisher war noch nicht viel passiert. Bloß ein paar Meldungen aus der Politik, die sie überflog.

Sie wollte vermeiden, sich an gestern zu erinnern. Dennoch ergriffen die Gedanken nun wieder Besitz von ihr. Dort im Wald war ihre Vergangenheit über sie hereingebrochen, Realität und Erinnerung hatten sich auf unheilvolle Weise vermischt. Das hatte sie handlungsunfähig und Thomas skeptisch gemacht, und ein solcher Ausrutscher durfte ihr nie wieder passieren.

Bei diesem Gedanken kam ihr Norbert in den Sinn. Lodi hatte ihn auf ihrer ersten Weiterbildung getroffen, wenige

Monate nachdem sie als frischgebackene Kriminalkommissarin von der Hessischen Hochschule für Polizei und Verwaltung abgegangen war. Als diplomierter Psychologe hatte Norbert das Seminar *Mentale Belastungen im Polizeiberuf* geleitet. Bei den Gruppentreffen am Abend hatten sie sich gut verstanden und beschlossen, in Kontakt zu bleiben, und so war aus einer dienstlichen Verbindung eine Freundschaft erwachsen. Inzwischen praktizierte Norbert als Psychotherapeut, er würde ihr mit Sicherheit helfen.

Lodi schob ihre Erinnerungen beiseite und blickte die Germaniastraße hinunter. Als hätte sie seine Ankunft gespürt, bog Thomas wenige Augenblicke später um die Ecke und kam auf sie zu.

»Na, Frau Kollegin, Erkältung noch einmal abgewendet?«, begrüßte er sie. Er wartete ihre Antwort allerdings nicht ab, sondern sprach unvermittelt weiter: »Ich hab den Wagen vorm Supermarkt abgestellt, unten am Wehlheider Platz. Schon mal versucht, im Vorderen Westen einen Parkplatz zu finden? Katastrophe.«

»Deshalb fahre ich Fahrrad«, antwortete Lodi.

»Um dich dann darauf zu erkälten.« Er zwinkerte. »Apropos, du siehst schon besser aus als gestern. Gut geschlafen, trotz der Aufregung?«

»Ja«, log Lodi.

Tatsächlich hatte sie eine furchtbare Nacht hinter sich. Herumwälzen, Grübeln, Albträume. Mehrmals war sie schweißgebadet aufgewacht. Dass sie angeblich gesünder aussah als am Vortag, schrieb sie Thomas' Hang zu charmanten Unwahrheiten zu.

»Was ist mit Wiesbaden?«, fragte sie. »Hast du die Probe per Eilkurier geschickt?«

»Ist unterwegs. Der Kollege von der Kriminaltechnik hat aber um etwas Geduld gebeten, die gehen personalmäßig auf dem Zahnfleisch. Könnte also ein paar Stunden länger dauern.«

Sie betraten das Gebäude und meldeten sich am Empfang an. Das private Institut existierte noch nicht lange, und Leichenschauen wurden hier nur in Ausnahmen durchgeführt. Wie in diesem Fall, weil auch die eigentlich zuständige Rechtsmedizin überlastet war. Lodi und Thomas waren zum ersten Mal hier.

Wenige Minuten später holte sie ein kleiner, korpulenter Mann mit Arztkittel im Eingangsbereich ab. Dr. Jan-Henrik Wittmann trug eine breite Holzbrille, die große Teile seines fahlen, tropfenförmigen Gesichts verdeckte. Dafür wachten hinter den nicht minder dicken Gläsern flinke, scharfsinnige Augen, die verrieten, dass sie schon einiges gesehen hatten. Wittmanns Haare standen in alle Richtungen ab und komplettierten das Bild eines Mannes, in dem hohe Intelligenz, Verwirrung und Sozialphobie symbiotisch verschmolzen.

Er führte Lodi und Thomas zum Sektionssaal. Im Vorraum schlossen sie sämtliche Gegenstände, die sich bei sich trugen, in Schließfächern ein. Sie zogen Kittel an, bedeckten Mund und Nase mit medizinischen Masken, streiften sich Haarnetze und Füßlinge über und betraten anschließend den Saal. Im Licht der Deckenstrahler glänzten die Untersuchungstische metallisch-silbrig, sie waren bis auf den letzten Platz belegt. Unter den pastellgrünen Leichentüchern zeichneten sich die Wölbungen der Körper ab.

»Sie liegt hier«, lenkte Dr. Wittmann die Aufmerksamkeit der Kommissare auf einen der hinteren Tische. Sie stellten sich in gebührendem Abstand daneben, und ohne Vorwarnung zog der Mediziner das Tuch herunter.

Lodi hörte ein Schlucken. Sie schielte zu Thomas hinüber, auf seiner Stirn glitzerten Schweißperlen. Im Unterschied zu gestern, als sie den Leichnam im Wald begutachtet hatten, lag er nun unbekleidet vor ihnen. Ein Anblick, an den auch sie sich trotz ihrer Dienstjahre noch nicht gewöhnt hatte. Immerhin hatte sie inzwischen gelernt, es besser zu verbergen.

Wittmann schien Thomas' Reaktion nicht zu bemerken. Er schnappte sich ein Klemmbrett und berichtete von seinen Ergebnissen. »Bei der Toten handelt es sich um eine weibliche Person Anfang dreißig. Bei der Einlieferung trug sie einen weinroten Caban-Mantel, darunter ein Business-Kostüm und schwarze Stiefeletten.«

»Lässt sich daraus etwas ableiten?«, fragte Lodi.

»Hm. Sie wurde im Wald gefunden, richtig?«

»Korrekt. Im Habichtswald, um genau zu sein.«

»Das passt zu den Spuren von Laub und Erdreich, die wir gefunden haben.« Wittmann zog den Kuli von der Klemmvorrichtung ab und legte ihn an seine Lippen. »Das ist natürlich spekulativ, aber aufgrund der Kleidung vermute ich, dass sie sich nur kurz im Wald aufhalten wollte.«

»Hört sich logisch an«, klinkte sich Thomas ein. Seine Stimme klang belegt, als kostete es ihn Überwindung zu sprechen. »Weitere Erkenntnisse?«

»Die Qualität der Kleidung spricht dafür, dass wir es mit einer gut situierten Person zu tun haben.«

»Caban-Mantel, darunter ein Business-Kostüm«, fasste Lodi zusammen. »Das klingt entweder nach einem eleganten Stil oder nach einem wichtigen Termin, zu dem sie unterwegs war.«

»Könnte man so sehen.«

Thomas rückte näher an den Tisch heran und beugte sich über den Leichnam. »Todesart, Zeitpunkt und Ursache?«

»Nun, wir haben es zweifellos mit einem unnatürlichen Tod zu tun. Ihr Verdacht aus dem Wald«, Wittmann tippte auf die Unterlagen auf dem Klemmbrett, »hat sich also erhärtet.«

»Wann wurde sie getötet?«

»Der Leichnam wurde gestern um sechzehn Uhr fünfzehn eingeliefert. Rigor mortis, der Leichenstarre, und Livores, den Totenflecken, nach zu urteilen, muss der Tod etwa siebzehn bis achtzehn Stunden vorher eingetreten sein.«

Lodi verschränkte die Arme. Sie rechnete es im Kopf durch und fragte: »Demnach ist sie zwischen zweiundzwanzig und dreiundzwanzig Uhr verstorben?«

Wittmann nickte. »Da der Leichnam an der frischen Luft lag, ist der Prozess vermutlich etwas schneller abgelaufen, aber das haben wir einkalkuliert. Ich habe genau die von Ihnen genannte Uhrzeit als Todeszeitpunkt eingetragen.«

Thomas wanderte in kleinen Schritten ans kurze Ende des Tisches. Der Kopf der Toten lag auf der Seite, sodass die Wunde, auf die sie bereits im Wald gestoßen waren, frei lag.

»Die Verletzung am Hinterkopf?«, fragte er, weiterhin kurz angebunden.

Wittmann blätterte durch seinen Bericht und las vor: »Es handelt sich um eine Kalottenfraktur, also einen Bruch des Os parietale, des Scheitelbeins, das wiederum das Schädeldach bildet.«

Lodi legte die Stirn in Falten. »Ein heftiger Schlag von oben auf den Kopf?«

»Ja, der Bruch wurde durch massive äußere Einwirkung mit einem harten, spitzen Gegenstand verursacht. Wir haben feine Reste Steinstaub gefunden. Demnach ist davon auszugehen, dass sie mit einem solchen erschlagen worden ist. Dem Bruch nach zu urteilen, muss er mehr als fünfzehn Zentimeter groß gewesen sein, vermutlich länglich.« Der Mediziner schaute abwechselnd zwischen seinen Besuchern hin und her, als wüsste er nicht, an wen er seine Frage richten sollte. »Sind Sie in der Nähe des Fundorts auf ein solches Exemplar gestoßen?«

Lodi schüttelte den Kopf. »Bisher nicht. Aber der Wald wird noch durchsucht.«

»Eine Frage«, meldete sich Thomas zurück. »Eine andere Todesursache können Sie ausschließen?«

»Ja, zu einhundert Prozent. Die Male am Hals weisen zwar darauf hin, dass sie gewürgt wurde, die Krafteinwirkung war aber zu gering und vermutlich auch zu kurz.« Wittmann stoppte und überflog die nächsten Zeilen des Berichts, indem er mit dem Kuli darüberfuhr. »Die Fingerabdrücke wurden gesichert?«

»Keine Übereinstimmung mit der Datenbank.« Mit den Fingern trommelte Lodi auf ihren verschränkten Armen. »Haben Sie Anzeichen für einen Kampf gefunden?«

»Haben wir in der Tat. Graue Faserspuren am Mantel sowie Hautreste unter den Fingernägeln. Aber die können natürlich auch von dem Geschlechtsverkehr herrühren, den sie wenige Stunden vor ihrem Tod gehabt hat.«

Lodi und Thomas wechselten einen flüchtigen Blick.

»Sexualdelikt?«, fragte Lodi.

»Nicht auszuschließen. Es gibt Risse im Genitalbereich, Hautreste unter den Nägeln …«

»Das Opfer wurde vergewaltigt?«

»Das ist möglich. Es müssen harte Stöße gewesen sein. Trotzdem könnte es sich auch um einvernehmlichen Geschlechtsverkehr gehandelt haben. Ich möchte mich da nicht festlegen.«

»Sperma?«

Wittmann schüttelte den Kopf.

Dann verabschiedeten sie sich. Lodi bedankte sich für die ausführliche Einschätzung, während Thomas noch immer etwas angeschlagen klang. Er schien es kaum erwarten zu können, seine Schutzkleidung abzulegen und nach draußen zu kommen.

Wittmann zwang sich zu einem Lächeln. »Meinen Bericht schicke ich zu Ihren Händen an Ihre Dienststelle.«

Sie verzichteten aufs Händeschütteln, wie es die Etikette im Sektionssaal bedingte, und nickten sich stattdessen anerkennend

29

zu. Lodi und Thomas wandten sich ab und gingen zwischen den Metalltischen hindurch in Richtung Ausgang.

Sie verließen das Institut und blieben auf der obersten Treppenstufe stehen. Lodi sah am Vordach vorbei zum Himmel. In der letzten halben Stunde hatte sich dort oben nichts verändert. Die pechschwarzen Wolken hingen weiterhin so tief, als müssten sie sich vor Erschöpfung hinlegen.

Thomas stellte sich neben sie und kratzte sich am Kopf. »Möglicherweise also ein Sexualdelikt.« Er räusperte sich. »Ich hasse diese Fälle. Gehen mir immer an die Nieren.«

Lodi drehte sich zu ihm. »Die Hinweise sprechen jedenfalls dafür. Aber du hast Wittmann gehört, er wollte sich nicht festlegen. Sie könnten auch von einem ausgeprägten Sexleben herrühren.« Sie tippte sich auf die Nasenspitze. »Ich schlage vor, wir fangen bei dieser Freundin an, von der Werkmann gesprochen hat, und klopfen dort ab, was wir herausfinden können.«

Ihr Kollege kramte sein Diensthandy aus der Jeans und schaute in seinen Notizen nach. »Julia Gersten. Wohnhaft in Lohfelden.«

»Lass uns gleich hinfahren. Ich funke die Kollegen von unterwegs wegen der EMA-Abfrage an.«

Sie gingen die Germaniastraße hinunter in Richtung Wilhelmshöher Allee, überquerten die vierspurige Chaussee, die die Innenstadt mit dem westlichsten Stadtteil Wilhelmshöhe verband, und schritten die Treppen zum Supermarktparkplatz hoch. Während sie nach Süden zur Autobahn fuhren, meldete sich Lodi über Funk im Präsidium. Sie bat die Kollegin darum, sich in das Intranet einzuloggen und dort die Adresse von Julia Gersten abzurufen. Das öffentlich nicht zugängliche Rechennetz erlaubte der Polizei, auf die Daten aller Einwohnermeldeämter in Deutschland zuzugreifen. Tastaturgeklapper im Hintergrund,

und wenige Augenblicke später hatte es der Kollegin die Adresse ausgespuckt. Lodi bedankte sich und fütterte mit ihr das Navi.

»Wir sollten auch jemanden zur Seniorenwohnanlage schicken«, schlug Thomas vor. »Möglicherweise erfahren wir von Frau Bartsch etwas Wichtiges. Wann sie ihre Tochter das letzte Mal gesehen oder gesprochen hat, ob sie ihr etwas über den Zustand ihrer Ehe erzählt hat …«

»Gute Idee«, sagte Lodi. »Ich würde Kathrin damit betrauen? Wir brauchen jemanden mit Feingefühl. Nicht dass die Dame den wahren Grund wittert, aus dem wir sie befragen.«

Thomas war einverstanden, und so tippte Lodi eine Nachricht an ihre Kollegin in die dienstliche Chatgruppe, mit der Bitte, diese Sache zu übernehmen. Kathrin Hertz war erst vor Kurzem zum K11 gewechselt, davor hatte sie sich beim Kriminaldauerdienst ihre Sporen verdient. Ein sprechender Nachname, denn in der Brust der Kollegin schlug tatsächlich ein großes Herz. Lodi hoffte, dass sie es sich erhalten und nicht wie so viele durch die Arbeit als Mordermittlerin verbittern würde.

Wegen des zäh fließenden Verkehrs erreichten sie Lohfelden erst eine halbe Stunde später. Hinter dem Ortsschild der Gemeinde im Südosten des Speckgürtels bogen sie in eine verschlafene Sackgasse ein. Thomas parkte den Wagen am Ende der Straße in einer Wendeschleife. Die Nummer 119 war ein schlichtes Einfamilienhaus aus den Sechzigern mit einem steilen, rot geziegelten Satteldach. Bevor sie ausstiegen, vereinbarten sie, dass Thomas das Gespräch mit Gersten leiten würde.

Als sie klingelten, erfüllte eine fröhliche Melodie das Haus. Lodi hörte Schritte, die eine Treppe heruntereilten, und kurz darauf schwang die Tür auf. Vor ihnen stand eine Frau, höchstens Mitte dreißig, in einer Jogginghose und einem NATO-grünen Hoodie. An den Spitzen ihrer mittellangen, lockigen Haare deuteten sich die Reste einer blonden Färbung an.

Sie lächelte verlegen. »Kann ich Ihnen helfen?«

»Julia Gersten?«, fragte Thomas.

Sie nickte, in ihrem Gesicht las Lodi eine Mischung aus Angst und Verwirrung. Lodi und Thomas zückten ihre Ausweise.

»Dürfen wir hereinkommen? Wir würden Ihnen gern ein paar Fragen zu Sonja Werkmann stellen.«

Gersten schluckte. »Sonja? Was ist mir ihr?«

»Wir würden das lieber drinnen besprechen.«

»Ja, natürlich.« Sie trat beiseite und deutete den beiden, hereinzukommen. Sie führte sie durch den Flur in ein geschmackvoll eingerichtetes Wohnzimmer mit Kochinsel. Die Tür zur angrenzenden Veranda stand offen, im Vorbeigehen erhaschte Lodi einen Blick auf Terrasse und Garten.

Sie setzten sich auf die Couch. Gersten hatte gerade Kaffee gekocht. Sie schenkte zuerst ihren Gästen ein, danach sich selbst und sank anschließend in den Sessel gegenüber.

»Entschuldigen Sie, dass ich so …« Sie suchte nach Worten und zeigte erklärend an sich hinunter. »Ich arbeite im Homeoffice und habe keine Termine. Wenn ich allein bin, mache ich es mir gern gemütlich.«

»Das ist kein Problem«, versicherte Thomas. Kurz blieb sein Blick an der Tasse hängen, aus der Kaffeedampf aufstieg. Er schien seinen Wortschatz nach einer geeigneten Überleitung zu durchforsten. »Ich habe leider eine traurige Nachricht für Sie. Ich muss Ihnen mitteilen, dass Sonja Werkmann sehr wahrscheinlich ermordet wurde. Ihre DNA wird gerade noch abgeglichen, aber anhand der Fotos, die wir gesehen haben, können wir das mit großer Sicherheit sagen.«

Gerstens Hand schnellte vor ihren Mund. Sie bedeckte ihn, ihr Blick sprang zwischen Thomas und Lodi hin und her.

Dann ließ sie sie langsam wieder sinken.

»Ermordet? Dann hat er sie also wirklich …« Wieder stoppte sie mitten im Satz. Sie schüttelte den Kopf, klammerte sich an ihre Tasse und starrte sie mit glasig werdenden Augen an. »Das ist … Meine Güte, Sonja! Ich kann das gar nicht … Wie furchtbar.«

»Von wem reden Sie?«

»Martin, ihr Mann, er …« Vor Gerstens geistigem Auge schienen Bilder abzulaufen, die es ihr unmöglich machten, im Gespräch zu bleiben. Sie zog eine Schublade in dem Couchtisch auf, entnahm ihr eine Packung Taschentücher und schnäuzte sich. »Sonja und ich haben viel darüber geredet«, erzählte sie weiter. »Er war …«

Kurze Stille.

»Gewalttätig?«, ergänzte Thomas.

Sie nickte. »Sie haben sich ständig gestritten. Mehrere Male sind diesem Scheißkerl die Sicherungen durchgebrannt, er hat Sonja geschubst und geschlagen, und das ziemlich heftig.«

Gersten wischte sich die Tränen aus dem Gesicht und trank einen Schluck Kaffee. Das deckte sich mit der Aussage von Frau Seidel, der älteren Dame mit Hund, der sie vor dem Haus der Werkmanns begegnet waren.

»Wann ist sie ermor… Also, ich meine, wann wurde sie getöt… Sie wissen schon.«

»Vorgestern, am späten Abend.«

Gersten verzog das Gesicht, sie sah befremdet aus. »Da hat sie mich sogar noch angerufen.«

Thomas bedeutete ihr, einen Augenblick zu warten, und machte sein Handy notizbereit. »Worüber haben Sie gesprochen?«

»Über das Übliche, sie musste mal wieder Dampf ablassen. Sie hatten sich gefetzt. Martin gefiel es nicht, dass sie wieder gearbeitet hat.«

»Okay. Ist Ihnen bekannt, warum er etwas dagegen hatte?«

33

Gersten zuckte mit den Schultern. »Keine Ahnung. Wahrscheinlich verletzte Männlichkeit oder so. Was weiß ich.« Sie hätte nicht geringschätziger klingen können. In ihrer gegenseitigen Ablehnung schienen Martin Werkmann und sie vereint zu sein. Lodi erinnerte sich, dass er sie mit einem derben Begriff tituliert hatte. Schon gestern war sie irritiert gewesen, weil das nicht zu seiner gewählten Ausdrucksweise gepasst hatte.

»War der Streit das einzige Gesprächsthema?«, fragte Thomas weiter.

Gersten schüttelte den Kopf. »Sie hat mir erzählt, dass sie ihm an diesem Abend endlich ihre Affäre gestanden hat.«

Nicht noch eine Parallele, dachte Lodi. Sie verschluckte sich an ihrem Kaffee und musste husten. Thomas schlug ihr sanft auf den Rücken. Auch im Fall ihrer Mutter hatte die Polizei herausgefunden, dass sie seit Monaten mit einem anderen Mann geschlafen hatte. Ehebruch, das klassische Mordmotiv.

Thomas widmete sich wieder der jungen Frau. »Ihre Freundin hat demnach eine außereheliche Beziehung zu einem anderen Mann unterhalten?«

Gersten nickte.

»Kennen Sie ihn? Hat sie mal etwas von ihm erzählt?«

Sie verzog den Mund. »Nicht viel. Ich weiß nur, dass er ein erfolgreicher Immobilienmakler ist und ziemlich vermögend sein muss. Es geht auch schon eine ganze Weile zwischen ihnen. Fragen Sie mich aber bitte nicht, wie lange genau.«

»Ist notiert.« Thomas tippte wieder ein paar Stichwörter ein. »Und Frau Werkmann hat ihrem Mann also vorgestern Abend das Verhältnis gestanden?«

»Zumindest hat sie das am Telefon erwähnt.«

Thomas verfiel in nachdenkliches Schweigen. Diesmal brauchte Lodi ihn nicht anzuschauen, sie verstanden sich auch ohne Blickkontakt. Damit hatten sie einen Anfangsverdacht:

Sonja Werkmann könnte von ihrem Ehemann aus Eifersucht erschlagen worden sein.

Thomas wandte sich wieder Gersten zu. »Was können Sie uns über den Job ihrer Freundin erzählen?«

»Leider auch nicht viel, nur die Adresse«, entschuldigte sie sich. »Einen Moment, ich suche sie Ihnen raus …« Gersten stellte die Tasse ab und griff nach ihrem Smartphone. Nach ein paar Wischvorgängen auf dem Display hatte sie die Adresse gefunden. »Universitätsplatz 12. Hilft Ihnen das?«

»Nun, wir wissen mehr als vorher, also ja«, antwortete Thomas und lächelte verhalten. Lodi tippte Straße und Hausnummer auf ihrem Diensthandy in die Suchmaschine ein: der Science Park, eine moderne Co-Working-Fläche unweit des Campus am Holländischen Platz.

Ihr Kollege hakte noch einmal nach. »Wir haben gestern mit Herrn Werkmann gesprochen. Mit Verlaub, Frau Gersten, aber er scheint keine besonders hohe Meinung von Ihnen zu besitzen.«

»Das beruht auf Gegenseitigkeit«, erwiderte sie kühl. Ihre Stimme war so kalt, als könnte Schnee auf ihr liegen. »Wenn Sie mich fragen: Ich bin mir sicher, dass dieser Scheißkerl da mit drinhängt.«

Thomas ließ ihren Worten etwas Nachhall. Dann fragte er: »Davon abgesehen, dass er gegenüber seiner Frau gewalttätig geworden ist: Was sind die Gründe für Ihre beidseitige Ablehnung?«

»Davon abgesehen, dass das ausreicht, um ein Arschloch zu sein«, griff Gersten seine Formulierung auf, »war er auch noch spielsüchtig. Sonja hat mir erzählt, dass der Idiot alles in der Spielbank verzockt hat.«

»Musste sie sich deshalb wieder einen Job suchen?«

Gersten nickte. »Sie war gelernte Vertrieblerin. Als Martin in der Klinik zum Chefarzt aufgestiegen ist, hat sie sich entschieden, kürzerzutreten. Sie hat ihre Arbeit sowieso nie gemocht, also wollte sie sich umorientieren, vielleicht noch mal studieren.« Gedankenverloren umspielte sie mit ihren Fingern den Zipfel des Taschentuchs, das aus ihrer Faust herauslugte und dadurch aussah wie eine Blume. »Von da an hat sie sich hauptsächlich ums Haus gekümmert.«

Auch diese Aussage hielt Thomas in seinen Notizen fest. Noch während er tippte, leitete er seine nächste Frage ein: »Hat Ihre Freundin manchmal Schutz bei Ihnen gesucht?«

»Ja, allerdings nicht oft«, antwortete Gersten. »Drei, vier Mal, wenn's hochkommt.«

»Okay, dann komme ich zu meinem letzten Punkt …« Thomas hielt kurz inne und sah der Frau in die Augen. Hoffentlich würde Gersten Verständnis dafür aufbringen, dass seine folgende Frage zu ihren beruflichen Pflichten zählte. »Wo waren Sie am Montagabend zwischen zweiundzwanzig und dreiundzwanzig Uhr?«

Sie ließ sich Zeit.

Für Lodi klang sie überzeugend, als sie antwortete: »Wir sind im Theater gewesen, mein Mann, mein Sohn und ich. Warten Sie, ich kann Ihnen sogar Beweisfotos zeigen …«

Anschließend brachte Gersten sie zur Tür. Das Gespräch hatte sie sichtlich mitgenommen. Sie sah zerstreut aus, gefangen von den Bildern in ihrer Erinnerung, ein leerer Blick. Ihre Hand fing an zu zittern, und der Farbe in ihren Augen fehlte nun nicht mehr viel zu Glutrot. Trotz der herbstlichen Temperaturen glänzten Schweißperlen auf ihrer Stirn. Sie schluckte und schloss kurz die Augen, vermutlich, um sich zu sammeln.

»Vielen Dank für Ihre Hilfe, Frau Gersten«, sagte Thomas. In den Augen der jungen Frau erkannte Lodi, dass die Worte ihres Kollegen kaum ihren Trauerschleier durchdrangen. »Wir brauchen bitte noch Ihre Handynummer. Wir melden uns bei Ihnen, sobald wir weitere Fragen haben …«

Donnerstag, später Vormittag, Lohfelden

Thomas setzte den Blinker, schaute in die Kreuzung hinein, und als frei war, bog er auf die Bundesstraße ab.

»Wir sollten uns um eine Funkzellenabfrage kümmern«, beendete Thomas die Stille im Wagen. »Bestenfalls wissen wir dann, wer dort mit seinem Handy zur Tatzeit im Netz angemeldet war.«

Lodi nickte. Sie teilte diese Hoffnung. Falls der Fundort der Leiche jedoch nicht in den Sendebereich einer Mikro-, sondern in jenen einer Makrozelle fiel, wäre ihre Abfrage sinnlos. Abhängig von der Topografie und den Gebäuden in der Umgebung besaßen diese Zellen eine Reichweite von bis zu fünfunddreißig Kilometern, sodass ihre Abfrage im ungünstigsten Fall mehrere Hundert bis Tausend Nutzer ausspucken würde.

»Setzt du dich mit der Staatsanwaltschaft in Verbindung?«, fragte Thomas. »Du hast doch einen Draht zu dieser jungen, aufstrebenden Anwältin. Wie hieß sie doch gleich?«

»Hannah Grün«, antwortete Lodi. Thomas hatte recht, die gleichaltrige Frau und sie hatten bei ihren bisherigen

Begegnungen gut miteinander harmoniert. »Du kannst mich ja direkt bei den Justizbehörden absetzen. Vielleicht genehmigt sie uns auch noch eine Abfrage der Handydaten. Wenn Sonja Werkmann wirklich eine Affäre hatte, müsste sie regelmäßig mit ihrem Liebhaber in Kontakt getreten sein …«

Zurück in die Stadt kamen sie besser durch. Eine Viertelstunde nachdem sie in dem Vorort aufgebrochen waren, fuhren sie von der Autobahn ab. Thomas steuerte den Wagen den Weinberg hoch. Sie kamen an dem Großraumkino vorbei, das sich in etwa so passend ins Stadtbild einfügte wie ein dort gelandetes UFO. In dem mehrstöckigen Bürogebäude zu ihrer Rechten hatten verschiedene Justizbehörden ihren Sitz, darunter auch die Staatsanwaltschaft. Sie bogen in die nächste Seitenstraße und hielten am Straßenrand.

»Bis nachher«, verabschiedete sich Lodi, streifte ihre Kapuze über und stieg aus.

»He!« Thomas lehnte sich wieder zum offenen Beifahrerfenster. So wie gestern, als er sie zu Hause abgesetzt hatte. »Ruf an, wenn du fertig bist. Dann schicke ich jemanden zum Abholen.«

»Nicht nötig. Ich gehe zu Fuß.«

Er deutete vielsagend zum Himmel.

»Zur Not fahre ich ein paar Stationen mit der Bahn.«

»Also gut, dann bis später. Viel Erfolg!«

Lodi schaute ihrem Kollegen nach, bis er abgebogen war.

Dann ging sie um die Ecke zum Haupteingang. Sie hatte die Staatsanwältin bereits von unterwegs angerufen und um einen kurzfristigen Termin gebeten. Sie betrat das Gebäude und wischte die Regentropfen von ihrer Jacke.

Wie versprochen erwartete Hannah Grün sie in der Eingangshalle. Sie kam mit zackigen Schritten auf sie zu. Seit ihrem letzten Aufeinandertreffen hatte sie sich erkennbar verändert. Ihr Friseurbesuch schien nur wenige Tage her zu sein, ihre Haare sahen frisch geschnitten und gefärbt aus. Sie wellten sich nun nicht mehr über ihre Schultern, sondern endeten abgestuft auf Kinnhöhe und glänzten in dem Licht der Eingangshalle kupferrot statt braun. Sie trug ein anthrazitfarbenes Business-Kostüm und im Gesicht dezentes Make-up. Farblich abgestimmter Lidschatten, kräftiger Lippenstift und akkurat gezogener schwarzer Eyeliner. Trotz ihrer asketischen Erscheinung versprühte sie eine Energie, mit der sie die gesamte Halle einzunehmen schien. Eine Person, mit der man vor Gericht lieber auf derselben Seite saß.

»Frau Lenke. Wie schön, Sie wiederzusehen.« Sie schüttelten einander die Hände. Grün zeigte auf die Sicherheitskontrollen. »Dann wollen wir mal.«

Sie drehte sich um und preschte voran. Nacheinander gingen sie durch den Körperscanner, wurden dahinter nochmals von einem Sicherheitsmitarbeiter überprüft, er winkte sie durch. Sie folgten dem Flur bis zu den Fahrstühlen und fuhren in den dritten Stock. Grün schloss die Tür zu ihrem kleinen, unscheinbaren Büro auf, setzte sich hinter ihren aufgeräumten Schreibtisch und bot Lodi einen Stuhl an.

»Sie erwähnten am Telefon eine Leiche im Habichtswald?«, fragte die Staatsanwältin.

Lodi nickte. »Sie wurde gestern Vormittag gefunden. Höchstwahrscheinlich handelt es sich um eine Frau namens Sonja Werkmann. Wir haben gestern mit dem Ehemann gesprochen und uns DNA-Material zum Abgleich geben lassen. Es ist bereits auf dem Weg zum LKA in die Kriminaltechnik.«

»Dann dürften wir ja bald Gewissheit haben. Wie kann ich Sie dabei unterstützen?«

Lodi räusperte sich. »Um ehrlich zu sein, habe ich sogar zwei Anliegen.«

»Oh. Aber dann lohnt sich das Herkommen wenigstens.«
Die Staatsanwältin goss ihnen Wasser ein, nippte an ihrem Glas
und lächelte zurückhaltend. Dass sie Humor besaß, hatte sie
bisher gekonnt zu verstecken gewusst. Er schien so trocken zu
sein wie der vergangene Sommer, in dem es gefühlt nie geregnet
hatte. »Dann schießen Sie mal los.«

Lodi klärte sie mit wenigen Worten über ihre bisherigen
Ermittlungen auf. Sie berichtete von Martin Werkmanns
Befragung und dessen Ausraster, fasste die pathologischen
Erkenntnisse zusammen und schilderte in knappen Sätzen die
Aussagen von Julia Gersten.

»Deshalb würden wir gern die operative
Technikunterstützung beim LKA bitten, die Handydaten von
Sonja Werkmann abzufragen«, sagte sie.

»Sie denken an eine Liste der Einzelverbindungen«,
mutmaßte Grün und wippte dabei in ihrem Stuhl vor und
zurück. »Kriegen Sie von mir. Ich schicke Ihnen nachher etwas
Schriftliches.«

»Vielen Dank.« Das schätzte Lodi an ihr, sie war der Polizei
zugewandt. Wenn die Beamten Hilfe bei ihren Ermittlungen
benötigten, zögerte sie nicht, sondern handelte.

Grün trank erneut einen Schluck und wischte sich
mit dem Handrücken über den Mund. »Was ist mit einer
Funkzellenabfrage?«

»Das ist das zweite Anliegen. Wir hoffen, dass zur Tatzeit
nur wenige Geräte dort angemeldet gewesen sind. Auch darum
würden wir die Kollegen aus Wiesbaden bitten.«

»Hoffen können wir es.«

Grün zog die Schublade eines Rollcontainers auf und holte
ein Notebook hervor. Eine Zeit lang wischte und klickte sie
auf dem Touchpad herum und schaute konzentriert auf den
Bildschirm. Ohne aufzusehen, erkundigte sie sich nach Lodis
dienstlicher E-Mail-Adresse.

»Sie bekommen jeden Augenblick eine …« In Lodis Hosentasche vibrierte es. »Voilà, da ist sie ja schon. Damit sind wir nun auch elektronisch vernetzt.«

»Vielen Dank«, sagte Lodi. »Ich melde mich umgehend bei Ihnen, sobald wir etwas Neues wissen.«

Donnerstag, früher Nachmittag, Stadt

Noch in der Eingangshalle zupfte Lodi ihr Hemd zurecht. Dann zog sie sich ihre Jacke über und verließ das Justizgebäude durch den Haupteingang. Zwar spannte sich noch immer ein Wolkennetz über die Stadt, aber das tiefe Schwarz hatte sich dankenswerterweise in ein milderes Grau abgeschwächt. Auch der Regen hatte nachgelassen.

Lodi nahm Kurs auf die Unterführung. Über ihr rauschte der Verkehr auf der nassen, viel befahrenen Verbindungsstraße vorbei. So laut, dass sie den Klingelton ihres Handys nicht hörte. Sie bemerkte den verpassten Anruf erst, als sie auf der anderen Seite wieder aus der Unterführung herauskam und flüchtig aufs Display schaute. Sie meldete sich umgehend bei Kathrin zurück.

»Ich war gerade bei Frau Bartsch«, erläuterte ihre Kollegin den Grund ihres Anrufs. »Leider Fehlanzeige. Auf das wenige, das die arme Frau mir erzählt hat, können wir nichts geben.«

»Wieso arme Frau?«

»Weil sie laut den Pflegekräften an einer kognitiven Dysfunktion leidet, einer Vorstufe von Demenz. Davon abgesehen hat sie mir nichts berichtet, das uns weiterhelfen würde. Zeitweise war ihr sogar entfallen, dass ihre Tochter verheiratet ist und sie eine Enkelin hat.«

»Das ist übel.« Im Kopf setzte Lodi einen Haken an die Hoffnung, von Sonja Werkmanns Mutter etwas Fallrelevantes zu erfahren. »Trotzdem danke. Vielleicht sehen wir uns gleich, ich komme jetzt zurück ins Büro.«

»Keine Ursache. Bis gleich also!«

Lodi legte auf und beschloss, durch die Obere Königsstraße zurück zum Präsidium zu gehen. In der Fußgängerzone war überraschend wenig los. Hin und wieder tauchte Lodis Spiegelbild in den Schaufenstern auf, verschwand, tauchte wieder auf. Sie erreichte den Königsplatz und ging an einer Gruppe pöbelnder Drogenabhängiger vorbei über den Lutherplatz in Richtung Präsidium. Je näher sie dem Gebäude kam, desto deutlicher erkannte sie eine flackernde Zigarettenglut.

Thomas. Er war also wieder schwach geworden. Aus seiner Gesäßtasche lugte eine blaue Schachtel hervor, der Schriftzug stand auf dem Kopf, daneben ein umgedrehter Gallier-Helm.

»Na, Asterix«, feixte Lodi. In gebührendem Abstand stellte sie sich neben ihn und nickte zu dem Glimmstängel in seiner Hand. »Die Lunge teeren, damit der Tod nicht stolpert?«

Thomas blies den Rauch durch die Nase aus. »Ein bisschen makaber, findest du nicht?«

»Keine Sorge. Dein Monopol auf unpassende Sprüche taste ich nicht an.« Sie vergrub die Hände in ihren Taschen. »Mal im Ernst: Ich dachte, du hast aufgehört?«

»Verrat's nicht Tina, okay?« Er zog ein letztes Mal und drückte den Stummel in dem Standaschenbecher aus. »Was sagt die Staatsanwältin?«

»Sie ist mit im Boot. Handy und Funkzelle.«

Sichtlich beeindruckt schürzte er die Lippen.

»Kathrin hat sich gerade bei mir gemeldet. Sie war bei Frau Bartsch in der Wohnanlage.« Den erwartungsvollen Blick ihres Kollegen beantwortete Lodi mit einem Kopfschütteln. »Anfangsstadium von Demenz. Sie weiß nicht mal mehr, dass sie eine Enkelin hat.«

Thomas machte ein schmerzverzerrtes Gesicht. »Dann hätten wir uns auf ihre Aussage ohnehin nicht verlassen können.«

»Trotzdem sollten wir uns noch mal mit diesem Werkmann beschäftigen. Nach dem, was Frau Gersten uns offenbart hat ...«

»Guter Vorschlag. Rufst du ihn an? Dann kümmere ich mich um die Funkzelle und die Telefondaten.«

»Abgemacht.«

Thomas fischte eine Packung Kaugummis aus seinem Jackett und steckte sich eines in den Mund. Lodi schmunzelte. Als ob das etwas nutzen würde. Dann deutete er mit dem Kinn zum Eingang hinüber. Bevor sie reingingen, stieß Lodi ihn sanft mit der Hüfte an.

»Die Packung solltest du woanders verstauen«, sagte sie, »bevor Tina sie noch sieht.«

Er zog sich zum Telefonieren an seinen Schreibtisch zurück. Lodi bereitete sich noch einen grünen Tee zu. Sie stellte den Wasserkocher an und sah aus dem Fenster nach draußen auf den Parkplatz im Innenhof. Zwischen Privatfahrzeugen der Kollegen, Dienstwagen und Mannschaftsbussen ragten kahle, trostlose Eichen bis zu ihr hinauf. Ein Laubteppich in den Farben des Herbstes überzog den Platz, durch den Regen hatten sich die Blätter zu einem Schmierfilm vermengt. Der Hof war menschenleer und versprühte eine friedliche Melancholie.

Lodi nahm ihren Tee und ging über den Flur in ihr Büro. An ihrem Schreibtisch ließ sie sich in ihren neuen, sündhaft teuren Bürostuhl sinken und fuhr den Computer hoch. Thomas saß ein paar Tische weiter am anderen Ende und telefonierte. Lodi verstand nicht genau, was er sagte, vermutete aber, dass er Selma Öztürk aus Wiesbaden an der Strippe hatte. Hoffentlich würde das LKA ihnen schnell Ergebnisse liefern.

Sie zückte ihr Handy und rief Werkmann an. Der Anruf ging nicht durch, sofort sprang die Mailbox an. Vielleicht hatte sie in einem ungünstigen Moment während seiner Arbeitszeit angerufen? Sie suchte auf der Internetseite des Telefonbuchs die Festnetznummer heraus und versuchte es dort.

Es klingelte und klingelte. Lodi gab nicht auf und blieb in der Leitung. Sie rechnete damit, jeden Augenblick die Ansage eines Anrufbeantworters zu hören.

Dann nahm doch noch jemand ab.

»Werkmann?«, fragte eine jugendliche Stimme, Lodi schätzte sie auf höchstens dreizehn oder vierzehn. Trotzdem klang sie erstaunlich tief für ihr Alter, verraucht und übernächtigt.

»Hallo, mein Name ist Lenke, ich bin von der Kripo Kassel. Wir haben gestern mit Herrn Werkmann gesprochen wegen des Mor-« Sie konnte die Worte gerade noch aufhalten. Wenn die Tochter an der Strippe war, von der Thomas berichtet hatte, wollte sie ihr die fürchterliche Nachricht so lange ersparen, bis ihnen das Ergebnis aus Wiesbaden vorlag. »Darf ich fragen, wer du bist?«

»Die Tochter, wer sonst?« Eine typische Teenager-Antwort, als wäre man der nervigste Mensch auf der Welt und hätte die dümmste Frage jemals gestellt. »Geht's hier um meine Mutter?«

Die nächste Parallele, ging es Lodi durch den Kopf. Sie war im selben Alter gewesen, als die Polizei sie zum Mord an ihrer Mutter befragt hatte. Davor hatten sie bereits ihren Vater befragt, vor ihren Augen. Er war stiller und stiller geworden, hatte sich immer tiefer in sich zurückgezogen. Erst hatte Lodi ihn verzweifelt gebeten, endlich etwas zu sagen, dann hatte sie ihn angebrüllt, trotzdem hatte er weiter stumm an die Wand gestarrt. Zum Schluss hatte sie weinend auf ihn eingeschlagen, bis die Beamten dazwischengegangen waren. Das war ihre erste Begegnung mit der Polizei gewesen, und jetzt war sie selbst Oberkommissarin und ermittelte in einem verdammt ähnlichen Fall wie die Kollegen von damals.

Bei diesem Gedanken wurde ihr warm, sie glitt mit dem Handrücken über ihre Stirn. Nicht schon wieder. Nicht noch ein Zusammenbruch wie gestern im Wald.

Lodi drückte ihre Empfindungen für den Moment beiseite. »Wir suchen nach ihr«, log sie. »Ich muss noch mal mit deinem Vater sprechen.«

»Er ist nicht da«, antwortete die Tochter kühl. »Kein Plan, wo er ist.«

»Verrätst du mir deinen Namen?«

»Marina.«

Lodi verfiel kurz ins Grübeln. Sie schaute zu Thomas hinüber, er war noch immer in seine Telefongespräche vertieft. Sollte sie die Tochter ohne ihn befragen?

Marina nahm ihr die Entscheidung ab. »Rufen Sie wegen des Streits von neulich an?«

Lodi wurde hellhörig. Offenbar hatte sie die Auseinandersetzung zwischen ihren Eltern mitbekommen. So wie sie, als sie selbst noch eine Jugendliche gewesen war und sich entweder verkrochen hatte oder in den Wald geflüchtet war.

»Du weißt davon?«, fragte Lodi.

»War ja nicht zu überhören«, antwortete Marina. »Es sind richtig die Fetzen geflogen. Meine Mutter hat gesagt, dass sie ihn verlassen will. Und dass sie es diesmal endlich durchzieht.«

»Hast du mitbekommen, weswegen deine Eltern sich gestritten haben?«

»Na, weil mein Vater unser ganzes Geld in der Spielbank auf'n Kopf gehauen hat. Deshalb musste meine Mutter vor 'n paar Monaten diesen Job annehmen, irgendwas mit Banken,

Versicherungen. Richtig ätzender Kram, sie hat da überhaupt keinen Bock drauf.«

Erst jetzt fiel Lodi auf, dass Marina offenbar einen Kaugummi im Mund hatte. Sie schien dermaßen wütend auf ihren Vater zu sein, dass sie so laut kaute, als wollte sie ihn mit jedem Bissen bestrafen.

Das erinnerte Lodi an die Aussage von Frau Gersten. »Wir haben gestern auch eine Freundin deiner Mutter in Lohfelden aufgesucht. Kennst du Julia?«

»Ja, die ist cool.«

»Sie hat uns erzählt, dass dein Vater …«, es fiel Lodi schwer, den Satz zu Ende zu sprechen, »gewalttätig gegenüber deiner Mutter geworden ist?«

Stille. Von Marinas Seite drang kein Ton mehr durch die Leitung. Selbst die Kaugeräusche verstummten. Diese Frage musste sie getroffen haben.

»Nicht nur ihr gegenüber«, antwortete sie schließlich. In ihrer Stimme klang Verachtung mit – und ein Hauch unterdrückte Traurigkeit.

Lodi schluckte. »Du meinst …?«

»Wenn Sie jetzt hier wären, könnte ich es Ihnen zeigen. Haben Sie Whatsapp? Dann schicke ich Ihnen was.«

Lodi stutzte, dass Marina sich so bereitwillig zeigte, und gab ihr die Nummer ihres Diensthandys durch. Kurz darauf traf die Nachricht ein, wie versprochen hatte sie ihr ein Foto geschickt. Ein Selfie, Marina vor einem Spiegel im Flur. Auf dem Bild trug sie türkis gefärbte, hochtoupierte Haare, dunklen Lippenstift sowie schwarze Klamotten und dazu Stiefel mit Metallspitzen und offenen Schnürsenkeln. Ein Septum-Piercing zierte ihre Nase, ihr Gesicht hatte sie talgig weiß geschminkt. Trotzdem sah sie ihrer Mutter zum Verwechseln ähnlich, Sonja Werkmann in Jung. Sie hatte den Kopf zur Seite gelegt und den

Pullover über die Schulter geschoben, sodass blaue Flecken zu sehen waren.

Lodi setzte gerade zu einer Antwort an, als eine weitere Nachricht aufblinkte. Diesmal war es ein Video. Sie drückte auf »Start«.

Die Qualität war miserabel, in einem schummrigen Umfeld und mit einer Handykamera aufgenommen, verwackelt. Der Ton rauschte. Jemand hatte die Sequenz auf dem Boden liegend vom oberen Ende einer Treppe gefilmt. Es musste Marina gewesen sein.

Die beiden Hauptakteure, die am Fuße der ersten Stufe standen, waren kaum zu erkennen. Der Mann links im Bild hatte Ähnlichkeit mit Martin Werkmann, er stand in abweisender Haltung und mit abgewandtem Blick da, die Arme vor dem Körper verschränkt. Er wirkte wie ein Kochtopf kurz vorm Überlaufen. Rechts daneben eine Frau, die Sonja Werkmann sein konnte und wie wild gestikulierte. Lodi drehte die Lautstärke auf Maximum, doch ihre Worte blieben unverständlich.

Plötzlich die Eruption. Von jetzt auf gleich eskalierte es. Der Mann schoss herum, fing an, die Frau zu schubsen. Sie taumelte zurück, bis er sie an die Wand gedrängt hatte. Breitbeinig stellte er sich dicht vor sie, schimpfte auf sie ein. Obwohl seine Worte eher Zischlauten gleichkamen, glaubte Lodi eines zu verstehen: Schlampe.

Dann die ersten Schläge. Die Frau hob ihre Arme und vergrub sich dahinter. Immer tiefer sank sie in sich zusammen, bis sie nur noch ein Häufchen Elend war.

Hinter der Kamera kreischte es. »Papa, hör auf!«

Der Mann wandte sich ihr blitzartig zu. »Leg das Scheißhandy weg!«, schrie er. »Ich wiederhole mich nicht!«

Da die Filmende dem nicht nachkam, stürzte er kurzerhand nach vorne und sprintete die Treppe hinauf. Wieder Kreischen, noch schriller als zuvor, winselndes Flehen: »Bitte, Papa, nein!«

Es folgten ein schwarzer Bildschirm, noch mehr Rauschen, erstickte Laute und Worte. Das Handy musste zu Boden gefallen sein. Wenige Augenblicke später brach das Video ab.

Lodi schaltete schnell und nahm ihr Smartphone wieder ans Ohr. Damit hatten sie den Beweis, dass Julia Gersten die Wahrheit ausgesagt hatte, was Martin Werkmanns Hang zu Gewalt anging.

»Okay, hör zu: Du musst sofort weg von zu Hause«, appellierte Lodi an das Mädchen. »Kannst du für eine Weile bei jemandem unterkommen? Bei Freunden oder Verwandten?«

»Ja, ich …« Marina klang überrascht. »Ich könnte meine Freundin Selina fragen.«

»Hast du die Nummer ihrer Eltern? Dann rufe ich dort an und kläre das für dich …«

Es war nicht nötig, Isabell Schneider zu überreden. Die Mutter von Marinas Freundin willigte umgehend ein und versprach, dass sie sie so lange bei sich aufnehmen würden, bis alles Weitere geklärt sei. Sie sagte zu, sofort loszufahren.

Lodi meldete sich daraufhin wieder bei Marina. »Frau Schneider holt dich gleich ab«, versicherte sie ihr, »am besten packst du schon mal ein paar Sachen zusammen. Du wirst eine Weile weg sein.«

»Okay«, reagierte die Jugendliche wortkarg. »Danke.«

»Du hast jetzt meine Nummer. Du kannst mich immer anrufen, egal zu welcher Uhrzeit.«

»Okay.«

Wieder kurze Stille.

»Was passiert jetzt mit meinem Vater?«

»Nun, sobald wir wissen, wo er sich aufhält, werden wir ihn mitnehmen wegen häuslicher Gewalt.«

Dass sie Martin Werkmann festnehmen würden, entsprach der Wahrheit. Den eigentlichen Grund verschwieg Lodi seiner

Tochter jedoch: nämlich, dass er auch wegen ihrer Aussage inzwischen dringend verdächtig war, seine Frau ermordet zu haben.

»Hast du eine Idee, wo er sein könnte oder wie wir ihn erreichen?«

»Keine Ahnung. Ich hab's auch schon bei ihm versucht, er hat sein Handy ausgeschaltet.«

»Solltest du etwas erfahren, ruf mich bitte sofort an. Wie gesagt, du kannst dich jederzeit an mich wenden.«

Sie legten auf, und Lodi steckte ihr Handy ein.

Plötzlich kribbelte es. Als würde sie keine Schuhe tragen und ihre nackten Füße in einen Ameisenhaufen stecken. Allmählich breitete es sich aus.

Lodi verzog das Gesicht, irgendetwas stimmte nicht. Ihr Herzschlag beschleunigte sich, ihr Atem verflachte, ihre Muskeln verspannten sich. Sie fasste sich an die Stirn, spürte Wärme, Tropfen kalten Schweißes. Was zum …

Sie musste hier raus.

Jetzt.

Lodi ließ alles stehen und liegen. Mit einem Mal fühlten ihre Beine sich an wie gebrechliche Stelzen. Keuchend stürzte sie auf den Flur und sah sich um, zum Glück war sie allein. Hoffentlich hatte Thomas nichts bemerkt.

Mit torkelnden Schritten verließ sie ihr Büro. Sie stützte sich an der Wand ab und hangelte sich an ihr entlang zu den Toiletten. Riss dort das Fenster auf, stolperte in eine Kabine, verriegelte die Tür und setzte sich auf den Toilettendeckel. Mit geschlossenen Augen versuchte sie, durch die Nase ein- und durch den offenen Mund auszuatmen. Ein Gefühl, als ob sich ihr Brustkorb zuschnürte oder jemand den Sauerstoff aus der Luft sog. Sie spürte ihr Herz heftig schlagen.

Einatmen, ausatmen.

Immer wieder.

Allmählich ließen die Symptome nach. Lodi riss etwas Toilettenpapier von der Rolle. Sie tupfte sich Gesicht, Hals und Brust ab. Dann warf sie das feuchte Knäuel in den Mülleimer und starrte eine Weile an die Kabinentür. Reglos lauschte sie ihrem Atem.

Wie lange sie wohl weg gewesen war? Lodi trug keine Uhr, sie hatte noch nie etwas für Schmuck übriggehabt. Das Smartphone hatte sie auf ihrem Schreibtisch vergessen. Es hatte sich wie eine Ewigkeit angefühlt.

Verfluchte Scheiße. Sie waren wieder da.

Dabei hatte Lodi angenommen, dass sie sie für immer losgeworden war. Dass die Vorfälle in ihrer Jugend nur eine schlimme Phase gewesen waren. Es war ihr sogar gelungen, sie vor ihren Großeltern, bei denen sie nach dem Mord an ihrer Mutter in den Niederlanden gelebt hatte, geheim zu halten. Und irgendwann hatten die Attacken aufgehört, von einem Tag auf den anderen.

Lodi kam aus der Kabine. Ihre Beine fühlten sich immer noch wackelig an. Sie stellte sich vor den Spiegel, fuhr sich durch die Haare. Starrte in ihr bleiches Gesicht, das nur schleppend wieder Farbe annahm. Als Kontrast sahen ihre Augen gerötet aus.

Nicht gerade das blühende Leben.

Sie kehrte in ihr Büro zurück und sank erschöpft in ihren Stuhl. Thomas hatte aufgehört zu telefonieren, er sah sie fragend an.

»Ich habe eben mit Marina telefoniert«, erklärte Lodi. Es kostete sie enorme Kraft zu sprechen. »Sie hat die Aussage von Gersten bestätigt. Werkmann ist sowohl seiner Frau als auch ihr gegenüber gewalttätig geworden.« Sie griff nach ihrem Handy, öffnete Whatsapp und leitete das Material, das die Jugendliche ihr geschickt hatte, an ihren Kollegen weiter. »Guck dir vor allem das Video an.«

Lodi schniefte und schaute nach draußen, vor ihrem Fenster hing immer noch eine grau-schwarze Suppe, als ob sie sich in der Stadt festgesetzt hätte. Ohne ihn anzusehen, sagte sie in Thomas' Richtung: »Ich gehe nach Hause. Meine Erkältung kommt wieder.«

»Ja, du siehst schon wieder nicht gut aus«, erwiderte er. »Keine Sorge, ich kümmere mich um Werkmann. Wir schnappen den schon noch ...«

* * *

In ihrer Wohnung angekommen, tauschte sie ihre Jeans gegen eine Jogginghose und ihre Oversized-Bluse gegen einen Schlabberpulli. Sie goss sich ein Glas von ihrem Lieblingsrotwein ein, ein Shiraz aus Australien, lehnte sich an das Geländer ihrer Dachterrasse und blickte über die Stadt.

Hier und dort war der Wolkenteppich eingerissen und ließ schüchterne Sonnenstrahlen hindurch. Geräusche kamen aus der Richtung des Kongresspalais, dazu Musik. Vor dem prunkvollen Portikus fuhren Jugendliche auf Skateboards herum, bestaunt von Gleichaltrigen mit Bluetooth-Boxen. Sie rauchten und tranken Dosenbier.

Für Lodi stellte das nur Kulisse dar, denn in ihrem Kopf dominierte die entscheidende Frage, die sich zu ihrem aktuellen Fall aufdrängte: nämlich, warum Martin Werkmann entgegen ihrer Anweisung anscheinend tatsächlich das Weite gesucht hatte. Die Annahme, dass er in den Mord an seiner Frau verwickelt war, lag nahe. Durch die Befragung in seinem Haus musste er kalte Füße bekommen und beschlossen haben zu fliehen.

Dabei hatte Werkmann sich doch kooperativ gezeigt. Nach seiner anfänglichen Verschlossenheit in der Klinik war er auskunftsfreudig gewesen und hatte ihnen zunächst keine

52

Verdachtsmomente geliefert. Trotz seiner Größe war er Lodi nicht wie ein klassischer Gewalttäter vorgekommen, denn er war schmächtig und hatte nicht den Eindruck hinterlassen, eine kurze Zündschnur zu besitzen. Erst die Aussagen von Julia Gersten und seiner Tochter Marina hatten ein anderes Bild von ihm gezeichnet. Oder besser gesagt: Sie hatten jenes, das Thomas und Lodi von ihm gewonnen hatten, geradegerückt. Gestützt durch das Video, das jeden Zweifel ausgeräumt hatte. Aktuell war Werkmann die einzige verdächtige Person. Wie viel Lodi setzen würde, wenn sie auf seine Täterschaft wetten müsste? Sie wusste es nicht.

Plötzlich drängte sich ihr wieder das Bild von vorhin auf: wie sie auf dem Klo gehockt und nach dem erneuten Zusammenbruch versucht hatte, klarzukommen. Das erinnerte sie an Norbert und daran, dass sie sich für heute noch etwas vorgenommen hatte.

Sie nippte an ihrem Shiraz und fingerte ihr Handy aus der Jogginghose.

»Wie schön, dass du dich meldest«, begrüßte Norbert sie.

»Ich weiß, es ist zu lange her.«

Sie tauschten aus, wie es ihnen ging und was gerade los war. An Norbert schätzte Lodi, dass er es ihr niemals übel nahm, wenn sie sich für ein paar Wochen aus den Augen verloren hatten. Egal, wie lang ihr letztes Gespräch zurücklag, immer fühlte es sich an, als wäre es erst neulich gewesen.

Lodi schluckte. »Ich muss dich um etwas bitten.« Ihre Stimme klang schwach und zittrig, unter ihrem Pulli fing ihr Herz an zu pochen.

»Das hört sich nicht gut an«, bemerkte Norbert.

»Ich vertraue dir.«

»Natürlich. Von mir erfährt niemand etwas.«

Lodi seufzte. »Ich weiß nicht, wie ich es sagen soll …«

Stille. Ein Gefühl, als würde die Zeit gefrieren. Norbert schien darauf zu warten, dass sie weitersprach, doch die Worte kamen einfach nicht über ihre Lippen.

»Du brauchst Hilfe. Professionelle.«

Mehr als ein krächzendes »Ja« bekam sie nicht heraus.

»Was ist passiert?«

»Das möchte ich ungern am Telefon erzählen.«

»Verstehe.« Er schien nachzudenken. »So gern ich dir helfen würde, Lodi, aber ich …«

»Ich weiß.« Sie trank erneut einen Schluck. »Freundschaft.«

Wieder kurze Stille.

»Und jemand anderer?«

»Ich schaue, wen ich erreichen kann.«

Lodi bedeckte ihren Mund und hustete sich in die Hand.

»Es müsste bald passieren, Norbert.«

Freitag, Morgen, Wohnung

Als die Glocken der Rosenkranzkirche läuteten, schreckte sie hoch. Ein verschwommener Blick aufs Handy: neun Uhr. Sie wollte bereits seit einer Stunde wieder im Präsidium sein.

Lodi seufzte und wischte sich übers Gesicht. Sie rollte sich zur Seite und blieb einen Moment auf der Bettkante sitzen.

Sie fühlte sich wie gerädert. Nach dem Telefonat mit Norbert war sie nicht zur Ruhe gekommen. Sie hatte eine Serie geschaut und gehofft, dass die Bilder auf dem Bildschirm jene in ihrem Kopf verdrängen würden – doch vergeblich. Immer wieder flackerten sich überlappende Fragmente in ihrem Geist auf: das bleiche Gesicht ihrer Mutter, die wuterfüllten Augen ihres Vaters, Bäume, Laub, der Mantel, die Kollegen der Spurensicherung … Die Nacht war zur Tortur geworden. Erst ein weiteres Glas Rotwein hatte ihr Frieden beschert.

Im Schnelldurchgang machte sie sich fertig für den Dienst. Sie brauste sich unter der Dusche ab, zog sich an – Jeans und Oversized-Bluse – und löffelte eine Schale Müsli. Sie holte ihr Fahrrad aus dem Keller und radelte los. Am Himmel hatte ein Schichtwechsel stattgefunden, über Nacht waren neue Wolken aufgezogen und hatten die alten abgelöst.

Im Präsidium angekommen, stellte Lodi ihr Bike im Fahrradkeller ab. Im Treppenhaus unterhielt sie sich kurz mit Kollegen. Sie bemühte sich, so normal wie möglich zu tun, und betete, dass niemand etwas bemerkte. Sie hatte sich sogar vor ihrem eigenen Spiegelbild erschreckt.

Lodi kochte sich einen Tee und zog sich in ihr Büro zurück. Sie blieb nicht lange allein, kurze Zeit später schwang die Tür auf und Thomas kam dazu. Er zog sich einen Stuhl heran und setzte sich neben sie. Aus der Tasse in seiner Hand stieg Kaffeeduft auf.

»Du siehst aus, als würdest du immer noch gegen etwas ankämpfen«, sagte er.

»Ich wünsche dir auch einen guten Morgen«, erwiderte Lodi. Sie zwang sich zu einem Lächeln. »Und was das angeht«, sie zog die Nase hoch, »es ist schon der Rückkampf. Aber du hast auch schon erholter ausgesehen.«

»Ja, ich …« Er kratzte sich am Kinn. »Tina hat sich wohl auch etwas eingefangen, sie hat die ganze Nacht gehustet. Ich musste auf unsere Couch ausweichen.« Er trank einen Schluck und leckte sich über die Lippen. »Immerhin war ich deshalb schon früh auf den Beinen, habe noch mal in Wiesbaden angerufen und Druck gemacht wegen der Handydaten und der Funkzellenabfrage.«

»Hattest du Erfolg?«

»Frau Öztürk hat mir versprochen, dass sie alles geben. Offensichtlich gehen die in Sachen Personal noch mehr auf'm Zahnfleisch als wir.« Er nippte ein weiteres Mal an seinem Kaffee.

»Gibts Neuigkeiten von Werkmann?«, fragte Lodi.

Thomas schüttelte den Kopf. »Ich hab versucht, ihn zu erreichen, keine Chance. Da würde ich im Moment wahrscheinlich eher den Papst ans Telefon kriegen.« Er schaute grüblerisch zur Decke. »Dieser Dreckskerl. Hoffentlich ist er nur an der Arbeit, bei einem Freund, von dem wir nichts wissen, oder in irgendeiner Kneipe versumpft.«

»Solange wir ihn nicht greifen können, sollten wir bei Sonjas Arbeitsplatz vorbeischauen. Vielleicht hat sie dort jemandem von ihrem Verhältnis erzählt.«

»Guter Vorschlag. Wer weiß, was wir sonst noch über sie erfahren. Wir werden sehen, wohin uns das …« Der Klingelton aus seiner Hosentasche schnitt Thomas das Wort ab. Er fischte das Diensthandy aus seiner Chino und schaute aufs Display.

»Das LKA«, kommentierte er.

Lodi stellte ihre Tasse ab und beugte sich vor, um mitzuhören. Thomas stellte auf Lautsprecher.

Es war Keller von der Kriminaltechnik. Er machte es kurz, ihnen lag das Ergebnis des Abgleichs vor: Bei der Probe handelte es sich um dieselbe DNA wie die des Opfers. Die Kommissare hatten sich nicht geirrt.

Mit diesem Anruf war es offiziell: Ihr Vermisstenfall hatte sich zu einer Mordermittlung gewandelt.

* * *

Thomas trat aufs Gas. Häuser, Menschen und Autos zogen als Streiflichter an Lodis beschlagenem Fenster vorüber. Das aufgewirbelte Wasser vermengte sich mit dem Schmutz an der Scheibe und trübte die Sicht.

Der Regen war wieder stärker geworden, er trommelte auf das Dach. Hektisch fochten die Scheibenwischer gegen die Gischt. Das Blaulicht spiegelte sich auf der nassen Fahrbahn, flackerte an den Fassaden und tünchte die Straße in eine bedrohliche Farbe.

Lodi krallte sich an den Türgriff. Thomas schaute konzentriert nach vorne und manövrierte ihren Dienstwagen zwischen den Autos hindurch. Hin und wieder gerieten sie kurz ins

Schlingern, und als sie beim Auestadion scharf rechts abbogen, brach plötzlich das Heck aus. Thomas fing es gekonnt wieder ein und gewann die Kontrolle zurück.

Mit der freien Hand hielt Lodi ihr Handy ans Ohr.

»Frau Lenke«, begrüßte die Staatsanwältin sie beschwingt. »Gibt's was Neues in unserem Fall?«

Wegen der Fahrgeräusche war sie kaum zu verstehen. Lodi ließ den Türgriff los und bedeckte ihr anderes Ohr.

»Mein Kollege und ich fahren gerade mit Sonderwegerechten nach Wilhelmshöhe. Wir sind auf dem Weg zum Ehemann des Opfers.«

»Die Identität ist also geklärt?«

»Wir haben gerade die Bestätigung aus Wiesbaden bekommen.«

»Okay. Das ist ja schon mal was.« Kurzes Rascheln in der Leitung, dann Geklapper auf einer Tastatur. Grün schien sich ihr Telefon zwischen Ohr und Schulter geklemmt zu haben und nun auf ihrem Computer zu tippen. »Was kann ich für Sie tun?«

»Wir brauchen einen Haftbefehl. Bis der ausgestellt ist, würden wir Werkmann vorläufig festnehmen. In unseren Augen ist er dringend tatverdächtig.«

»Erzählen Sie mir bitte noch ein paar Einzelheiten zum Ermittlungsstand. Wenn ich Ihre Einschätzung teile, kontaktiere ich sofort den Richter.«

In wenigen Sätzen klärte Lodi die Staatsanwältin auf. Sie berichtete ihr von dem Streit an dem Abend, als Sonja verschwand, gab Julia Gerstens Aussage wieder, die vermutet hatte, dass es bei der Auseinandersetzung um die Affäre ihrer Freundin gegangen sein musste, und erinnerte sie an Werkmanns fehlendes Alibi.

»Alles klar.« Grün gewährte sich einen Augenblick Bedenkzeit. »Ich bin ganz bei Ihnen, was den Tatverdacht angeht, und einen Haftgrund haben wir bei diesem Verbrechen ohnehin. Ich gebe das sofort an den Richter weiter und melde mich dann bei Ihnen.«

Weitere kurze Kontrollverluste und einen Heckausbruch später standen die Kommissare vor dem Haus der Werkmanns und klingelten Sturm. Drinnen regte sich nichts, wie beim letzten Mal.

»Ich habe ein mieses Gefühl bei der Sache«, fluchte Thomas. Er versuchte, durch die Streben des Metalltors einen Blick auf das Grundstück zu erhaschen. »Hoffentlich ist er wirklich nur bei einem Freund untergekommen oder irgendwo versackt.«

Lodi hoffte dasselbe. Sie wandte sich ab und schaute die Straße hinunter, an ihrem Ende machte sie einen Bogen und führte bergab.

»Wir sollten noch mal in der Klinik nachfragen, bevor wir weitere Schritte einleiten«, sagte sie.

Sie schwangen sich ins Auto, wendeten und fuhren die Mulangstraße hinab, umgeben von einem sich verdichtenden Nebel, der den Bergpark noch mystischer aussehen ließ. Spaziergänger, die beim Anblick des Blaulichts stehen blieben, machten unter ihren Regenschirmen große Augen.

Thomas stellte den Wagen unmittelbar vor dem Eingang ab. Sie betraten die Klinik und eilten zum Tresen im Foyer. Dahinter erwartete sie ein junger Mann, dessen Gesicht von jetzt auf gleich schockbleich wurde, als er Lodi und Thomas hereinstürmen sah. Leon Stein, las Lodi seinen Namen auf dem Anstecker.

»Wo finden wir Martin Werkmann?«, überfiel Thomas ihn.

Er brauchte einen Moment, bis er seine Sprache wiederfand. »Darf ich fragen, wer Sie …?«

Die Kommissare zückten ihre Dienstausweise. »Lenke, Ziegler, Kriminalpolizei. Wo ist Herr Werkmann?«

Stein schluckte. »Ich … ich weiß es nicht.«

Thomas bedachte ihn mit einem tadelnden Blick. »Wie kann das sein? Er ist der Klinikchef. Wieso wissen Sie nicht, wo er ist?«

Der junge Mann sah ihn eingeschüchtert an. Hatte er eben wenigstens ein paar Worte herausgebracht, verstummte er nun vollständig.

Lodi stellte sich neben ihren Kollegen und schob ihn sanft zur Seite. Sie würde es auf die einfühlsame Art versuchen.

»Hören Sie, es ist wirklich wichtig, dass Sie uns helfen.« Leon drehte sich zu ihr und blinzelte, nach wie vor sprachlos. »Gibt es jemanden, der Werkmann vertritt?«

Er brauchte noch einen weiteren Moment.

Dann nickte er zaghaft. Seine Hand wanderte zu dem unterm Tresen befestigten Telefon.

»Frau Dr. Theiss? Entschuldigen Sie die Störung. Hier unten stehen zwei Beamte von der Kriminalpolizei.«

Lodi vernahm eine Frauenstimme, konnte aber nicht verstehen, was sie sagte. Als stünde seine Gesprächspartnerin vor ihm, fing Leon an, den Kopf zu schütteln. »Nein, das ist kein Scherz. Ich denke, es wäre besser, wenn Sie …« Er wurde unterbrochen. »Richte ich aus.« Leon legte auf und wandte sich wieder Lodi und Thomas zu. »Sie kommt gleich zu Ihnen.« Er zeigte auf die Sitzgruppe unter Palmen am Ende des Flures. »Wenn Sie so lange dort hinten Platz nehmen möchten?«

»Nina Theiss, guten Tag«, kam die Nummer zwei in der Klinikrangfolge auf Lodi und Thomas zu.

Sie schüttelten sich die Hände. Die junge Ärztin wirkte überraschend natürlich und einfühlsam, sodass sie vermutlich schnell eine Verbindung zu ihren Patienten aufbaute. Für eine Frau war sie verhältnismäßig groß, Lodi schätzte sie auf einen Meter fünfundsiebzig. Sie hatte blonde Haare, die ihr bis zu den Schulterblättern reichten, und grüne Augen mit Kontaktlinsen.

Ihre Statur deutete auf regelmäßiges Training und eine gesunde Lebensführung hin.

Thomas stellte sie vor. »Das ist Kriminaloberkommissarin Lenke, ich bin Kriminalhauptkommissar Ziegler.«

»Fühlen Sie sich herzlich willkommen bei uns.« Theiss lächelte professionell. »Wie kann ich Sie bei Ihrer Arbeit unterstützen?«

»Wir sind auf der Suche nach Martin Werkmann. Als seine Stellvertreterin können Sie uns sicher verraten, wo wir ihn finden?«

»Ja, ich …«

Sie zupfte ihren Blazer zurecht. Schaute sich in dem Foyer um und ließ sich dann in einen Sessel sinken. Auch Lodi und Thomas setzten sich wieder hin. Mit einer Geste bat die Ärztin sie, sich ein Stück zu ihr herüberzubeugen. Flüsternd fragte sie: »Wir haben gehört, dass er seine Frau geschlagen haben und spielsüchtig sein soll?«

»Woher wissen Sie das?«

»Nun, das …« Sie kratzte sich am Kopf. »Der Buschfunk funktioniert offenbar auch hier in der Klinik sehr gut.« Diesmal wirkte ihr Lächeln gequält.

Thomas schob eine Gegenfrage hinterher: »Wen meinten Sie eben mit *wir*?« Im Gegensatz zu ihrem Gegenüber dämpfte er seine Stimme nicht.

Lodi wusste, dass es ihn nicht juckte, ob ihnen jemand zuhörte. Sie schmunzelte, denn manchmal mochte sie den Dickschädel ihres Kollegen.

»Nun, die Eigentümer und ich«, erwiderte Theiss. »Wir haben versucht, die Mitarbeitenden vor diesen Nachrichten zu schützen. Die hätten ansonsten hohe Wellen geschlagen.«

Lodi verzog das Gesicht. So nannte man Geheimhaltung heutzutage also. Sie vermutete jedoch, dass es den Eigentümern bei ihrer Verschwiegenheit weniger auf die Mitarbeitenden als vielmehr auf die Außenwirkung ankam.

»Der Leiter unserer Klinik als Gewalttäter und Spieler?«, sprudelte es weiter aus Theiss heraus. »Ein verheerendes Bild, finden Sie nicht?«

Thomas lehnte sich zurück und verschränkte die Arme. »Wir suchen nicht grundlos nach ihm«, überging er ihre Frage. »Wir ermitteln gegen ihn wegen eines Kapitaldelikts.«

Wie auf Knopfdruck entglitten der Ärztin die Gesichtszüge. Aus ihrem Mund blubberte unverständliches Gemurmel, ihr Blick wanderte umher. Sie stotterte: »Das ist ja ... Ich kann gar nicht ... Was soll ich nur den Eigentümern sagen?« Sie wischte sich glänzende Perlen von der Stirn.

Lodi griff nach ihrer Hand. »Vergessen Sie die mal für einen Moment. Bitte konzentrieren Sie sich auf meine Frage: Wo ist Martin Werkmann?«

Mit glasigen Augen starrte Theiss auf den Tisch. Wahrscheinlich lief in ihrem Kopf gerade ein Drama ab. Ihre Hand fühlte sich leblos an. Ob auch ihr Schicksal mit Werkmann verknüpft war?

»Frau Theiss?«, sprach Thomas sie nach gefühlt ewigem Schweigen an.

»Ja, ich ...« Sie schüttelte sich, als hätte er sie aus einem Traum gerissen.

»Wissen Sie, wo Herr Werkmann ist, oder wissen Sie es nicht?«

»Nun, er ...« Sie kratzte sich erneut am Kopf. »Er ist freigestellt.«

Lodis und Thomas' Blicke trafen sich.

»Nachdem mir die Gerüchte zugetragen worden sind, habe ich mit den Eigentümern telefoniert.« Sie schluckte. »Es war nicht meine Entscheidung.«

»Sie meinen, Sie haben ihn auf die Straße gesetzt?«

»Ich bin weisungsgebunden. Die Eigentümer entscheiden und ich setze es um.«

Thomas wandte sich ab. Aus dem Augenwinkel sah Lodi, dass er unter dem Tisch mit den Füßen trippelte.

»Und wie haben Sie ihm das mitgeteilt?«, fragte sie. »Am Telefon oder persönlich?«

»Ich bitte Sie, so etwas erledigt man doch nicht telefonisch.« Theiss zog ihre Hand weg und nickte Lodi dankend zu. »Ich habe heute Morgen von Angesicht zu Angesicht mit ihm gesprochen.«

»Sie meinen, er ist vor ein paar Stunden noch in der Klinik gewesen? Hat er angedeutet, wo er hinwollte?«

»Nein, er ist ohne ein einziges Wort abgedampft.« Theiss' Blick verlor sich erneut in der Unendlichkeit, diesmal starrte sie auf einen Punkt zwischen ihren Füßen. »Ich hätte ihm etwas anderes gewünscht, nach so vielen Jahren.«

Die Kommissare sahen einander an. In den Augen ihres Kollegen las Lodi, dass ihm dasselbe durch den Kopf ging.

Fahndung. Ausschreibung zur Aufenthaltsermittlung, wie es im Beamtendeutsch hieß. Sie mussten Martin Werkmann finden, und zwar so schnell wie möglich.

Freitag, Nachmittag, Wilhelmshöhe

Kaum hatten sie die Klinik verlassen, rief Lodi auf der Dienststelle an. Sie wählte die Durchwahl von Kathrin.

»He, ich bin's«, begrüßte sie sie.

»He, Lodi«, antwortete Kathrin. »Was gibt's?«

»Thomas und ich kommen gerade aus der Klinik am Mulang. Werkmann wurde freigestellt, wir können ihn nicht erreichen. Es spricht vieles dafür, dass er sich den Ermittlungen entzieht.«

»Heißt das, ich soll ihn zur Fahndung ausschreiben?«

»Wenn's geht, bitte sofort. Thomas und ich fahren von hier weiter zum Science Park, wo das Opfer gearbeitet hat.«

»Ich setze mich unverzüglich dran«, versicherte Kathrin.

Lodi bedankte sich und legte auf. Sie stopfte ihr Handy zurück in ihre Jeans und schaute nach Thomas, der zu den Regenwolken aufsah, als würde er wegen des Wetters auch gern Apostel Petrus zur Fahndung ausschreiben.

»He, Asterix«, sagte sie, »wir können aufbrechen. Kathrin kümmert sich drum.«

Sie stiegen in ihren Mercedes und fuhren los, durch die Südstadt und über den Weinberg Richtung Campus. Während der Fahrt linste Thomas mehrmals missmutig zum Himmel.

»Guck dir das da draußen doch nur mal an«, schimpfte er.

»Nein, danke«, antwortete Lodi. »Ist nicht so, als hätte ich davon in letzter Zeit zu wenig gesehen.«

Auch ihr stank das Wetter gewaltig. Wolkenblöcke, die den Spätherbst im Gepäck hatten, immer länger werdende Dunkelheit, Spaziergänge im Zwiebelprinzip, Mantel, Schal, Mütze. Menschen, die sich wie Schildkröten zwischen hochgezogenen Schultern verkrochen.

»Aber was sollen wir machen?«, fügte sie rhetorisch hinzu. »Wir müssen es wohl oder übel ertragen.«

Thomas nickte vor sich hin.

»Tina und ich haben darüber nachgedacht, auszuwandern«, erzählte er schließlich. »Balearen, Kanaren. Hauptsache Italien, wie ein ehemaliger Fußballer mal gesagt hat.«

Lodi drehte sich zu ihm und bedachte ihren Kollegen mit einem irritierten Blick. Sie hörte zum ersten Mal von diesen Plänen.

»He, komm nicht auf die Idee, mich im Stich zu lassen.«

»Ach, es sind nur Gedankenspiele. Aber ich gebe zu, dass ich dieses Schmuddelwetter verdammt gern hinter mir lassen würde.«

»Was hält euch auf?«

Thomas zuckte mit den Schultern. »Der Job, um ehrlich zu sein. Ich könnte ihn niemals aufgeben, für kein Geld der Welt. Da müsste von Rheinfeld mich schon höchstpersönlich mit den Füßen voran aus dem Präsidium tragen.« Er lächelte und schaute zu ihr herüber. »Du brauchst dir also keine Sorgen machen, so schnell wirst du mich nicht los. Frühestens nach der Pensionierung, aber bis dahin fließt noch viel Wasser die Fulda herunter.«

»Da bin ich aber beruhigt«, antwortete Lodi.

So wenig sie von seinen Plänen gewusst hatte, teilte sie sie doch umso mehr. Sie brauchte das nasskalte Wetter in Deutschland auch nicht mehr, und die beiden Gründe, aus denen sich Menschen am häufigsten gegen das Auswandern entschieden, waren bei ihr nicht gegeben. Ihr standen weder Familie noch viele Freunde im Weg.

In der Gottschalkstraße parkten sie direkt vor dem Durchgang zum Science Park. Das dreistöckige Bürogebäude stand auf dem ehemaligen Gelände der Henschel-Werke, in Sichtweite des Uni-Geländes. Die Stadt hatte es als Technologie- und Gründerzentrum entworfen und mit zahlreichen Büros, Laborflächen und Werkstätten ausgestattet. Der Plan war auf- gegangen, seit der Eröffnung hatten sich mehrere Unternehmen angesiedelt.

Lodi und Thomas gingen zum Eingang und schauten die Fassade hinauf. Viel nackter Beton, Glas und Metall. Genauso futuristisch wie das Gebäude muteten auch die Namen der Firmen auf den Klingelschildern an. Lodi hatte noch nie von ihnen gehört.

»Und nun?«, fragte Thomas. Er versuchte, durch die Glasfassade drinnen etwas zu erkennen. »Es scheint hier keinen Empfang oder etwas Ähnliches zu geben.«

Aus dem Augenwinkel sah Lodi jemanden um die Ecke kommen.

»Entschuldigen Sie bitte«, sprach sie die Person gedanken- schnell an und ging ein paar Schritte auf sie zu.

Es handelte sich um eine junge Frau mit Pferdeschwanz und freundlichem Gesicht, vermutlich war sie Ende zwanzig. Zu ihren Sneakern trug sie eine ausgefranste Jeans und darüber ein T-Shirt mit dem Aufdruck: »Es gibt 10 Arten von Menschen: diejenigen, die Binär verstehen, und diejenigen, die es nicht tun.«

Lodi schmunzelte über die Anspielung und zückte ihren Ausweis. »Mein Name ist Lenke«, sie nickte über ihre Schulter, »das ist mein Kollege, Hauptkommissar Ziegler.«

Ihr Gegenüber bemühte keinen Muskel in ihrem Gesicht. Sie zog an ihrer Zigarette und ließ lässig Rauch aus der Nase strömen.

»Sarah Papst.« Sie legte eine kurze Pause ein. »Und bitte keine Sprüche, ich kenne sie alle.«

Lodi hoffte, dass Thomas sich beherrschen würde. Auch wenn dieser Name tatsächlich einer Einladung an ihn gleichkam. Oder einem Ball auf dem Elfmeterpunkt vor einem leeren Tor, wie er es vermutlich mit einer seiner Fußball-Analogien ausgedrückt hätte.

Sarah zeigte auf das Bürogebäude. »Gibt's Ganoven da drin?«

Lodi lächelte. Die lapidare, burschikose Art der jungen Frau war ihr sympathisch.

»Nicht dass wir wüssten.«

»Warum sind Sie dann hier?«

»Sonja Werkmann. Sagt Ihnen der Name etwas?«

»Tut mir leid. Mit Namen hab ich's nicht so.«

Thomas schaltete schnell. Er zückte sein Smartphone und zeigte Sarah das Foto von Sonja. Sie betrachtete es eine Weile, während sie erneut an ihrem Glimmstängel zog.

»Ja, die sehe ich hier öfter mal. Wir reden allerdings kaum miteinander. Sie wissen schon, Hallo, Tschüss, schönes Wochenende.« Sie ließ den Stummel fallen und trat ihn aus.

»Wissen Sie, ob sie hier im Science Park gearbeitet hat?«, erkundigte sich Thomas.

»Gearbeitet *hat*?«, wiederholte Sarah. Sie schaute Lodi und Thomas fragend an. »Habe ich das richtig verstanden? Ist sie …?«

»Wir sind vom K11«, antwortete Lodi. »Ich schätze, Sie wissen, in welchen Fällen wir ermitteln.«

Die junge Frau schluckte. »Wow, das ist übel.« Sie machte ein ratloses Gesicht und nahm sich einen Moment zum Verdauen. »Aber um Ihre Frage zu beantworten: Ich habe keine Ahnung, ob sie im Science Park gearbeitet hat.«

»Und Sie? Sind Sie hier beschäftigt?«

»Bei OptiLogix. Dritter Stock.«

»Als was, wenn ich fragen darf?«

Mit einer Hand streifte Sarah über den Aufdruck auf ihrem T-Shirt. »Ich bin Software-Entwicklerin. Wir arbeiten an einer innovativen Softwarelösung für Logistikprozesse, basierend auf künstlicher Intelligenz. Sie soll dabei helfen, die Lieferketten von Unternehmen zu optimieren.«

Die Kommissare nickten beeindruckt.

»Leider habe ich noch nie von Ihrem Arbeitgeber gehört«, sagte Thomas.

»Wir sind ein Start-up. Ich bin erst seit einem Jahr dabei.«

»Wie viele Mitarbeiter haben Sie?«

»Gute Frage. Wir expandieren schnell, jede Woche kommen neue Leute dazu.« Sie zuckte mit den Schultern. »Ich habe den Überblick verloren.«

»Noch mal zu Sonja Werkmann«, lenkte Lodi das Gespräch in die ursprüngliche Richtung. »Sie können uns nichts zu ihr erzählen?«

Sarah runzelte die Stirn und legte einen Finger auf ihre Lippen. »Wie gesagt, keine Ahnung, ob sie hier gearbeitet hat. Aber sie muss eine Zugangskarte gehabt haben, sonst wäre sie nicht ins Gebäude gekommen.«

Lodi und Thomas linsten zum Eingang hinüber. Neben der Glastür hing ein kleiner grauer Kasten, der aussah wie ein Scanner.

»Ohne diese Karte funktioniert gar nichts«, erklärte Sarah. »Und die bekommt man nur als Beschäftigte.« Sie holte ihr eigenes Exemplar heraus und präsentierte es. »Kommen Sie, ich nehme Sie mit rein.«

Freitag, Nachmittag, Science Park

Es war eine eigene Welt. Lodi, Thomas und Sarah standen in der futuristischen Eingangshalle, auch hier dominierten Glas, Metall und Beton. Von der Decke hingen kreisförmige Strahler, die aussahen wie Heiligenscheine.

»Ab jetzt müssen Sie ohne mich klarkommen.« Sarah schielte auf ihre Smartwatch. »Ich muss mich noch auf ein Meeting vorbereiten.«

»Alles klar. Haben Sie vielen Dank, Frau Papst.« Thomas notierte ihre Kontaktdaten, dann verschwand die junge Frau in einem der beiden Flure, die von der Eingangshalle abgingen.

»Und jetzt?« Mit verschränkten Armen lehnte er gegen eine Wand. Während er sich umschaute, tippelte er mit den Füßen. »Sollen wir rumlaufen und Klinken putzen?«

»Ich befürchte, uns bleibt nichts anderes übrig«, antwortete Lodi. »Am besten teilen wir uns auf, dann sind wir schneller wieder draußen.« Mit dem Kinn deutete sie nacheinander auf die Flure. »Du rechts, ich links?«

»Okay.«

Thomas drückte sich von der Wand ab und trabte davon. Ohne ein weiteres Wort verschwand er hinter der großen Glastür.

Lodi ging zur anderen Seite. Sie folgte dem schmalen Gang und gelangte am Ende zu einem in zwei Richtungen abzweigenden Korridor. Sie schaute sich um.

Stille. Keine Menschen, nur noch mehr Beton, Glas und Türen. Lodi blickte durch die Fassade auf einen kargen Innenhof hinunter, der etwas von einem Zen-Garten hatte: Schotter, dazwischen eine Handvoll dünner Bäume und Sträucher, quadratische Steine.

»Sieht schön aus, oder?«, holte sie eine fremde Stimme aus ihren Gedanken.

Erschrocken fasste Lodi sich ans Herz und drehte sich herum. Vor ihr stand ein hochgewachsener, schlaksiger Kerl, sie schätzte ihn auf Mitte zwanzig. Eine Brille mit dicken Gläsern dominierte sein Gesicht, sie ließen seine Augen riesig wirken. Unter dem Markenlogo auf seinem Poloshirt baumelte ein Namensschild in krakeliger Schrift.

»Das soll Daniel heißen«, sagte er und schmunzelte. Er nahm es ab und versuchte, es sich möglichst gerade wieder anzuheften.

»Sie arbeiten hier?«, fragte Lodi. »Im Science Park, meine ich.«

»Ja. Ich bin Praktikant bei Finlytix.«

»Fin… was?«

»Finlytix.« Daniel zeigte auf eine Reihe Türen entlang des Korridors. »Hast du noch nie von uns gehört?«

Dass er ungefragt zum Du übergegangen war, schrieb Lodi seiner Unbedarftheit zu. Sie kramte ihren Ausweis aus dem Portemonnaie.

»Ich bin von der Kripo. Ich suche jemanden, der mir Auskunft über Sonja Werkmann erteilen kann.«

»Kripo? Sonja?« Daniel fing an, mit seinen Händen zu nesteln. »Was ist mit … Weißt du, wo sie ist?«

»Sie kannten Sonja?«

»Ja, sie …« Er hielt inne und verschränkte die Arme. Auf seiner Stirn bildeten sich Falten. »Moment, du hast gerade in der Vergangenheit gesprochen. Heißt das etwa, dass sie …« Sein Kopf sank auf seine Brust, als drohten seine Gedanken abzudriften.

Lodi legte ihm eine Hand auf die Schulter. »Ich muss Ihnen leider mitteilen, dass Sonja Werkmann ermordet wurde.«

Daniels Blick schoss zu ihr auf. »Ermordet? Scheiße, das kann doch nicht … Ich meine … Sonja …«

»So leid es mir tut, es ist wahr.« Sie gab ihm einen Moment, dann fragte sie: »Hat Frau Werkmann auch bei Finlytix gearbeitet?«

Daniel nickte zaghaft. »Sie ist – Ich meine, sie *war* meine Mentorin.« Durch die Nachricht hatte sich seine Lebendigkeit schlagartig verflüchtigt. Er schüttelte fortwährend den Kopf. »Ich kann das immer noch nicht glauben.«

»Wir ermitteln seit vorgestern in dem Fall«, sagte Lodi. »Wann haben Sie Sonja zum letzten Mal gesehen?«

»Schon länger nicht mehr. Die Kolleginnen und Kollegen auch nicht, soweit ich weiß.«

»Und Ihr Chef?«

Als hätte diese Frage ihn wiederbelebt, hob Daniel plötzlich den Kopf. »Max? Was soll mit ihm sein?«

Lodi registrierte seine Körpersprache. Der bloße Gedanke an seinen Arbeitgeber löste Stress bei ihm aus.

»Sie nennen ihn beim Vornamen?«

Er tippte auf das Schild an seinem Poloshirt. »Ist normal bei uns. Flache Hierarchien und so.« Achselzucken. »Bei der Gelegenheit: Würdest du mich bitte auch duzen?«

Lodi schmunzelte und nahm ihre Hand wieder von seiner Schulter. »Okay, Daniel. Ich bin Lodi. Ich schlage vor, du stellst mich jetzt deinem Chef vor.«

Er nickte und führte sie über den Flur zum Treppenhaus.

»Max arbeitet meistens in der Küche im Keller«, erklärte er. »Wir nutzen sie auch als Konferenzraum.«

Lodi zückte ihr Handy und rief Thomas an. Sie trug ihm auf, zum Treppenhaus in dem anderen Gebäudeteil zu kommen.

»Ich stehe hier mit einem jungen Mann, er war Sonjas Praktikant und bringt mich zu seinem Chef. Ich denke, wir sollten ihn befragen.«

»Bin gleich da«, antwortete Thomas.

Lodi legte auf und steckte ihr Handy weg. Sie wandte sich Daniel zu und sagte: »Mein Kollege stößt gleich dazu. In der Zwischenzeit könntest du mir etwas mehr über deinen Arbeitgeber erzählen.«

»Klar, was willst du wissen?«

»Nun, womit ihr euer Geld verdient, zum Beispiel.« Lodi lehnte sich neben ihm gegen das Treppengeländer. Daniel überragte sie um mindestens eineinhalb Köpfe.

»Wir sind ein FinTech«, erklärte er wortkarg.

Sie blinzelte und blickte ihm durch seine Brillengläser erwartungsvoll in die Augen.

»Okay, verstehe.« Er schaute zur Decke, als ob er dort nach den richtigen Worten suchte. »Wir entwickeln Finanztechnologien und Softwarelösungen, B2B, B2C. Dabei fokussieren wir uns auf die Analyse und Visualisierung von Daten. Wir wollen die Customer unterstützen, damit sie ihre Finanzen besser verstehen und fundierte Entscheidungen treffen.«

Seine Antwort hätte nicht kryptischer ausfallen können. B to B to was? Schlagartig fühlte Lodi sich alt und ungebildet.

»Okay, und jetzt noch einmal für einfache Kriminalpolizistinnen: Was genau sind Finanztechnologien?«

»Nun, wir haben zum Beispiel eine App für Banken entwickelt.« Daniel senkte wieder den Kopf und wandte sich ihr zu. »Hast du in letzter Zeit mal dein Konto gewechselt?«

»Erinnere mich bitte nicht daran. Ich musste verdammt viele Personen und Firmen informieren. Und ich habe natürlich trotzdem welche vergessen.«

»Genau da setzt *BankSwitcher* an. Die App führt den Kontowechsel vollautomatisch durch. Man eröffnet nur ein neues Konto bei einer Bank, gibt die Daten des alten ein und das war's. Alle wichtigen Informationen werden ausgelesen, analysiert, und voilà …« Er breitete seine Arme aus. »Ganz ohne Stress.«

»Das klingt zu einfach, um wahr zu sein.«

»Das fanden die Banken auch, als Max ihnen das Produkt vorgestellt hat. Angeblich haben sie ihn angesehen wie ihren Erlöser.« Daniel machte eine ahnungslose Geste. »Auf jeden Fall war die App ein voller Erfolg.«

Lauter werdende Schritte drangen vom Flur ins Treppenhaus. Die beiden unterbrachen ihr Gespräch und schauten zum Durchgang hinüber.

Thomas stand vor ihnen und japste nach Luft.

* * *

Die Teeküche war modern und funktional gestaltet. Im Unterschied zu den restlichen grauen Betonwänden im Science Park waren ihre in Beige gehalten. Durch das Tageslicht, das die Glasfassade hereinließ, wirkte der Raum trotz seiner Lage im Keller warm und einladend.

Lodis Blick wanderte zur Küchenzeile neben der Tür. Sie war sauber und aufgeräumt und bot den Mitarbeitenden alles, was man brauchte. Daniel zeigte auf einen Fernseher, der über einem Ledersofa an der Wand hing.

»Den nutzen wir für Videokonferenzen und Präsentationen«, erklärte er.

In der Mitte des Raumes stand ein massiver Tisch, vermutlich aus Eichenholz. Er musste frisch geölt worden sein, denn auf der Oberfläche spiegelten sich die Deckenlampen. Um ihn herum verteilten sich Metallstühle, die mit ihren geradlinigen Formen zum minimalistischen Stil der Teeküche passten.

Auf einem davon saß ein Mann in schrägem Winkel zu ihnen. Er beugte sich über ein Tablet, auf dem er mit einem Digitalstift schrieb. Er war so tief in sein Tun versunken, dass er seine Umgebung nicht wahrzunehmen schien.

»He, Max«, versuchte Daniel, die Aufmerksamkeit seines Chefs zu erlangen. »Wir haben Besuch. Hast du eine Minute?«

Doch er reagierte nicht und murmelte nur ein paar unverständliche Laute vor sich hin.

Daniel sah die Kommissare an und zuckte mit den Schultern. Was sollte er tun, er hatte es versucht.

»Herr Engel?«, fragte Lodi nun mit kräftiger Stimme. »Wir sind von der Kriminalpolizei. Mein Kollege und ich würden uns gern mit Ihnen unterhalten.«

Das ließ ihn aufhorchen. Er legte den Digitizer aus der Hand und seufzte. Ohne sich umzudrehen, zeigte er auf zwei Stühle an der gegenüberliegenden Tischseite.

»Nehmen Sie Platz.« Er betonte seine Worte präzise und scharf.

Die Kommissare setzten sich. Lodis erster Eindruck von ihm: Er war kaum älter als sie. Sie schaute in ein markantes Gesicht. Es strahlte Autorität aus, unterstrichen von tief liegenden Augen, buschigen Brauen sowie einem wachen und durchdringenden Blick. Unter dem T-Shirt, das er über seiner Jeans trug, deutete sich ein muskulöser Körper an.

»Was kann ich für Sie tun?«, fragte er.

»Zunächst bedanken wir uns, dass Sie sich Zeit nehmen«, begann Thomas. »Leider müssen wir Ihnen mitteilen, dass Ihre Angestellte Sonja Werkmann einem Tötungsdelikt zum Opfer gefallen ist.«

Engel sah sie ausdruckslos an.

»Das ist eine erschütternde Nachricht«, sagte er schließlich. Seine Stimme klang so kalt, als hätte er sie eben aus der Gefriertruhe geholt. Wenn er Mitgefühl empfand, hatte er es tief in sich vergraben. Er streckte den Rücken durch und legte seine Hände flach auf den Tisch. »Wie kann ich Ihnen bei Ihren Ermittlungen behilflich sein?«

»Wann haben Sie sie zum letzten Mal gesehen?«

»Vor fünf Tagen. Danach ist sie nicht mehr zur Arbeit erschienen.«

Lodi und Thomas sahen ihn erwartungsvoll an.

»Haben Sie sich darüber nicht gewundert?«

»Nein.« Engels Gesichtsausdruck blieb unverändert.

Thomas verschränkte die Arme und lehnte sich zurück. »Erkundigen Sie sich etwa nicht nach Ihren Schäfchen?«

»Das war nicht nötig. Frau Werkmann hat sich telefonisch krankgemeldet.«

Engel drehte sich zu einem Spiegel herum, den Lodi erst jetzt entdeckte und der dem Raum Tiefe verlieh. Prüfend kniff er die Augen zusammen und zupfte einige Strähnen seiner kurz geschnittenen Haare in die gewünschte Form.

Lodi und Thomas sahen sich an. Die Krankmeldung war eine neue Information für sie, bisher hatte niemand sie erwähnt. Selbst Martin Werkmann nicht, der doch davon gewusst haben musste.

»Kannten Sie den Grund der Krankschreibung?«, fragte Lodi.

Engel feilte weiter an seiner Frisur. Erst nach einer Weile erwiderte er: »Als Hüter des Gesetzes sollten Sie über ebendieses in Kenntnis sein, und Ihre Frage erscheint mir unrechtmäßig. Daher erachte ich eine Antwort als nicht erforderlich.« Er wandte sich wieder seinen Gästen zu, doch von einer Regung in seinem Gesicht gab es nach wie vor keine Spur.

»Können Sie uns etwas über Frau Werkmann erzählen? Was war sie für eine Person? Wie gut war sie in das Unternehmen integriert?«

»Nun, mein Interesse galt ihrer Arbeitskraft und nicht ihrer Persönlichkeit oder ihrem Privatleben.«

»Wie lange hat sie für Finlytix gearbeitet?«

»Erwarten Sie bitte nicht, dass ich über die Verträge aller Mitarbeitenden in Kenntnis bin.«

Thomas schnaufte. Dieses Unterfangen als mühsam zu bezeichnen wäre eine Untertreibung gewesen.

Doch Lodi ließ nicht locker. »Aus unseren bisherigen Befragungen wissen wir, dass Frau Werkmann erst vor Kurzem zu Ihrem Unternehmen gestoßen sein muss. Ist das zutreffend?«

»In unserer Personalabteilung sitzen kompetente Leute. Mit ihrer Frage können Sie sich gern an diese wenden«, antwortete Engel.

Als würden sie gegen eine Wand rennen. Allmählich dünkte Lodi, warum Daniel nervös geworden war, als sie ihn auf seinen Chef angesprochen hatte. Dieser Kerl war so zäh wie ein billiges Steak.

Lodi ließ sich dennoch nichts anmerken. »Wie würden Sie die Arbeitskraft, wie Sie sagen, von Frau Werkmann beschreiben?«

»Darüber möchte ich Ihnen keine Auskunft geben.«

Engels Lippen formten sich zu einem großspurigen Lächeln, seine erste sichtbare Gemütsbewegung. Doch sie löste sich so schnell wieder auf, wie sie aufgetaucht war. Er fiel in die Rolle des emotionslosen Geschäftsmanns zurück und setzte ein

Pokerface auf. »Gestatten Sie, wenn ich meinerseits eine Frage stelle?«

»Nur zu.«

»Als Kommissare blicken Sie bestimmt in viele Abgründe hinein. Glauben Sie nicht, dass diese Abgründe irgendwann auch in Sie hineinblicken?«

Lodi schaute zu Thomas, er runzelte die Stirn. Was sollte das denn nun? Erst zeigte Engel sich derart zugeknöpft, und jetzt stellte er so eine Frage?

»Man gewöhnt sich an vieles«, antwortete er.

Über die Lippen des Unternehmenschefs huschte ein süffisantes Grinsen. »Wenn Sie keine weiteren Fragen haben, wird Daniel Sie nach draußen begleiten.« Er zeigte über die Schulter zur Tür.

Die Kommissare standen auf, Lodi streckte Engel ihre Hand entgegen. »Seien Sie unbesorgt«, sagte sie zum Abschied, »uns werden noch weitere einfallen.«

Freitag, Mittag, Campus

Kurz darauf standen sie wieder draußen vor dem Science Park. Daniel war so nett gewesen, sie bis zur Eingangshalle zu begleiten. Lodi bedankte sich und verriet ihm die Nummer ihres Diensthandys. Sie bat ihn, nicht zu zögern und anzurufen, falls ihm etwas zu Sonja einfallen würde.

»Was für ein Kotzbrocken«, schimpfte Thomas, als sie wieder unter sich waren.

»Nicht gerade ein Sympathikus«, stimmte Lodi zu.

»Machst du Witze? Das Gespräch hatte den Unterhaltungswert eines Stasi-Verhörs.«

Schnaufend tastete er sich ab. Als er einsah, dass er seine Zigaretten vergessen hatte, vergrub er trotzig die Hände in den Taschen.

»Und jetzt?«, drückte sein Blick eine stumme Frage aus.

Lodi zeigte auf die Container in ihrer Nähe, die die Uni vor Jahren notdürftig aufgestellt hatte, um neue Seminarräume zu schaffen. Dahinter ragte der Anbau der Zentralmensa zwischen den Rotklinkergebäuden des Campus hervor.

»Mittagessen?«, fragte sie.

Wenige Minuten später saßen sie an einem Tisch und waren umringt von Studierenden. Wenn Lodi es richtig im Kopf hatte, hatte das neue Semester in der ersten Oktoberwoche begonnen und war somit in vollem Gange.

Ihr Blick fiel auf das Tablett ihres Kollegen. Zu dem Schnitzel nach Wiener Art hatte er sich zwei Beilagen genommen: einen kleinen Salat und dazu Pommes mit Mayonnaise. Wobei es eher Mayonnaise mit Pommes heißen musste, denn diese waren unter der dickflüssigen Soße nur zu erahnen.

Auch diesmal fiel Lodi auf, dass Thomas sein Essen regelrecht herunterschlang. Das sei ein Überbleibsel seiner Bundeswehrzeit, hatte er stets behauptet. Damals, während des Grundwehrdiensts, hätten seine Kameraden und er immer nur eine halbe Stunde zum Essen gehabt. Das habe ihn so nachhaltig geprägt, dass er bis heute nicht geschafft habe, dieses Verhalten abzulegen.

Pling.

Ein heller Ton, schon wieder war er aus seiner Hosentasche gekommen. Thomas legte das Besteck ab und zückte sein Diensthandy.

»Eine E-Mail von Frau Öztürk, der Kollegin von der operativen Technikunterstützung«, erklärte er. Er legte das Smartphone vor sich ab, damit sie gemeinsam aufs Display schauen konnten. »Sie hat mir die Liste der Einzelverbindungen von Sonja Werkmanns Handy geschickt. Ich habe sie zunächst nur für das letzte Quartal angefordert, damit es schneller geht.«

Er scrollte durch die Liste bis zum letzten registrierten Anruf, ein Mobilfunkanschluss, und zeigte auf die Nummer. Eine halbe Stunde vor dem errechneten Todeszeitpunkt. Nachdenklich starrten sie aufs Display.

»Am besten rufst du Frau Öztürk gleich an«, schlug Lodi vor. »Sie soll ermitteln, wem diese Nummer gehört.«

Dann zoomte sie heraus, um so viele Einträge wie möglich zu überblicken. Stirnrunzelnd überflog sie die Liste.

Bis es ihr auffiel: Eine Nummer hatte Sonja am Tattag mehrfach angerufen, es hatten Gespräche von unterschiedlicher Dauer stattgefunden. Zum letzten Mal um einundzwanzig Uhr zwölf.

Lodi rief sich die Aussage von Martin Werkmann in Erinnerung. Er hatte behauptet, dass er zu dieser Zeit bereits vor dem Fernseher eingeschlafen gewesen sei. Sie öffnete ihre Kontaktliste, tippte »Gersten« ein und verglich die Nummern miteinander. Unterschiedliche Vorwahlen. Ihre Freundin aus Lohfelden war es nicht, bei der Sonja sich gemeldet hatte.

Damit lag die Antwort nahe. Lodi zeigte auf die Nummer auf dem Bildschirm.

»Das muss ihr Liebhaber sein«, schlussfolgerte sie. »Sag Öztürk, dass sie auch den Namen zu diesem Anschluss rausfinden soll.«

* * *

»Dann schießen Sie mal los, Frau Lenke.«

Caspar von Rheinfeld saß hinter seinem Schreibtisch und schaute Lodi grimmig an. Seine Augen funkelten wie glühende Kohlen, und aus seinem feuerroten Bart schienen bald Funken zu sprühen. Der Präsident des Polizeipräsidiums Nordhessen strich über seine Schulterklappe, wahrscheinlich hatte er darauf einen Fussel ausgemacht. Die drei Sterne, eingefasst in einen goldenen Lorbeerkranz, ließen seine Schultern noch breiter werden.

Ausnahmsweise war von Rheinfeld heute nicht in einem Maßanzug zum Dienst erschienen, sondern hatte sich in eine frisch gebügelte Uniform gezwängt. Trotz seiner stattlichen Einsfünfundneunzig wirkte er darin unfreiwillig komisch. Hatte Lodi ihn überhaupt jemals in Uniform gesehen?

Als sie durchs Treppenhaus nach oben gegangen war, hatte sie bereits befürchtet, dass ihr ein unangenehmes Gespräch bevorstand. Denn dort, wo die hohen Tiere seit ihrem Umzug aus dem dritten Stock saßen, wurde einem nie das Ego gestreichelt. In der »Teppichetage«, wie sie unter Kollegen den siebten Stock bezeichneten, holte man sich einen Rüffel ab und verzog sich geschlagen wieder nach unten. Nun hatte es Lodi getroffen.

Sie räusperte sich. »Hauptkommissar Ziegler und ich haben soeben die Ergebnisse aus Wiesbaden erhalten. Wir hatten das LKA um die Aufschlüsselung der Handydaten des Opfers und eine Funkzellenabfrage gebeten. Auf Letztere warten wir leider immer noch.« Lodi schlug die Beine übereinander und legte ihre Hände auf dem Knie ab. »Von einer Freundin des Opfers haben wir erfahren, dass Frau Werkmann eine außereheliche Affäre geführt hat. Über diesen Mann wissen wir noch nicht viel, erhoffen uns aber ermittlungsrelevante Informationen von ihm.«

»Wann kann ich mit Ergebnissen rechnen?«

»Wir arbeiten, so schnell wir können, Herr Präsident.«

Von Rheinfeld fuhr sich durch seinen dichten Bart und verschränkte die Arme. »Nicht schnell genug«, fauchte er.

»Sagen Sie das dem LKA«, hätte Lodi am liebsten erwidert. Doch sie biss sich auf die Zunge. Etwas, womit sie wahrscheinlich bis ans Ende ihrer Dienstzeit zu kämpfen haben würde: den Mund zu halten. Sich in ein hierarchisches System wie das der Polizei einzufügen, das nicht selten die inkompetentesten Beamten in die höchsten Ämter spülte. Das beste Beispiel saß vor ihr, dachte Lodi und musste schmunzeln.

Von Rheinfeld verzog das Gesicht. »Finden Sie das etwa komisch?«

»Nein, Herr Präsident.«

»Dann hören Sie mir gut zu, Frau Lenke …« Er beugte sich zu ihr herüber und hob mahnend einen Finger. »Das ist das zweite Mal, dass Sie zu lange für die Identifikation brauchen. Dass unser einziger Tatverdächtiger abgetaucht ist, geht allein auf Ihre Kappe.«

Er spielte auf Thomas und Lodis ersten gemeinsamen Fall an. Damals war sie frisch aus Offenbach zum Polizeipräsidium Nordhessen gewechselt. Weil die Leiche bis zur Unkenntlichkeit entstellt gewesen war, hatten sie versucht, sie anhand eines odontologischen Abgleichs zu identifizieren. Doch die Zahnärztin des mutmaßlichen Opfers hatte sich geweigert, die Behandlungsakte freizugeben, und sich auf ihre Schweigepflicht berufen. Einen Monat lang hatte diese Posse sich hingezogen, bis das Amtsgericht schließlich die Beschlagnahme der Unterlagen angeordnet hatte.

»Mit Verlaub, Herr Präsident, Hauptkommissar Ziegler und ich haben das gemeinsam entschieden. Außerdem ist er der …«

Von Rheinfeld schnitt ihr mit einer Geste das Wort ab. »Ich bin Ihre Ausflüchte leid, Kollegin Lenke. Damals war es der Zahnarzt, der die Behandlungsakte nicht rausrücken wollte. Und wer oder was ist es diesmal?«

Wieder verkniff Lodi sich nur mit Mühe eine Antwort. Ihr Gegenüber machte es sich verdammt einfach. Ja, möglicherweise waren Thomas und sie zu zögerlich gewesen und hätten Martin Werkmann bei seiner Befragung stärker auf den Zahn fühlen sollen. Das war ihr Versäumnis, und dazu stand sie auch. Der Präsident ließ jedoch außer Acht, dass zu diesem Zeitpunkt noch nicht zweifelsfrei feststand, ob es sich bei der Toten um Sonja Werkmann handelte. Dafür hatten sie auf die Bestätigung vom LKA gewartet, was der üblichen Vorgehensweise entsprach.

»Wir haben alles getan, um die Identität so zeitnah wie möglich rechtssicher festzustellen«, erklärte Lodi. »Außerdem haben wir Werkmann angewiesen, die Stadt nicht zu verlassen und sich bereitzuhalten.«

Unbeirrt schaute von Rheinfeld sie mit finsterem Blick an.

Dann klopfte es an der Bürotür. Auf das »Herein!« des Präsidenten schwang sie auf, und Corinna Sternberg stöckelte in den Raum. Adrett gekleidet wie immer, aufrecht, professionell und selbstbewusst. Ihre Haare hatte die Mittfünfzigerin, die erst vor Kurzem zur Leiterin der Pressestelle befördert worden war, zu einer Hochsteckfrisur gezähmt, und als Insignien ihres Höhenflugs trug sie klobige Perlenohrringe. Sie reichte Lodi eine Hand und nahm anschließend neben ihr Platz.

»Vielen Dank für Ihr Kommen, Frau Sternberg«, begrüßte von Rheinfeld sie.

Auf sein Nicken schlug die Pressesprecherin die Akte auf, die sie mitgebracht hatte, zog einen ausgeschnitten Zeitungsartikel heraus und legte ihn auf den Tisch. Lodi stach die reißerische Überschrift ins Auge: »Ermittler schlafen und lassen Verdächtigen ziehen.« Sie überflog die erste Spalte. Bis sie genug gelesen und der Groschen bei ihr gefallen war.

Für einen Moment wurde es still zwischen ihnen.

»Ist Ihnen klar, was das bedeutet?«, fragte von Rheinfeld schließlich.

Lodi nickte. Sie wusste es: Irgendwo in ihrer Dienststelle gab es ein Leck, aus dem Interna an die Presse durchgesickert waren. Sie hatte nicht die geringste Idee, wer diese undichte Stelle sein könnte. Kathrin? Oder etwa … Sie traute sich nicht, den Gedanken zu Ende zu führen. Aber wieso war von Rheinfeld sich so sicher, dass das Leck ausgerechnet in ihrer Dienststelle existierte? Es kam eine Handvoll Beamte in Betracht, auch beim LKA.

»Frau Lenke, von nun an erwarte ich, dass Sie sich auf drei Dinge konzentrieren«, sprach der Polizeipräsident weiter und zählte mit den Fingern auf. »Erstens: keine Fehler mehr. Zweitens: Ich will Ermittlungsergebnisse, und zwar bald.« Vor dem letzten Punkt legte er eine kurze Kunstpause ein. Wahrscheinlich, um dessen Bedeutung hervorzuheben. »Und zu guter Letzt: Finden Sie den Maulwurf!«

* * *

Lodi stand auf ihrer Dachterrasse. Sie lehnte gegen das Geländer und schaute zum Himmel. Zum ersten Mal an diesem verregneten Tag machte sie Fissuren in der Wolkendecke aus, verursacht von den grün-roten Laserstrahlen, die sie durchschnitten und zum Herkules hinaufleuchteten. Ein künstlerisches Überbleibsel der documenta 6.

Dieser Anblick passte zu der Stimmung, die sie nach dem Gespräch mit dem Polizeipräsidenten befallen hatte. Sie war plötzlich einfach da gewesen. Lodi hatte sie als Vorwarnung verstanden, und als sie auch noch angefangen hatte zu schwitzen und ihr Atem sich verflacht hatte, ließ sie sich von Thomas nach Hause bringen. Als er sie vor der Tür absetzte, fuhr er wieder das Fenster herunter und schaute sie mit vielsagendem Blick an.

»Morgen reden wir«, hatte er gesagt und war davongefahren.

Lodi trank einen Schluck Wein. Sollte sie ihm die Wahrheit erzählen? Bisher wusste er trotz ihrer gemeinsamen Jahre als Ermittlungsteam so gut wie nichts über sie. Er wusste nicht, dass ihre Mutter brutal erschlagen und ihr Vater für den Mord an ihr verurteilt worden war – und das alles, als Lodi noch ein Teenager gewesen war. Niemand wusste davon, und sie hatte ihr Möglichstes dafür getan, dass ihr Geheimnis auch eines blieb.

Ob er Verständnis für sie aufbringen würde? Bei allem Mitgefühl würde Lodi ihn in einen Gewissenskonflikt bringen.

Wenn er sie an ihren Vorgesetzten verriet, würde er sie als Partnerin verlieren, daran ließ das Beamtengesetz keinen Zweifel. Dort war von »sonstigen gesundheitlichen Gründen« die Rede, aus denen der Dienstherr eine Dienstunfähigkeit feststellen konnte. Schwammig genug formuliert, um darunter alles und nichts zu verstehen. Wie Lodi in Gerichtsurteilen von ähnlich gelagerten Fällen gelesen hatte, reichten bereits nicht näher definierte »Verhaltensauffälligkeiten«, um eine Untersuchung beim Amtsarzt anzuordnen. Diese mussten keinen Krankheitswert besitzen, wie es dort geheißen hatte, sondern lediglich eine Leistungsbeeinträchtigung zur Folge haben, was auch immer das bedeutete.

Aber wenn Thomas sie nicht verriet, machte er sich mitschuldig. Falls ihre Attacken auf anderem Weg herauskamen, würde er sich unangenehme Fragen gefallen lassen müssen. Er würde riskieren, selbst seinen Job zu verlieren.

Lodi hob erneut ihr Weinglas zum Mund.

Pling.

Auf ihrem Handy war eine Nachricht eingegangen, Norbert hatte ihr geschrieben. »Noch wach?« Dahinter ein lächelnder Smiley.

Lodi rief ihn an.

»Wie geht's dir?«, begrüßte er sie.

»Ich stehe auf meiner Terrasse und trinke Wein.«

»Das erste Glas?«

»Ja.«

»Gut. Belass es dabei.« Es raschelte kurz in der Leitung, Norbert schien etwas zu suchen. »Hast du gerade viel Stress?«

»Nun, wir haben diese Leiche gefunden. Im Wald.«

»Verstehe.«

»Es hat mich einfach umgehauen, Norbert. Als hätte mich etwas von den Beinen gefegt.«

Er schwieg einen Augenblick. »Schweißausbrüche, Atemnot, Herzrasen, Engegefühl in der Brust?«

»Alles.«

Wieder Stille. »Weiß dein Vorgesetzter Bescheid?«

Lodi kippte den restlichen Wein in einem Schluck herunter.

»Wenn er das täte, wäre ich die längste Zeit Polizistin gewesen.«

»Du hast mich neulich um etwas gebeten.« Ein weiteres Mal raschelte es. »Ich habe da jemanden. Er heißt Dr. Klein und wohnt auch in Kassel, Dörnbergstraße. Ich schicke dir gleich seinen Kontakt aufs Handy.«

»Das ist bei mir um die Ecke.« Lodi stellte ihr Glas ab und ließ sich auf die Liege sinken. »Und seine Praxis, wo ist die?«

»Also, das ist so eine Sache …«

Sie verzog das Gesicht. »Was meinst du?«

»Er praktiziert nicht mehr als Therapeut.«

»Okay …«

»Ich kenne ihn von früher, aus der Supervision. Er ist einer der Besten, die ich je getroffen habe.«

»Warum arbeitet er dann nicht mehr?«

»Nun, er …« Lodi kannte ihn, Norbert rang mit sich. »Das soll er dir selbst sagen. Vorausgesetzt, du gehst zu ihm.«

»Mir wird nicht viel anderes übrig bleiben.«

»Auf jeden Fall bist du bei ihm gut aufgehoben. Er wird den Mund halten, das verspreche ich dir.«

Lodi bedankte sich und beendete das Gespräch. Sie legte das Handy neben die Liege und streckte sich anschließend auf ihr aus.

Ihr Blick wanderte nach oben, einer der Risse am Himmel hatte sich ausgedehnt, dahinter funkelte ihr ein Stern entgegen. Ein Licht der Hoffnung, dachte Lodi. Sie lächelte. Hoffentlich würde der Stern ihr etwas von seiner Kraft abgeben. Die würde sie brauchen, denn es würden dunkle Zeiten auf sie zukommen. So dunkel wie der Himmel über der Stadt.

Samstag, Nacht, Wohnung

Eine dieser Nächte. Lodi stöhnte und wälzte sich herum. Normalerweise half Alkohol ihr beim Einschlafen, doch heute war das Gegenteil der Fall. In ihrem Kopf kreisten diffuse Gedanken, irgendetwas hatte sie in Gang gesetzt. Der Wein, das Telefonat mit Norbert, die Angst vor einer weiteren Attacke? Nebulöse Fragen ohne Ergebnis. Ihr Geist fand einfach keine Ruhe, wie eine sturmgepeitschte See.

Lodi schwang sich aus dem Bett. Sie schlurfte zur Couch und fuhr ihr Notebook hoch. Wenn sie schon neuerdings unter Schlafstörungen litt, warum die »gewonnene« Zeit nicht wenigstens nutzen?

In dem Gemeinschaftsraum von Finlytix hatte sie beschlossen, bei nächster Gelegenheit über das Unternehmen und seinen Gründer zu recherchieren. Sie durchforstete das Internet und klickte sich durch die Suchergebnisse. Laut diesen war Max Engel vierzig Jahre alt. Lodi hatte richtig geschätzt, dass er etwa in ihrem Alter sein musste. Er war in Hannover geboren und aufgewachsen, seine Eltern hatten ihn früh ins Internat gesteckt.

Wie aus einem Zeitungsartikel hervorging, bewies Engel schon früh sein Talent fürs Programmieren. Mit gerade einmal sechzehn Jahren hackte er sich in den Server des Internats, setzte eine Meldung auf der Website ab, dass die Privatschule mit sofortiger Wirkung geschlossen sei, und veranlasste überdies eine Zahlung auf sein Bankkonto in Höhe von mehreren Tausend Mark. Während seine Mitschüler ihn für diese Aktion feierten, wurde er von der empörten Internatsleitung suspendiert.

Da Engels Eltern ihn nicht wieder bei sich aufnahmen, musste er fortan auf eigenen Füßen stehen. Mit seinem mittleren Abschluss in der Tasche bewarb er sich bei einem regionalen Kreditinstitut und absolvierte eine Lehre als Bankkaufmann. Die nächsten Jahre arbeitete er hinterm Schalter, erklomm wegen herausragender Leistungen rasch die Karriereleiter und wurde zum Kundenberater befördert. Allerdings schien auch diese Tätigkeit ihn nicht zu erfüllen. Er schrieb sich bei der Abendschule ein, um das Abitur nachzuholen. Über die Jahre musste er genügend Geld gespart haben, denn wenige Monate nach seinem Abschluss kündigte er und fing an, Informatik zu studieren.

Und dann, kurz vor seinem fünfunddreißigsten Geburtstag, gründete Engel Finlytix. Zusammen mit zwei weiteren Studienkollegen, die er inzwischen herausgekauft hatte, sodass nur noch er als CEO übrig geblieben war.

Lodi gähnte, ihr Blick wanderte an den Bildschirmrand. Sieben Uhr fünfzig. Zeit, sich für den Dienst fertig zu machen.

Sie klappte das Notebook zu und stand sprunghaft auf, sodass ihr kurz schwarz vor Augen wurde. Sie hielt sich am Bücherregal fest und wartete einen Moment, bis sie sich wieder sicher auf den Beinen fühlte. Dann ging sie – immer noch leicht torkelnd – ins Schlafzimmer zurück, wo sie sich eine Jeans und dazu eine frische Oversized-Bluse raussuchte. Zum Schluss rüstete sie sich mit einem Mantel gegen das Wetter.

Unten auf der Straße empfing Lodi erneut dichter Nebel, er lag wie eine Glocke über der Stadt. Menschen, Häuser und

Autos tauchten bloß schemenhaft in ihm auf. Immerhin war es trocken, an den Regen der letzten Tage erinnerte nur noch ein dünner Film, der das Viertel mit feiner Nässe überzog.

Trotzdem klappte Lodi den Mantelkragen hoch. Sie vergrub ihr Gesicht dahinter und machte sich auf den Weg zur Tram-Haltestelle, denn ihr Fahrrad stand immer noch im Keller des Präsidiums. Missmutig stellte sie sich unter das Wartehäuschen und sah sich um. Um sie herum trübe Gesichter, offensichtlich befand sie sich mit ihrer Stimmung in bester Gesellschaft. Auf das Gespräch mit Thomas verspürte Lodi noch weniger Lust als auf den Herbst, der sie und die Stadt noch eine Weile begleiten würde.

* * *

Sie hatte kaum hinterm Schreibtisch Platz genommen, als Thomas in ihr Büro kam. Er sah wieder müde aus.

»Guten Morgen«, sagte er. »Wollen wir gleich sprechen?«

Lodi zeigte auf die dampfende Tasse in ihrer Hand. »Fünf Minuten, okay?« Er nickte. »Gibt's schon was Neues wegen der Fahndung?«

»Ich habe eben noch mal bei Öztürk angerufen. Sie versuchen, den Aufenthaltsort von Werkmanns Handy zu ermitteln. Hoffen wir mal, dass er sein Gerät dabei und eingeschaltet hat. Sonst haben wir keine Chance.«

»Was ist mit den beiden Telefonnummern und der Funkzellenabfrage?«

Thomas zuckte mit den Schultern. »Die Ergebnisse müssten wir bald haben. Ich hoffe auf heute.« Er schaute ihr kurz in die Augen, dann griff er nach der Klinke und öffnete die Tür ihres Büros. »Ich mache mir dann mal einen Kaffee.«

Während Lodi auf ihn wartete, fiel ihr ein, dass ihr noch die wohl unangenehmste Aufgabe bevorstand. Marina Werkmann, sie musste sie über den Tod ihrer Mutter in Kenntnis setzen. Wie sie wohl auf diese Nachricht reagieren würde?

Über den Tod ihrer eigenen Mutter musste Lodi damals von niemandem informiert werden. Sie hatte sie selbst gefunden und somit unfreiwillig identifiziert, beim Spaziergang im Wald. Sie war in Gedanken gewesen, hatte über den neuerlichen Streit ihrer Eltern nachgedacht. Bis ihr im Moos auf einer Lichtung etwas Rotes ins Auge gestochen war. Sofort hatte sie gewusst, dass es nicht hier hingehörte und sie nachsehen musste.

Da lag ihre Mutter dann, in unnatürlicher Haltung. Mit offenem Mund und aufgerissenen Augen, aus denen der Schock und die Todesangst sie ansprangen, aber in denen kein Leben mehr war. Trotzdem hatte Lodi in ihrer Verzweiflung alles versucht. Sie hatte sie aufgerichtet, sie abwechselnd geschüttelt und in den Arm genommen, mit ihr geredet und sie schließlich angeschrien, wütend, zitternd, blind vor Tränen. Den furchtbarsten Teil konnte sie in diesem Augenblick noch gar nicht begreifen: die Endgültigkeit. Heute, als Erwachsene, glaubte sie ansatzweise zu verstehen, dass die Vergänglichkeit ein Teil der Existenz war. Dass der Tod das Leben begrenzte und somit dessen Wert erschuf. Trotzdem war er das Unbarmherzigste, das ihr jemals untergekommen war. Wenn man erst einmal in seine Fratze geschaut hatte, trug man ihn immer bei sich, und viel zu oft konnte einem dieses Gewicht zu schwer werden, wie ein mit Steinen bepackter Rucksack.

Mit einem Kloß im Hals rief Lodi Marina an. Sie musste sich zwingen zu sagen: »Leider muss ich dir mitteilen, dass deine Mutter tot ist.« Und nach einer Pause: »Es tut mir leid.«

Ein paar Minuten später kam Thomas wieder in ihr Büro und zog sich mit einer Tasse Kaffee wortlos an seinen Tisch zurück. Lodi ging zu ihm hinüber und setzte sich neben ihn. Zunächst berichtete sie ihm von dem Telefonat mit Marina und dass sie die Jugendliche über das Ableben ihrer Mutter informiert hatte. Im Anschluss daran hatte sie noch bei Frau Schneider angerufen und ihr dasselbe mitgeteilt. Die Mutter von Selina war fassungslos gewesen. Sie hatte versprochen, sich um Marina zu kümmern, sich mit dem Jugendamt auseinanderzusetzen und sich außerdem nach einer psychologischen Betreuung zu erkundigen.

Thomas nahm es nickend zur Kenntnis. »Sehr gut«, kommentierte er nüchtern. Er schaute sie ungeduldig an.

Lodi holte tief Luft. Sie versuchte, seinem Blick standzuhalten. »Thomas, wo soll ich anfangen?«

»Bei der Wahrheit«, sagte er. »Der Vorfall im Wald, deine fadenscheinigen Erklärungen, dann gestern …«

»Ich hatte schon befürchtet, dass du mir das mit der Erkältung nicht abkaufst.«

»Du bist in den letzten sechs Jahren wie oft krank gewesen?«

»Du hast recht.« Lodi ließ den Kopf sinken. Ihr Blick klebte an der Tasse, sie umfasste sie und wärmte ihre Hände an ihr.

Sie steckten in einer ausweglosen Situation. Thomas würde ihr keine weiteren Ausflüchte durchgehen lassen. Lodi musste ihm die Wahrheit sagen. Sie schluckte.

»Ich habe Panikattacken«, sagte sie.

Zum ersten Mal hatte sie ihr Problem beim Namen genannt. Selbst in ihren Gedanken hatte sie diese Klarheit bisher vermieden. Sie hatte sich eingeredet, dass ihre Angstzustände erst real würden, sobald sie sie als solche benannte.

»Wie fühlt sich das an?«, fragte Thomas.

Lodi lächelte gequält und nippte an ihrem Tee. »Ich weiß nicht, ob es für jeden Menschen gleich ist.«

»Natürlich nicht. Aber wie ist es bei dir?«

»Als ob es die letzten Momente meines Lebens wären.« Sie stellte die Tasse ab und zeigte an sich hinunter. »Es fängt mit einem Kribbeln an den Füßen an, wandert durch meinen

Körper nach oben. Ich schwitze, mein Brustkorb schnürt sich zusammen. Kurzatmigkeit, Todesangst, Übelkeit.«

Thomas sah sie mit einem mitfühlenden Ausdruck in den Augen an. »Hattest du diese Anfälle schon immer?«

Sie nickte. »Als Jugendliche. Dann sind sie verschwunden.«

»Und seit wann hast du sie wieder?«

»Seit wir Sonja im Wald gefunden haben.«

Sein Blick streifte durch ihr Büro und blieb an dem Standregal hängen, in dem sie eine Reihe von Polizeibüchern aufbewahrten. Darunter das Gesamtwerk von Dr. Wilhelm Winterfeld, es umfasste elf Bände. An ihn erinnerte Lodi sich gern zurück, und manchmal vermisste sie ihren kauzigen Dozenten von damals sogar. Für ihre Kollegen war der aus Ost-Berlin stammende Mann mit dem Schnauzbart nur ein Freak gewesen, der sie ständig belehrte, wie kümmerlich die kriminalistische Ausbildung in Westdeutschland sei. Lodi hingegen hatte ihn genau aus diesem Grund ins Herz geschlossen, denn in seinen Seminaren hatte sie immer etwas zu lachen gehabt.

Thomas' nächste Frage holte sie aus ihren Erinnerungen. »Und jetzt? Was hast du vor?«

»Du meinst …?«

Er nickte. Lodi brauchte es nicht auszusprechen.

»Ich habe jemanden. Ich gehe ab demnächst zu ihm.« Nicht ganz die Wahrheit, aber auch keine Lüge.

»Das ist gut. Ich hoffe, dass er dir helfen kann.«

Sein Blick wandelte sich und wurde ernst. Er verriet, dass er seinem Wunsch noch etwas hinzufügen wollte. Wahrscheinlich, dass er Lodi für ihre Ehrlichkeit dankbar war, sie ihn damit aber in Bedrängnis brachte.

Er wandte sich ab, offenbar konnte er ihr nicht in die Augen sehen. »Lodi, du weißt, dass ich das melden muss«, sagte er gedrückt.

Die nächsten Augenblicke verstrichen wortlos. Stille ergriff ihr Büro.

»Wie lange wird es dauern, bis …« Thomas zuckte mit den Schultern. Erneut war klar, wonach er fragte.

»Gib mir etwas Zeit, okay?«, sagte Lodi. »Nur ein paar Wochen.«

Er nickte. »Ein paar Wochen«, murmelte er.

* * *

Der Kellner kam an ihren Tisch und stellte das Glas ab. »Ein Chardonnay, bitte sehr«, sagte er mit einem berufsmäßigen Lächeln. »Lassen Sie es sich schmecken.«

Lodi bedankte sich und probierte einen Schluck. Sie hatte sich nicht anders zu helfen gewusst. Nach dem Telefonat mit Marina und dem Gespräch mit Thomas waren die Stunden im Schneckentempo vergangen, als hätte die Zeit in den ersten Gang geschaltet. Sie hatte sich auf nichts konzentrieren können, immer wieder waren ihre Gedanken abgedriftet. Es brachte alles nichts, sie musste raus. Lodi zog sich ihren Mantel an und versprach Thomas, dass sie gleich wiederkäme.

Dann machte sie sich durch den Nebel auf den Weg in die Innenstadt. Auf Höhe des Friedrichsplatzes bog sie in die Treppenstraße ein, Deutschlands erste Fußgängerzone, und betrat das Café mit der historischen Leuchtreklame über dem Eingang. Samstagvormittag, es war gut besucht. Nur noch ein Tisch war für sie frei.

Eine Weile beobachtete Lodi das Treiben auf der Treppenstraße. An der Glasfassade strömten Passanten vorbei: Jugendliche, die ihr Taschengeld in den Schuh- und Klamottenläden verprassten, Erwachsene, die von einem Café zum nächsten tingelten, sowie ältere Menschen, die sich ihre Zeit in der Stadt zu vertreiben schienen. Aber auch Obdachlose und Drogensüchtige nutzten das Verbindungsstück zwischen der Kurfürsten- und der Oberen Königsstraße, sie stapften grölend vorbei.

Die Stadt hatte sich verändert, fiel Lodi wieder einmal auf, und nicht zum Positiven. Vor zehn Jahren war sie noch als Boomtown beschrieben worden, alle bedeutenden Zeitungen hatten darüber berichtet. Seitdem war die drittgrößte Stadt Hessens von mehreren Krisen erschüttert worden, von denen sie sich bis heute nicht erholt hatte. In Lodis Augen blutete sie förmlich aus. Läden hatten reihenweise geschlossen, in der Innenstadt trat die Armut immer sichtbarer zutage, und damit einhergehend war auch die Verbrechensrate gestiegen.

Ihr Handy klingelte und holte sie wieder ins Hier und Jetzt. »Lenke?«

»Hallo, hier ist Daniel. Ich hoffe, ich störe dich nicht.«

Lodi erinnerte sich, sie waren beim Du.

»Bist du …«

»Ich mache Mittagspause«, log sie. »Ich sitze im Café in der Treppenstraße.«

»Nun, ich … Ich sollte mich ja melden, wenn mir etwas zu Sonja einfällt«, druckste er herum. »Ich glaube, wir sollten uns unterhalten, persönlich. Es geht um Max.«

Eine Viertelstunde später kam Daniel durch die Tür und sah sich in dem Café um. Als er Lodi zwischen den Gästen ausmachte, schlich er zu ihr an den Tisch und ließ sich in den Ledersessel sinken. Sein Blick fiel auf das Weinglas.

»Danke, dass du dich gemeldet hast«, sagte Lodi. »Also, was führt dich zu mir?«

»Ich muss mit dir über gestern sprechen.« Er vergewisserte sich, dass sie niemand beobachtete, und beugte sich über den Tisch. »Max hat euch nicht die Wahrheit gesagt.«

Lodi wich irritiert ein kleines Stück zurück. »Wie meinst du das?«

»Nun, auch wenn es vielleicht aussah, als sei ich anderweitig beschäftigt gewesen, habe ich euer Gespräch natürlich mitgehört.«

»Ich tue mir schwer, es als Gespräch zu bezeichnen, aber okay.« Mit einer kreisenden Geste bat sie ihn, fortzufahren. »Und weiter?«

»Einen Tag bevor Sonja sich krankgemeldet hat, hatten wir ein Teammeeting. Da ist Max total ausgeflippt, er hat sie vor uns allen angeschrien. Was sie sich erlauben würde, dass sie die faulste Mitarbeiterin von allen sei und dass er sie am liebsten rausschmeißen würde.«

»Und Sonja?«

»Die hat nur grinsend dagesessen.«

Lodi legte einen Finger an ihre Nasenspitze. »Hat er wirklich *am liebsten* gesagt?«

»Ja, ich bin mir sicher. Wieso?«

»Warum hat er sie dann nicht einfach vor die Tür gesetzt? Er ist der CEO, er kann machen, was er will.«

Daniel starrte sie eine Weile an. »Keine Ahnung, wahrscheinlich hat er es so dahingesagt.«

»Auf mich wirkte er nicht wie jemand, der unüberlegte Dinge tut.«

»Da hast du recht.« Er driftete erkennbar ab, sein Blick fiel wieder auf den Tisch. »Aber du wirst ihm das doch nicht … Ich habe lange für das Praktikum gekämpft, okay? Unter Informatik-Studenten ist Finlytix gerade der heißeste Scheiß.«

Lodi lächelte ihm zu. »Keine Sorge«, besänftigte sie ihn. »Weder ich noch mein Kollege werden dich verraten.«

Daniels Augen sagten deutlich »Danke«.

Sie setzte zu ihrer nächsten Frage an. »Glaubst du, dass er …« Mehr Worte waren nicht nötig, der Ausdruck in seinem

95

Gesicht verriet, dass er ihr folgen konnte. Auf seiner Stirn bildeten sich Grübelfalten.

»Max ist wirklich ein schwieriger Mensch«, antwortete er schließlich. »Manchmal behandelt er uns wie sein Eigentum, und ab und zu denke ich, dass selbst eine künstliche Intelligenz mehr Gefühle hat. Aber ...« Er schüttelte den Kopf. »Ich traue ihm nicht zu, dass er etwas mit Sonjas Tod zu tun hat.«

Sie unterhielten sich noch eine Weile. Bei einem Glas Cola kam Daniel in Fahrt, er plauderte und plauderte und berichtete aus seinem Privatleben. Dass er in Vellmar, einer Stadt im nördlichen Speckgürtel, aufgewachsen und zur Schule gegangen war, und dass seine Eltern sich immer gewünscht hatten, er würde an einer renommierten Uni wie Göttingen, Marburg oder Heidelberg studieren.

Dann fiel ihm Lodis Schmunzeln auf. »Tja, warum erzähle ich das eigentlich? Entschuldige, ich wollte nicht ...«

Sie lachten.

»Alles gut. Manchmal muss man sich eben etwas von der Seele reden.«

Als der Kellner die Rechnung brachte, lud Lodi ihn ein. »Geht auf Staatskasse«, sagte sie und zwinkerte.

Er begleitete sie noch ein Stück durch die Innenstadt. Zum Abschied sah er sie ein weiteres Mal flehend an. Sie versprach, Engel nichts zu erzählen.

»Und du hältst deine Augen und Ohren offen, okay?«, gab sie ihm mit auf den Weg. »Melde dich bitte, sobald dir etwas einfällt oder du auf etwas stößt.«

»Das mache ich«, sagte Daniel zu. Er stieg in die Straßenbahn und fuhr in Richtung Nordstadt davon.

Lodi spazierte zum Präsidium zurück. Diesmal jedoch nicht über die Königsstraße und den Lutherplatz, sondern sie nahm den direkten Weg, die Treppenstraße hoch und am Vorplatz des

Hauptbahnhofs vorbei. Vor der Tür traf sie auf Thomas, wieder baumelte eine Zigarette zwischen seinen Lippen, er musste sie sich gerade erst angesteckt haben.

»Wo warst du so lange?«, fragte er. »Ich hab's auf deinem Handy versucht.« Nachdem Lodi ihr Büro verlassen hatte, hatte sie es aus- und seitdem nicht wieder eingeschaltet.

Sie nickte über die Schulter in Richtung Innenstadt. »Ich hab mich mit Daniel getroffen. Du erinnerst dich, dieser Praktikant aus dem Science Park?« Sie fasste das Gespräch für ihren Kollegen zusammen.

»Überrascht mich nicht«, kommentierte Thomas. »Ich kann mich nur wiederholen, dieser Engel ist ein Kotzbrocken.«

»Ist er, und ein Lügner offensichtlich ebenso. Auch wenn ich mir Schöneres vorstellen könnte, sollten wir ihn noch mal befragen.«

Thomas zog beherzt an seiner Zigarette. Er atmete aus, Rauch dampfte aus seiner Nase. »Glaubst du Daniel denn?«

»Ich sehe keinen Grund, an seiner Aussage zu zweifeln.«

»Möglicherweise gibt's da etwas, das wir nicht wissen? Vielleicht wollte er sich an ihm rächen?« Er zuckte mit den Schultern. »Wer weiß, ob er ihn nicht auch schon mal vor versammelter Mannschaft zur Schnecke gemacht hat. Diese hippen Typen mit ihrem Geduze, die tun immer so, als hätten sie sich alle lieb. Dabei gibt es in jeder Generation dasselbe Hauen und Stechen um Positionen. Die sind nicht anders als alle anderen vor ihnen.«

Lodi verschränkte die Arme und verzog das Gesicht. Sie wunderte sich über diese plötzliche Schimpftirade, denn so kannte sie Thomas gar nicht. Ob er wegen ihres Gesprächs vom Vormittag so angespannt war?

Sie schnitt ein anderes Thema an. »Gibt's was Neues? Fahndung, Rufnummern, Funkzelle?«

Bei dieser Frage hellten sich Thomas' Gesichtszüge wieder auf, und seine Augen fingen an zu glänzen. Er zog ein weiteres Mal an dem Glimmstängel.

»In der Tat«, bestätigte er. »Öztürk hat mich angerufen. Immerhin kennen wir jetzt den Namen des vermeintlichen Liebhabers.« Mit der freien Hand friemelte er sein Handy aus der Tasche und las aus seinen Notizen vor. »Philipp Becker, ledig, einunddreißig, wohnt oben am Brasselsberg.«

»Noble Gegend. Und zufälligerweise nicht weit vom Haus der Werkmanns entfernt.«

»Das waren auch meine Gedanken.« Obwohl die Zigarette noch Züge hergegeben hätte, beugte Thomas sich zu dem Standaschenbecher herüber und bohrte sie in den Sand, es zischte. Dann zeigte er auf den Parkplatz hinter der Durchfahrt, in dem Dunst schimmerten die silberblauen Dienstwagen hindurch. »Wir sollten uns diesen Becker vornehmen, und zwar jetzt gleich …«

Der Weg führte durch die halbe Stadt. Weil Thomas schwieg und grimmig nach vorne schaute, nutzte Lodi den Moment und tippte eine SMS.

Sehr geehrter Herr Dr. Klein. Es schreibt Ihnen Lodi Lenke, ich habe Ihre Nummer von meinem Freund Norbert Haas. Ich würde mich gern mit Ihnen treffen, wann hätten Sie Zeit? Herzliche Grüße!

Zwanzig Minuten nachdem sie aufgebrochen waren, kamen sie an der Adresse von Philipp Becker an. Thomas parkte den Wagen vor dem zweistöckigen Haus mit Walmdach. Lodi stieg aus und ließ den Blick schweifen. Normalerweise hätte sich ihr hier oben am Brasselsberg eine beeindruckende Aussicht geboten, doch wegen des Nebels erkannte sie nur mit Mühe die gegenüberliegende Straßenseite.

Lodi und Thomas gingen zum Eingang hinüber. Das noble Haus thronte auf einem Hügel. Eine Mauer umschloss den Garten und schirmte das Grundstück von der Straße ab. Ein Pflasterweg führte zu einem Portal, er wurde flankiert von Beeten und Sträuchern und bog vor den Treppen vorm Haus zu einer Sitzecke mit Holzbänken und einem Brunnen ab. An der Hausfassade aus cremefarbenem Stein fiel Lodi die symmetrische Anordnung der Fenster auf, davor hingen kunstvolle, schmiedeeiserne Gitter.

Thomas klingelte.

Auf dem Grundstück tat sich nichts. Keines der Fenster wurde erleuchtet, das Haus blieb dunkel. Stille.

Sie versuchten es ein zweites Mal. Thomas ließ seinen Finger eine Weile auf der Klingel, das schrille Geräusch durchschnitt die Ruhe, die über dem Grundstück lag.

Wieder nichts.

»Scheint nicht da zu sein«, kommentierte Lodi. »Vielleicht müssen wir später wiederkommen.« Sie drehte sich um und schaute links und rechts die Straße hinauf.

Plötzlich tauchte eine Gestalt aus dem Nebel auf. Sie joggte auf die Kommissare zu und bremste kurz vor ihnen ab. Der Mann zog seine Laufmütze vom Kopf und blickte sie mit ausdrucksstarken Augen an. Sein Lächeln kam Lodi natürlich und bescheiden vor.

»Wie kann ich Ihnen helfen?«, fragte er aus der Puste. Er nickte zum Haus. »Wollen Sie etwa zu mir?«

Lodi und Thomas wechselten Blicke.

»Philipp Becker?«, fragte Thomas.

Ihr Gegenüber tippte auf die Sportuhr an seinem Handgelenk. »So wahr ich hier stehe.« Erneut strahlte er sie an, dann stemmte er die Fäuste in die Hüften. »Sie sind aber nicht vom Finanzamt, oder?«

Thomas und Lodi holten ihre Ausweise heraus.

»Kriminalpolizei«, kommentierte Becker. Seine Mundwinkel schnellten herunter, und sein Blick wurde ernst.

Lodi zeigte auf das Haus. »Wir würden uns gern drinnen weiter mit Ihnen unterhalten.«

Samstag, früher Abend, Wohnung von Philipp Becker

Er führte sie in das geräumige Wohnzimmer. Auch im Innern des Hauses dominierte der Prunk, von der Decke hingen Kronleuchter herab, die den Raum in warmes Licht tünchten. Bodenlange Vorhänge an den Fenstern dienten als Schutz vor Blicken von der Straße. Daneben gab es Klinken aus Gold an den Flügeltüren, Stuck, wo man auch hinsah, Designermöbel sowie antike Vasen und Porzellanfiguren in den Regalen. Für Lodi passte die Einrichtung nicht zu der bescheidenen Art, mit der Becker auftrat.

Ihm schien ihre Skepsis nicht zu entgehen. »Ich habe das Haus von meiner Großmutter geerbt«, erklärte er, als wollte er sich entschuldigen. »Das viele Gold und der ganze ...« Das Wort, das ihm auf der Zunge zu liegen schien, behielt er für sich. »Sie wollte, dass alles so bleibt.« Er zeigte auf die Sitzgruppe aus Leder in der Zimmermitte. »Wenn's Ihnen nichts ausmacht, gehe ich mich kurz frisch machen. Geduscht unterhält es sich besser.«

Zehn Minuten später kam Becker zurück. Er hatte sich einen Trainingsanzug angezogen, seine Haare waren klamm und verstrubbelt, und um seinen Hals hing ein Handtuch. Er stellte drei Gläser und eine Flasche Mineralwasser auf den Tisch und ließ sich in den Zweisitzer gegenüber sinken.

»Danke, dass Sie gewartet haben«, sagte er und goss seinen Gästen ein.

Mit einem Blick sprachen sich die Kommissare wortlos ab. Lodi würde das Gespräch übernehmen.

»Wo waren Sie am Montagabend?«, fragte sie unvermittelt.

Becker blinzelte. »Ich ... Ich war zu Hause. Wieso?«

»Können Sie das beweisen?«

»Ich wüsste nicht, wie.«

»Was haben Sie gemacht?«

»Montag, sagen Sie?« Mit dem Zeigefinger fuhr er an seinen Lippen entlang. »Ich habe gearbeitet.«

»Bis wie viel Uhr?«

»Neunzehn, neunzehn dreißig etwa.« Er schaute Lodi in die Augen und lächelte. »Ich handle mit Immobilien. Als Selbstständiger zählt man die Stunden nicht.«

Thomas stieß ein Schnaufen aus. Lodi wusste, dass er für Berufe wie diese nichts übrighatte. In seinen Augen waren Spekulanten wie Becker eines der Grundübel der Gesellschaft.

»Und weiter?«

»Erst habe ich telefoniert. Dann bin ich auf dem Laufband zehn Kilometer gejoggt, weil's draußen geschüttet hat.« Er wischte sich mit dem Handtuch das Gesicht ab. »Danach habe ich geduscht und bin ins Bett gefallen. Wie Sie sehen, es war ein langer Tag.«

»Mit wem haben Sie gesprochen?«, hakte Lodi nach. Sie erinnerte sich an die Liste der Einzelverbindungen und an die Handynummer, mit der Sonja am Tattag mehrmals telefoniert hatte.

Als hätte sie mit ihrer Frage einen falschen Knopf betätigt, verfinsterte sich Beckers Gesichtsausdruck. Sein Blick fiel zu Boden, er nestelte an seinen Fingern. Von dem offenherzigen Mann war nichts mehr zu spüren, er hatte sich in einen schüchternen Kerl verwandelt. Nach einer Weile hatte er immer noch nicht geantwortet.

»Herr Becker? Haben Sie meine Frage verstanden?«

Er nickte zaghaft. Ohne aufzusehen, antwortete er: »Es war ein privates Gespräch.«

»Verraten Sie uns, mit wem?«

Ein Lächeln. Nicht freundlich, sondern betrübt, als ob Lodi etwas in seinem Inneren berührt hatte.

»Mit Sonja Werkmann?«, half sie ihm auf die Sprünge.

Er hob den Kopf und verzog grimmig die Augenbrauen. »Ich kenne niemanden, der so heißt.«

»Herr Becker«, sprang Thomas ihr zur Seite, »wir haben die Nummer, mit der Frau Werkmann regelmäßig telefoniert hat.« Er deutete auf seine Hosentasche, in der sein Handy zu erkennen war. »Wenn ich die jetzt wähle, und es klingelt hier im Haus …« Er machte eine kurze Pause. »Sagen Sie uns einfach die Wahrheit.«

»Wie ich schon sagte, ich kenne keine Sonja Werkmann.« Becker wischte sich ein weiteres Mal durchs Gesicht. Lodi bezweifelte, dass es Schweiß war, der im Licht der Kronleuchter glänzte.

Thomas schnaufte und rollte mit den Augen. »Das können Sie gern der Staatsanwältin erzählen.«

»Oder uns«, versuchte Lodi zu beschwichtigen. »Falls Ihnen doch noch etwas zu ihr einfallen sollte?«

Eine Weile musterte Becker Lodi und Thomas stumm und wippte dabei kaum merklich mit dem Oberkörper. »Sie entschuldigen mich kurz?« Er drückte sich hoch, hielt sich an den

Enden des Handtuchs fest und deutete mit dem Kinn zum Flur. »Ich bin sofort wieder bei Ihnen.«

* * *

Offenbar hatte die Befragung ihn nervös gemacht, sodass Becker nun austreten musste. Die Kommissare steckten die Köpfe zusammen.

»Glaubst du ihm?«, fragte Thomas.

»Auf keinen Fall«, antwortete sie. »Er ist es, da bin ich mir sicher.«

Dann schoss ihr eine Eingebung in den Kopf. So geräuschlos wie möglich erhob sie sich von dem Ledersofa, schlich zur Tür und wagte einen Blick in den Flur.

Nichts. Nur Dunkelheit, die Wandleuchten waren ausgeschaltet. Hinter einer der Türen musste Becker sein, links führte eine Wendeltreppe nach oben. Ob es dort etwas gab, das ihre Vermutung belegen würde? Einen Beweis, dass Becker gelogen hatte?

Lodi winkte Thomas zu sich, und grummelnd stellte er sich neben sie. Mit dem Kinn deutete sie zur Treppe, ihr Mund formte sich zu einem Grinsen.

Er brauchte einen Augenblick, bis er verstand. »Nicht. Dein. Ernst.«

Sie nickte.

»Was ist, wenn er zurückkommt, während du noch oben bist?«

»Ich stelle mein Handy auf Vibrationsalarm«, flüsterte sie. »Am besten wählst du schon mal meinen Kontakt, damit du nur noch auf Anrufen drücken musst.«

Thomas starrte ihr fassungslos ins Gesicht. Als stünden seine Gedanken in Laufschrift auf seiner Stirn, schien er zu überlegen, ob Lodi ihn auf den Arm nehmen wollte.

Das Rascheln aus einem der Zimmer hörte nicht auf. Es klang nicht danach, als würde Becker jeden Moment zurückkommen. Was er wohl trieb? Lodi sollte es recht sein. Je länger er fortblieb, desto ungestörter konnte sie vorgehen.

Thomas verzog das Gesicht … und nickte zur Treppe hinüber. Er würde sie decken.

Oben angekommen, verschaffte Lodi sich einen Überblick. Im Gegensatz zum Flur unten war dieser zumindest spärlich beleuchtet. Durch ein Fenster an seinem linken Ende, das zur Straße zeigte, fiel Laternenlicht herein. Das Fenster auf der gegenüberliegenden Seite war dunkel. Lodi schaute hinunter in den Garten, der Nebel verschluckte ihn beinahe vollständig. Er verlor sich in dem grauen Dunst, als endete dahinter die Welt.

Sie wandte sich wieder dem Flur zu. Er wirkte unpersönlich, an den Wänden hingen weder Fotos noch Bilder, es gab keine Teppiche oder Leuchten. Ein Beistelltisch stand neben der Treppe, darauf welkte eine rote Gerbera in einer Bodenvase.

Wonach suchte sie? Nach einem Hinweis, der Becker mit dem Mord in Verbindung brachte? Die Stimme in Lodis Kopf ließ ihr keine Ruhe. Unablässig behauptete sie, dass sie hier oben etwas finden würde.

Sie tastete sich an der Wand entlang zur ersten Tür und linste durch einen Spalt in den Raum hinein. Er war klein, es gab nur einen Toilettensitz, rechts ein Waschbecken, links ein Bambusregal mit Handtüchern. Lodi ließ die Tür des Gästebads offen.

Sie probierte es mit der nächsten. Der Raum war erheblich größer. Links deuteten sich in der Dunkelheit die Umrisse eines Kleiderschranks an. Lodi zückte ihr Handy und schaltete die Taschenlampe ein. Sie leuchtete den Raum flüchtig aus, der Lichtkegel streifte ein Laufband, ein Ergometer und Sportmatten, die als Unterlagen für Freihanteln dienten. An der

Wand erkannte sie eine Klimmzugstange sowie herabhängende Schlingen und Fitnessbänder.

Lodi schlich weiter. Doch auch die nächsten Zimmer erweckten keinen verdächtigen Eindruck: ein Waschraum, den sie im Keller vermutet hätte, daneben eine Bibliothek.

Plötzlich drangen Geräusche an ihr Ohr, sie kamen von unten.

Lodi erstarrte. Wortfetzen, sie erkannte die gedämpften Stimmen von Thomas und Becker. Sie musste abbrechen. Je länger sie wartete, desto unglaubwürdiger wurde die Erklärung ihres Kollegen.

Die Lautstärke schwoll rasant an. Das Gespräch wurde hektisch, die Worte sprühten wie Funken durcheinander.

Dann schlagartiges Gebrüll. Rumpeln, Donnern, Krachen. Schreie schossen zu ihr hinauf. Verdammt, was war da los?

Lodi eilte die Treppe hinunter.

Als sie sah, was sich dort zu ihren Füßen befand, geriet sie ins Stolpern. Gerade noch rechtzeitig fasste sie nach dem Handlauf und hielt sich daran fest. Was zum …

Thomas lag gekrümmt auf der Seite. Seine Augen standen offen, die Pupillen waren wie zu einem psychotischen Blick verdreht. Er musste bewusstlos sein.

Lodi sprang die letzten Stufen hinunter, fiel auf die Knie und beugte sich über ihn.

»Thomas!«, schrie sie ihn an. Sie verpasste ihm eine Ohrfeige.

Keine Reaktion.

Sie prüfte seinen Puls. Legte ihr Ohr auf seinen Oberkörper, hörte sein Herz schlagen. Dann wanderte ihr Blick über seinen Körper, sie scannte ihn nach sichtbaren Verletzungen.

»Thomas! Hörst du mich?«

Langsam schlossen sich seine Lider. Sie nahm seinen Kopf in beide Hände und schüttelte ihn.

Nichts. Zwei weitere Ohrfeigen, links, rechts.

Eine unerträgliche Stille ergriff Besitz von ihr. Als würde die Zeit den Atem anhalten.

Ganz allmählich öffnete er wieder die Augen.

»Gott sei Dank!« Lodi seufzte. »He, hörst du mich?«

Sein Blick war schwammig, aber er schien wach zu sein. Sie hatte das Schlimmste befürchtet.

»Scheiße, was …« Er fasste sich an den Unterkiefer und bewegte ihn hin und her. Schwerfällig drehte er den Kopf.

»Was ist passiert?«, fragte Lodi. »Wo ist Becker?«

Mit ihrer Hilfe richtete sich Thomas auf, bis er sich auf den Unterarmen abstützen konnte.

»Der Scheißkerl hat mir ordentlich eine verpasst. Er stand auf einmal vor mir.« Ihr Kollege verzog das Gesicht. »Der Kerl mag ja freundlich tun, aber …«, er imitierte einen Faustschlag, »der hat 'nen fiesen rechten Haken.« Er zwinkerte und ließ den Kopf seitlich herabhängen.

Lodi schmunzelte. »Nicht witzig.« Sie stieß ihn an der Schulter an. Da war er wieder, ihr Kollege. Kaum zurück im Leben, klopfte er flotte Sprüche. »Hast du eine Idee, wo er sein könnte?«

Wie aufs Stichwort erklang ein Dröhnen. Es kam aus unbestimmter Richtung. Ein Motor.

Lodi und Thomas rissen die Augen auf und starrten sich an.

»Becker!«, fluchte Lodi. »Der wird doch nicht …«

Sie sprang auf, rannte zum Fenster und sah hinaus. Eine Warnlampe hüllte die Auffahrt in gelbes Licht. Ratternd öffnete sich das Tor. Dahinter stand ein silberner Sportwagen, der Fahrer spielte mit dem Gas. Fraglos ein Oldtimer, mit Speichenrädern, einer flachen Silhouette und einer langen geschwungenen Haube. Hinter dem Holzlenkrad saß Philipp Becker.

»Der haut ab!«

Lodi schoss herum. Die Augen ihres Kollegen funkelten, seine Hand glitt in die Innenseite seines Jacketts. Er warf ihr den Schlüssel des Dienstwagens zu.

»Worauf wartest du noch? Mach schon, ich komme hier auch allein klar.«

Lodi eilte an ihm vorbei aus dem Flur, stürzte aus dem Haus und über den Weg durch den Garten. Per Fernbedienung öffnete sie den Mercedes und stieg auf der Fahrerseite ein. Schnallte sich an und drückte auf den Startknopf.

Der Motor heulte auf, ein tiefes Röhren. Das Scheinwerferlicht grub sich durch den Nebel. Im Radio war ein lokaler Sender eingestellt, die Moderatorin ermahnte die Autofahrer zur Vorsicht.

Lodi hatte nicht viel übrig für Autos. Als sie den SUV vor einem Jahr zur Verfügung gestellt bekommen hatten, hatte Thomas von seiner Kraft und den Fahreigenschaften geschwärmt. Hoffentlich hatte er recht.

Sie stellte den Hebel auf »D«, wendete auf der Straße und heftete sich an die Rücklichter von Beckers Sportwagen.

Samstag, früher Abend, Straße

Sie musste wahnsinnig sein. Wann hatte sie zum letzten Mal hinterm Steuer gesessen? Lodi erinnerte sich nicht, denn Thomas fuhr sie überallhin.

Noch wahnsinniger war Becker, er jagte die Konrad-Adenauer-Straße entlang vor ihr her. Ständig verlor sie ihn aus den Augen, sein Sportwagen wurde vom Nebel verschluckt, und aus demselben tauchten unvermittelt die Scheinwerfer der Autos im Gegenverkehr auf. Lodi schaltete Martinshorn und Blaulicht ein, es zerschnitt den Dunst, flackerte auf dem nassglänzenden Asphalt.

Sie drohte Becker zu verlieren und drückte aufs Gas. Mit röhrendem Motor schoss sie nach vorne. Über Funk rief sie die Leitstelle an.

»Er fährt auf die A44«, mutmaßte der Kollege. »Ich informiere die Autobahnpolizei.«

»Ich muss aufhören«, sagte Lodi, »er will gerade …«

Becker setzte zu einem neuen Überholmanöver an. Er fuhr so dicht auf, als wollte er den Vorausfahrenden zur Seite schieben. Als der ihn bemerkte, wich er ruckartig auf den Fahrradstreifen aus. Becker sauste vorbei, denkbar knapp zwischen ihm und der Verkehrsinsel hindurch. Er geriet ins Schleudern, durch die Heckscheibe sah Lodi, wie er das Lenkrad hin und her wirbelte.

Sie hielt den Atem an. Kurz bevor er gegen ein Schild geprallt wäre, fing Becker den Wagen ab.

Bleib einfach stehen, forderte sie ihn in Gedanken auf. Verdammt noch mal. Bleib. Einfach. Stehen.

Aber er tat ihr nicht den Gefallen, sondern preschte stattdessen auf die nächste Kreuzung zu. Lodi linste auf den Tacho: einhundertzehn. Er musste den Verstand verloren haben.

Becker raste weiter geradeaus. Wollte er doch nicht auf die Autobahn? Ging er davon aus, dass seine Chancen zu entkommen auf der Landstraße höher waren?

Dann riss er das Steuer herum. Er versuchte, die Ausfahrt zu bekommen. Wieder brach das Heck aus, der Wagen geriet ins Schlingern. Fieberhaft drehte Becker an dem Lenkrad. Die Hinterachse überholte ihn, er schlitterte über die Straße in die Gegenfahrbahn.

Für einen Sekundenbruchteil trafen sich ihre Blicke. Todesangst stand ihm auf die Stirn geschrieben. Becker schloss die Augen … und ließ los.

Lodi fühlte sich wie gelähmt. Wie in Zeitlupe tauchten Scheinwerfer aus dem Nebel auf. Lichthupe. Gesichter. Blitze.

Dann der Aufprall.

Seitlich krachte der Sportwagen in den Gegenverkehr.

Lodi konnte nicht hinsehen. Sie wandte sich ab, presste die Augen zusammen und legte eine Vollbremsung hin.

Ächzendes Knarzen, Metall auf Metall. Gefolgt von sekundenlanger Stille, als hielte das Universum die Stopptaste gedrückt.

Hektik brach aus. Die Fahrer der nachfolgenden Autos, die die Unfallstelle nicht einsehen konnten, starteten ein Hupkonzert und rissen Lodi aus ihrer Starre. Bis eben war sie noch handlungsunfähig gewesen, jetzt wusste sie wieder, was sie zu tun hatte. Als hätte sich in ihrem Kopf ein Schalter umgelegt.

Sie sah in den Rückspiegel, der Nebel klebte an ihrer Stoßstange. Der Dienstwagen stand quer auf der Fahrbahn, zum Glück war ihr niemand aufgefahren. Lodi schaltete die Warnblinker ein, griff nach dem Funkgerät in der Halterung und stürzte aus dem Auto. Sie kämpfte sich durch den Dunst, die zuckenden Lichter in ihrem Rücken durchkreuzten ihn und überzogen die Straße mit einem blau-gelben Lichtgemisch.

Sie hetzte zur anderen Seite hinüber und funkte die Leitstelle an. »RTW zur Autobahnauffahrt Konrad-Adenauer-Straße«, meldete sie. »Schwerer VU, Zusammenstoß mit Gegenverkehr.«

»Schwerverletzte?«, fragte die Kollegin zurück.

»Wahrscheinlich. Schicken Sie Verstärkung, wir müssen den Verkehr regeln.«

Lodi legte auf und rannte weiter. Sie hastete zur Fahrerseite, schaute durchs Fenster und klopfte gegen die Scheibe. »Können Sie mich hören?«

Keine Antwort. Kein Zucken. Kein Blinzeln. Becker kauerte hinterm Steuer, sein Kopf baumelte auf seiner Brust.

Mit aller Kraft zerrte Lodi an der Tür. Sie klemmte, durch den Aufprall musste sie sich verzogen haben.

Hastig sah sich Lodi um. Wie gerufen trat eine Gestalt aus dem grauen Schleier und kam auf sie zu.

»He, Sie!« Nach wie vor waren nur die Konturen eines Gesichts zu erkennen. »Kommen Sie her, ich brauche Ihre Hilfe!«

Kurz darauf stand die Frau neben ihr. Sie war klein, aber mit einem breiten Kreuz und kräftigen Schultern ausgestattet, zweifellos eine Sportlerin.

»Was ist los?«, erkundigte sie sich. »Was ist hier passiert?« Ihr schien zu entgehen, dass sie unmittelbar an einer Unfallstelle stand.

Lodi zeigte auf Beckers demolierten Sportwagen. »Wir müssen ihn da rausholen. Allein schaffe ich es nicht.«

Erst jetzt drehte die Frau sich zu dem Auto herum. Erschrocken wich sie einen Schritt zurück. »Scheiße, was ...« Zum Glück fing sie sich schnell wieder. »Ist er ... Ich meine, hat er den Unfall ...«

»Packen Sie mit an!«, fiel Lodi ihr ins Wort. Sie umklammerte den Griff mit beiden Händen und forderte die Fremde mit einem Nicken auf, es ihr nachzutun. Trotz vereinter Kräfte sprang die Tür erst beim vierten Versuch auf. Lodi beugte sich über Becker und löste den Sicherheitsgurt. Er war weiterhin nicht ansprechbar, sein Körper hing schlaff im Sitz.

»Herr Becker!«

Nichts, seine Augen blieben geschlossen. Sie mussten ihn da rausholen.

Zentimeter für Zentimeter zerrten die beiden Frauen ihn aus dem Wagen. Sie prusteten vor Anstrengung, rangen um Luft. Sie schleiften Becker zum Grünstreifen hinüber und legten ihn auf dem schmalen Rasenstück ab. Lodi kniete sich neben ihn und drückte ihr Ohr an seine Brust, das andere hielt sie sich zu.

Gott sei Dank, sie hörte sein Herz schlagen. Schwach, aber es arbeitete. Sie fühlte seinen Puls, er war verlangsamt, jedoch nicht bedrohlich.

Sie wandte sich wieder an die Frau. »Haben Sie ein Kissen oder eine Decke im Auto?«

»Eine Decke.« Diesmal verstand sie ohne weitere Erklärungen. »Ich bin gleich zurück.«

»Beeilen Sie sich!«

Lodi scannte den vor ihr liegenden Körper nach Verletzungen. Auf den ersten Blick machte sie keine aus, Becker musste in Begleitung etlicher Schutzengel gefahren sein. Kurz vor dem Zusammenstoß hatte er das Steuer herumgerissen, sodass er nicht seitlich mit der Fahrgastzelle, sondern mit dem Heck in den Gegenverkehr gekracht war. Dieser Instinkt hatte ihm vermutlich das Leben gerettet.

Lodi tastete ihn auf Knochenbrüche ab. Es war nicht auszuschließen, dass er ernste, unsichtbare Verletzungen erlitten hatte. Durch den Aufprall konnten Organe wie Leber, Milz, Nieren beschädigt worden sein, was innere Blutungen auslösen konnte. Und auch die Wirbelsäule bekam bei Unfällen häufig etwas ab, sodass die Beteiligten am Rückenmark oder der Bandscheibe verletzt wurden. Heftige Schläge hierauf führten nicht selten zu Kompressionsfrakturen. Becker konnte außerdem eine Hirnblutung sowie ein Schädel-Hirn-Trauma davongetragen haben.

Plötzlich ein Martinshorn.

Lodi hob den Kopf. Sie versuchte, das Geräusch zu orten, es näherte sich mit hoher Geschwindigkeit und kam aus östlicher Richtung, über Nordshausen und die Korbacher Straße.

Gleich würden sie da sein, dachte Lodi.

* * *

»Soll ich wirklich nicht vorbeikommen?«, fragte Thomas. »Ich kann mir ein Taxi rufen.«

Nachdem die Rettungskräfte eingetroffen waren, hatte Lodi sich sofort bei ihm gemeldet. Auch sie war kurz untersucht worden, aber bis auf den Schreck ging es ihr gut.

Sie lehnte über der Fahrertür ihres Dienstwagens. Die Sanitäter hievten Becker auf eine Transportliege, dahinter stand ein Kollege von der Schutzpolizei und lenkte den Verkehr. Ein Lichtermeer aus Einsatzlichtern und Warnblinkern überzog die Szenerie.

»Lass mal gut sein«, antwortete Lodi. »Hier ist alles unter Kontrolle. Sie bringen Becker gerade weg.«

»Du bist okay?«

»Mir geht's gut. Und dir?«

»Ich glaube, ich werde langsam zu alt für unseren Job. Fühlt sich an wie eine durchzechte Nacht.« Thomas gähnte und machte ein Geräusch, als rekelte er sich. »Aber er hat ein bequemes Sofa.«

»Du bist noch in der Wohnung?«

»Der Penner hat mich eiskalt niedergestreckt. Da werde ich mich ja wohl noch erholen dürfen.« Ein schabendes Geräusch. Eine Schublade, auf und zu.

Lodi stieß sich von dem Wagen ab, ließ sich in den Fahrersitz sinken und machte die Tür zu.

»Spionierst du da etwa rum?«

»Worauf verweisen wir immer? Man darf schweigen, wenn man sich selbst belastet.«

Lodi hatte Thomas' verschlagenes Grinsen vor Augen. Ein gewagtes Spiel, das er da trieb. Aber streng genommen hatte Becker sie aus freien Stücken in sein Haus gelassen, auch wenn er zu diesem Zeitpunkt den Grund ihres Besuchs noch nicht gekannt hatte.

Warum war er plötzlich abgehauen? Wieso hatte er Thomas niedergeschlagen, sich in seinen Sportwagen gesetzt und eine waghalsige Flucht inklusive Verfolgungsjagd angezettelt? Wenn er nicht mit dem Fall in Verbindung stand, hatte er doch nichts zu befürchten.

Vielleicht wollte er sie aus dem Haus locken, ging es Lodi durch den Kopf. Eine Kurzschlussreaktion. Sie hatten Sonja erwähnt, und daraufhin waren bei ihm die Sicherungen durchgebrannt. Befanden sich also womöglich doch Hinweise in seinem Haus?

»Ich komme zu dir«, sagte Lodi. »Ich kläre das vorher mit der Staatsanwältin.«

»Frau Lenke«, begrüßte Hannah Grün sie beschwingt. »Was kann ich für Sie tun?«

Lodi setzte sie ins Bild. Berichtete ihr, wie Thomas und sie auf Becker gestoßen waren, und fasste die Ereignisse in dessen Haus zusammen.

»Sind Sie das gewesen?«, kommentierte Grün. »Bei uns kursiert die Nachricht, dass es eine Verfolgungsjagd am Brasselsberg gegeben habe. Irgendjemand muss beim Radio angerufen haben.«

Das Leck, dachte Lodi.

»Aber Ihnen ist nichts passiert?«

»Ich bin glimpflich davongekommen.«

»Das freut mich. Und Ihr Kollege?«

»Der ist noch in Beckers Haus.« Lodi dachte kurz nach und legte sich ihre Worte zurecht. »Er ist dort auf einen möglichen Hinweis gestoßen. Er könnte Becker mit der Tat in Verbindung bringen.«

»Um was für einen Hinweis handelt es sich?«

»Das weiß ich noch nicht. Ich fahre gleich zu ihm.«

Grün entschlüsselte die unausgesprochene Frage. »Sie wollen von mir hören, dass Sie das Haus durchsuchen dürfen?«

»So etwas in der Art.«

Diesmal überlegte die Staatsanwältin länger, bis sie sich zurückmeldete. »Machen Sie das, Frau Lenke. Ich kläre das wieder mit dem Richter. Aber nehmen Sie sich den einen oder anderen Kollegen mit. Herr Ziegler und Sie sollten das Haus nicht zu zweit durchsuchen.«

»Vielen Dank«, erwiderte Lodi. »Keine Sorge, wir werden ein paar Leute zusammentrommeln.«

Samstag, Abend, Haus von Philipp Becker

Der Suchtrupp bestand aus zwölf Beamten, die das Haus auf den Kopf stellten. Lodi und Thomas warteten im Vorgarten und sahen ihnen zu.

»Ihre Unterstützung ist nicht länger erforderlich«, äffte Thomas den Kollegen vom Erkennungsdienst nach, der sie rausgeschickt hatte. Er zog an einer Zigarette. Der Rauch, den er hinausblies, verschmolz mit dem Nebel.

»Die machen das schon«, sagte Lodi. Sie blickte die Fassade hinauf, hinter den erleuchteten Fenstern huschten Silhouetten vorbei.

»Was ist mit diesem …« Mit der Zigarette in der Hand brannte Thomas glühende Kreise in den Dunst. »Wie heißt er doch gleich? Mir brummt immer noch der Schädel, ich hab glatt den Namen vergessen. Der Finlytix-Chef?«

»Max Engel.«

»Wir sollten ihn uns noch mal vornehmen. Denn entweder hat er ernsthafte Probleme mit seinem Erinnerungsvermögen, oder er hat uns etwas vom Pferd erzählt. Was kein Einzelphänomen wäre, kommt ja schließlich sogar bei Bundespolitikern vor.«

»Unbedingt«, stimmte Lodi zu. Sie zeigte erst an sich und anschließend an Thomas hinunter. »Wenn ich mir uns allerdings so anschaue, schlage ich vor, dass wir die Befragung auf morgen verschieben.«

»Damit kann ich leben.« Mit den Fingern seiner freien Hand fing Thomas an aufzuzählen: »Wir haben den unauffindbaren Ehemann. Spielschulden, Streit, Sonja wollte ihn verlassen. Mit seinem Alibi sieht es finster aus. Dann ist da der mutmaßliche Liebhaber. Der streitet ab, sie gekannt zu haben, boxt mich in seinem Haus nieder und haut ab. Und zu guter Letzt tischt uns ihr grantiger Chef Lügenmärchen auf.«

»Nicht zu vergessen der große Unbekannte«, fügte Lodi hinzu. »Die Nummer, die wir noch nicht zuordnen können. Du erinnerst dich?«

Thomas zeigte mit dem Glimmstängel auf sie. »Morgen kümmere ich mich drum. Vorhin konnte mir Öztürk noch nichts dazu sagen.«

Eine Weile sahen sie schweigend ihren Kollegen in den Overalls und mit den Überziehern an den Füßen zu. Sie trugen Gegenstände aus dem Haus und verfrachteten sie in einen Van.

Szenen, die Lodi nicht fremd waren. Sie hatte oft beobachtet, wie Sachen aus einem Haus oder einer Wohnung getragen wurden. Routine für eine Oberkommissarin vom K11.

Doch plötzlich mischten sich wieder die alten Bilder dazwischen. Sie durchzuckten ihren Geist wie Kurzschlüsse. Das Haus ihrer Kindheit tauchte vor ihrem geistigen Auge auf, ein anonymer Wohnblock in Marburg-Richtsberg, wie auf einem verblassten Foto. Ein Vorhof voller Menschen. Polizisten, Schaulustige, Bewohner. Absperrbänder hielten sie zurück, flatterten im Wind. Dahinter trugen Männer Gegenstände aus dem Plattenbau, eingepackt in transparente Tüten.

Lodi schüttelte sich. Nicht schon wieder, dachte sie.

»Ich muss nach Hause«, sagte sie zu Thomas. »Ich nehme den Bus.«

* * *

Der Nebel hatte sich gelichtet. Lodi schlenderte die Korbacher Straße hinunter. Durch eine lichte Stelle zwischen den Bäumen blickte sie auf die Stadt. Ein gelblicher Schimmer schwebte über ihr, Lichtverschmutzung. Drumherum war es stockdunkel geworden, die Finsternis durchdrang die Welt bis in den letzten Winkel.

Wenn man den Taoisten glaubte, lag in jedem Phänomen ein Stück seines Gegenteils begründet. Nichts bestand aus sich selbst heraus, sondern wurde durch sein dualistisches Verhältnis bestimmt. Ohne Wir kein Ich, ohne Einschränkung keine Freiheit, ohne Arm kein Reich. Dasselbe galt für Tag und Nacht. Doch an diesem Abend, an dem die Dunkelheit so allumfassend war, zweifelte Lodi daran, dass auch nur eine Spur Helligkeit in ihm existierte.

Sie kam an einer Haltestelle vorbei und setzte sich in das Häuschen. Als der Bus kam, fuhr sie in die Innenstadt und stieg in die Straßenbahn um. Eine halbe Stunde später erreichte sie den Bebelplatz. Sie kämpfte sich die Stufen zu ihrer Wohnung hoch und grüßte die Nachbarn, denen sie unterwegs begegnete, wie in Trance.

Im Jogginganzug sank sie auf die Liege auf der Dachterrasse und mummelte sich in eine Decke. Über ihr klarte der Himmel auf. Der Dunst wich zurück und gab den Blick auf das funkelnde Himmelszelt frei. Der Wein fing an zu wirken, er benebelte sie und verscheuchte die Bilder in ihrem Kopf – wenigstens für den Moment.

Sie griff nach ihrem Handy und wählte die Nummer, die Norbert ihr geschickt hatte.

»Ja, Klein?« Die Stimme des Mannes klang weich und freundlich. Wie dafür gemacht, Menschen zu beruhigen.

»Guten Abend. Hier spricht Lodi Lenke. Ich habe Ihre Nummer von Norbert Haas bekommen.«

»Hallo, Frau Lenke. Bitte entschuldigen Sie, dass ich noch nicht auf Ihre SMS geantwortet habe. Ich bin in Arbeit versunken, da ist sie einfach untergegangen.«

»Kein Problem. Ich kenne das.«

»Was kann ich für Sie tun?«

Mit einem Schluck trank Lodi sich Mut an. »Nun, ich habe Norbert angesprochen, weil ... Wie soll ich sagen, ich ...«

»Sie suchen Hilfe.«

»Ja. Ich habe seit geraumer Zeit diese Panikattacken. Seit ein paar Tagen kommen und gehen sie, wie und wann sie wollen.«

»Einfach so? Oder gibt es spezielle Auslöser? Situationen, in denen Sie besonders viel Stress empfunden haben?«

»Ja, ich ...«

Da waren die Bilder wieder. Der rote Mantel. Das kalkweiße Gesicht ihrer Mutter. Die Bäume. Der Waldboden.

Lodi trank einen weiteren Schluck.

»Ich würde mit Ihnen gern von Angesicht zu Angesicht darüber sprechen. Norbert hat allerdings erwähnt, dass Sie nicht mehr praktizieren?«

»Nein, ich ...«

Kleins Stimme veränderte sich. Hatte sie sich bis eben noch warm und vertrauensvoll angehört, klang sie nun zittrig und rau.

»Ich behandele meine Patienten ausschließlich privat. Bei mir zu Hause.«

»Das ist völlig in Ordnung für mich.« Lodi beließ es dabei und hakte nicht nach.

»Kommen wir wieder zu Ihnen: Das hört sich behandlungsbedürftig an. Sind Sie berufstätig?«

»Ich bin Kommissarin bei der Kripo.«

119

»Oh. Ich verstehe.«

»Ich vertraue Norbert. Und wenn er Ihnen vertraut, tue ich das auch.«

Klein bedankte sich. »Was halten Sie davon, wenn Sie mich morgen Abend in meiner Wohnung besuchen? Sagen wir neunzehn Uhr?«

»Ich werde da sein«, versprach Lodi.

Sie blieb noch eine Weile auf der Dachterrasse liegen und bewunderte den Sternenhimmel. In ihrem Geist hallte das Gespräch mit Klein nach. Warum hatte er aufgehört, zu praktizieren? Irgendetwas musste vorgefallen sein. Vielleicht würde sie es erfahren, wenn sie einander erst besser kannten. Normalerweise hätte diese Information sie abgeschreckt, aber was sie Klein gesagt hatte, stimmte. Sie vertraute Norbert, und wenn er ihr diesen Mann empfahl, übertrug sich dieses Vertrauen auch auf ihn.

Lodi ging nach drinnen. Sie holte ihr Notebook, eine weitere Decke und ein Kissen. Weil die letzten Tage so verregnet gewesen waren, wollte sie gern noch eine Zeit lang oben verweilen. Die Aussicht genießen, die Gedanken schweifen lassen, zur Ruhe kommen.

Während sie ihr Glas austrank, glitt ihr verträumter Blick über die Stadt. Dabei kam ihr Thomas' Frage von vorhin in den Sinn. Da Lodi Daniels Aussage glaubte, ließ es sich nicht leugnen, dass Engels Verhalten zumindest sonderbar war. Warum hatte er ihnen zu Sonja nicht die Wahrheit gesagt? Bei ihrem Gespräch hatte Lodi das Gefühl nicht losgelassen, dass er sie schnellstmöglich loswerden wollte.

Sie klappte das Notebook auf und gab »Finlytix« in der Browsersuche ein. Sie stieß auf ein Interview von Engel in einer renommierten Wochenzeitung, in dem es vor allem um die Gründungsgeschichte des Start-ups ging. In vielen Teilen bestätigte es, was Lodi bereits herausgefunden hatte.

Demnach habe es eine Art Erweckungserlebnis gegeben. Engel habe es als zu aufwendig empfunden, finanzrelevante Daten zu sammeln und zu analysieren. So sei seine Idee für »Finlytix« entstanden. Der Traum von einer Plattform, die automatisiert Daten erfasst, bündelt und Schlüsse für die Kunden daraus zieht.

Nachdem er das Start-up gegründet hatte, hatte sich Engel geballtes Know-how dazugeholt: Er gewann Sarah Stössel und Timo Herbers für sein Projekt, beide hatten bei führenden deutschen Banken gearbeitet und sowohl Fachwissen und Erfahrung als auch Kontakte im Gepäck. Mit diesem Dreier-Gespann an der Spitze nahm das junge Unternehmen an Fahrt auf und zog namhafte Kunden aus der Finanzbranche an Land. Das Interesse war gigantisch. Sie akquirierten Investitionen von Venture-Capital-Firmen und konnten dank dieser Finanzspritzen fortwährend expandieren.

So weit, so bekannt. Allerdings fiel Lodi beim Lesen etwas auf: Engel vermittelte einen gegensätzlichen Eindruck zu dem, den sie von ihm gewonnen hatte. Er hatte sich ihr als eitler, autoritärer und verbissener Mensch präsentiert. In dem Interview kam er hingegen sympathisch rüber. Hatte Lodi sich in ihm getäuscht? Hatten Thomas und sie ihn in einem ungünstigen Moment getroffen?

Lodi las weiter. Engel und der Interviewer tauschten sich über technische Details aus, und bei so viel Fachsprache driftete sie ab. Doch dann verblüffte sie eine Frage: »Herr Engel, wie kommentieren Sie die mögliche Übernahme durch den Tech-Giganten Viron?«

Lodi richtete sich auf. Von diesen Gerüchten hatte sie nirgends gelesen. Sie tippte ein paar Schlagworte in die Suchleiste ein und sammelte sich die Informationen aus verschiedenen Quellen zusammen. Demnach stand der Konzernriese Viron kurz davor, Finlytix ein Übernahmeangebot zu unterbreiten. Dies war durch ein Leak interner Gespräche herausgekommen. Die CEOs von

Viron wollten damit den Anschluss an die Spitze im Bereich künstliche Intelligenz und maschinelles Lernen zurückgewinnen.

Lodi sah von dem Bildschirm auf, ihr Blick verfing sich in dem leuchtenden Schriftzug des Hotels neben der Stadthalle.

Ausgerechnet Viron. Eines der größten Unternehmen weltweit, und so bekannt, dass sogar Lodi über dessen Entstehungsgeschichte sowie einige Eckdaten Bescheid wusste.

Viron war 2004 von zwei Absolventen des MIT gegründet worden, Mark Johnson und Emily Chen. Beide tauchten seit Jahren regelmäßig auf den oberen Plätzen in der Forbes-Liste auf. Aus ihrem Traum, eine Plattform zu schaffen, auf der Unternehmen mit Verbrauchern und Kunden interagierten, erwuchs *das* Kommunikationsnetzwerk der Welt schlechthin. Viron wurde zum Tech-Giganten und entwickelte heute Marketing-Tools und -Technologien für Konzerne aus allen Branchen.

Lodi besann sich wieder auf das Interview. Auf die Frage nach der Übernahme wich Engel beharrlich aus. Er sei ein hartnäckiger Fall, scherzte der Journalist.

Warum hielt sich Engel bei dieser Frage bedeckt? Bei der Summe, die im Raum stand, blieb Lodi kurz die Luft weg: eine Milliarde US-Dollar. Als Gründer würde er einen Löwenanteil davon erhalten und damit auf einen Schlag in die Liga der Superreichen aufsteigen. Ob er sich aus strategischen Gründen zurückhielt?

Lodi klappte das Notebook zu, legte es zur Seite und zog sich die Decke bis unters Kinn. Nachtruhe war in die Stadt eingekehrt. Hinter den Fenstern war es dunkel, nur die Straßenbeleuchtung brachte noch Licht in die Finsternis. Das Lesen hatte Lodi erschöpft, sie schloss die Augen und drehte sich auf die Seite. Sie hatte schon öfter auf der Dachterrasse übernachtet, sogar im Winter. Solange es nicht regnete, würden ihr die Temperaturen dank der zwei Decken wenig anhaben können.

Sonntag, Morgen, Dachterrasse

Lodi wurde von der Morgendämmerung geweckt. Sie drehte sich auf den Rücken und blickte zum Himmel. Zum ersten Mal seit Tagen sah sie wieder Blau, ohne Wolkenblock davor. Die Nacht war trocken geblieben, und sie hatte durchgeschlafen. Trotz des Wochenendes erwachte nun auch die Stadt hörbar zum Leben: Straßenbahnen ratterten über die Friedrich-Ebert-Straße, Leute stiegen in ihre Autos und fuhren davon, und über dem Viertel schwirrte ein Stimmengewirr. In Lodis Rücken erklomm die Spätherbstsonne den Horizont. Die Strahlen wärmten sanft ihren Nacken. Sie schloss die Augen. So konnte ein Tag beginnen.

Dann vibrierte ihr Handy, es lag neben der Liege.

»Was gibt's, Thomas?«

Zunächst das unverwechselbare Ausatmen, er rauchte. »Guten Morgen, Frau Kollegin«, begrüßte er sie schwungvoll. »Gut geschlafen?«

»Bin gerade erst zu mir gekommen. Wenn's nichts Wichtiges ist, sehen wir uns gleich im Büro, okay?«

»Au contraire, ma chère.«

123

Sie verzog das Gesicht. Was war denn mit dem los? Französisch? Er schien heute besonders gute Laune zu haben.

»Zieh dich an und mach dich fertig, ich hole dich ab. Die Kollegen haben ein Notebook bei Becker gefunden und bereits ausgewertet.« Eine diebische Freude schwang in seiner Stimme mit. »Abstreiten kann er die Affäre mit Sonja nicht mehr.«

»Fotos?«, fragte Lodi.

»Es sind mehrere Alben.«

»Wo ist Becker jetzt?«

»Er liegt im Klinikum. Ich habe bereits auf der Station angerufen, es geht ihm gut. Wir können hinfahren und ihn befragen.«

»Und was ist mit Engel?«

»Ich schlage vor, den nehmen wir uns danach zur Brust. Wenn das nach der Befragung von Becker überhaupt noch nötig ist.«

»Viertelstunde, okay?« Lodi drückte sich in die Vertikale und wischte sich übers Gesicht. »Ich stehe dann wieder unten.«

Thomas wartete direkt vorm Haus.

»Zur Abwechslung mal ganz schön, was?« Er nickte zum Himmel und ließ den Motor an. »Wie schade, ich fing gerade an, das Grau zu mögen.«

Der Spruch traf auch auf ihn zu. Entgegen seiner Gewohnheit trug Thomas keine Chino mit Hemd und Jackett, sondern hatte sich für leger entschieden. Jeans und Kapuzenpulli.

Ihm schienen ihre Blicke nicht zu entgehen. »Mir war heute mal nach etwas anderem. Wenn schon das Wetter verrücktspielt …« Er zwinkerte.

Lodi beließ es bei einem Nicken. Für sie war es immer noch zu früh, ihr Gehirn musste sich sortieren. Sie sparte sich die Energie für die Vernehmung.

Über die Wilhelmshöher Allee fuhren sie Richtung Innenstadt, am Großraumkino und den Justizbehörden vorbei zum Altmarkt. Dort standen sie eine Weile an der roten Ampel. Über die digitale Werbetafel an der Fassade des Hochhauses auf der anderen Straßenseite flimmerten verheißungsvolle Botschaften.

Lodi wandte sich ab und sah nach rechts in die Gasse hinein. Sie bestaunte die mit Efeu bewachsenen Steinmauern eines Boutique-Hotels, dahinter führte eine Brücke über die Fulda. Sie verband die Innenstadt mit dem Stadtteil Unterneustadt.

Lodi räusperte sich. »Heute Abend habe ich den ersten Termin.«

Die Ampel sprang auf Grün, und die Autos vor ihnen fuhren los.

»Ich hoffe sehr, dass er dir hilft«, sagte Thomas.

Für den restlichen Weg verfielen sie in Schweigen.

Sie stellten den Wagen im Parkhaus neben dem Hauptgebäude ab. Ein Fußweg führte sie zum Haus C, in dem die Privatstation untergebracht war, auf der Becker lag.

Lodi gewährte Thomas den Vortritt. Er klopfte zweimal an und öffnete sofort danach die Tür. Selbst wenn Becker mit ihrer Ankunft gerechnet hätte, wäre ihm nicht genügend Zeit für eine Antwort geblieben.

Sie betraten ein geräumiges Einzelzimmer. Durch die Fensterfront flutete Licht herein, und von hier oben hatte man eine atemberaubende Aussicht auf die Stadt und den Hubschrauberlandeplatz auf dem Dach. Becker saß in seinem Krankenbett und schaute seine ungebetenen Gäste mit großen Augen an.

»Wir kommen hoffentlich nicht ungelegen?«, fragte Thomas.

Becker starrte sie weiter reglos an. Lodi versuchte, den Ausdruck in seinem Gesicht zu entschlüsseln. Eine Entschuldigung? Oder ein Dank dafür, dass sie Erste Hilfe geleistet und ihn aus dem Wagen gezerrt hatte?

Lodi und Thomas zogen sich Stühle heran und setzten sich.

»Sie sehen gut aus«, sagte Thomas. »Und ein anständiges Zimmer können Sie sich auch leisten, Chapeau. Da wir jetzt sicher sein können, dass Sie gut versorgt sind ...« Er fingerte sein Handy aus der Jeans, öffnete eines der Bilder, von denen er Lodi berichtet hatte, und streckte es ihrem Gegenüber entgegen. »Kommen wir zur Sache: Sie wissen nicht, wer Sonja Werkmann ist?« Sein Ton eine Mischung aus Triumph und Anklage.

Becker schluckte. Er klammerte sich an den Metallrahmen seines Bettes. Stotternd sagte er: »Ich ... ich habe nicht gewusst, dass sie ...« Ihm versagte die Stimme, sein Kopf fiel auf die Brust. Er schloss die Augen.

Thomas rückte dichter ans Bett heran. »Sie haben *was* nicht gewusst?«

Becker öffnete wieder die Augen. Er fixierte einen Punkt auf der Bettdecke und hüllte sich in Schweigen.

Thomas schaute zu Lodi herüber und zuckte mit den Schultern. Würde er nun härtere Geschütze auffahren? Nach ihren gemeinsamen Dienstjahren beim K11 war sie mit seiner Vorgehensweise in solchen Fällen vertraut, doch Lodi wollte es ein letztes Mal auf ihre Art versuchen. Sie legte eine Hand auf Beckers Bein, das unter der Decke herauslugte. Er schaute zu ihr auf, seine Augen glänzten feucht.

»Wir sind hier, um Ihnen zu helfen.« Sie bemühte sich, mitfühlend zu klingen. Auf dem Foto hatte es ausgesehen, als ob Becker und Sonja tiefe Gefühle füreinander gehegt hätten. Trotz allem, was passiert war, hatte sie den Eindruck, dass er im Grunde ein guter Mensch war.

Becker nickte verhalten, sein Blick wurde noch glasiger. »Ich liebe sie«, sagte er mit vibrierender Stimme. »Aber ich habe nicht gewusst, dass sie *sie* ist. Verstehen Sie?«

»Nein, das müssen Sie uns erklären.«

Er seufzte. »Als wir uns kennengelernt haben, haben wir etwas abgemacht. Wir treffen uns immer irgendwo, im Café, im Restaurant, im Kino, im Hotel, aber nie zu Hause. Ich weiß, dass sie verheiratet ist, aber ihren echten Namen kenne ich nicht. Sie ist Jule, und ich bin Nico.«

Sie brauchten einen Moment, um diese Info sacken zu lassen. Lodi sah zu ihrem Kollegen hinüber und las es ihm an den Augen ab: Thomas glaubte ihm kein Wort.

»Was ist mit ihr?«, fragte Becker. »Ist sie …«

Lodi würde versuchen, es ihm so taktvoll wie möglich beizubringen. »Ich bedauere sehr, Ihnen mitteilen zu müssen, dass Sonja Werkmann einem Tötungsdelikt zum Opfer gefallen ist.«

Eine Weile haftete Beckers leerer Blick auf ihr.

Dann wanderte er zur Decke, eine Träne rann seine Wange herunter. Thomas taxierte ihn abfällig. Er musste diesen Auftritt für eine Show halten.

»Ich wollte …«, versuchte Becker zu antworten. Seine Stimme war kraftlos, er stoppte und sammelte sich. »Ich wollte mit dieser Heimlichtuerei aufhören.«

»Ging es bei Ihrem Telefonat darum?«, fragte Lodi.

Becker zögerte. »Ja. Ich hatte ihr gesagt, dass ich mir mehr wünsche, dass ich dieses Versteckspiel nicht länger mitmachen würde. Sie wollte darüber nachdenken, von da an hat sie sich zurückgezogen.«

»Was genau hat Frau Werkmann zu Ihnen gesagt?«

»Dass sie ihren Mann verlassen will. Dass sie jetzt ihre Sachen packt und zu mir kommt.« Becker wischte sich die Träne aus dem Gesicht. »Ich habe den ganzen Abend auf sie gewartet. Sie ist nicht aufgetaucht.«

»Haben Sie versucht, sie zu erreichen?«

»Ich habe mir Sorgen gemacht und sie deshalb ständig angerufen. Erst hat es durchgeklingelt, dann hieß es, der Teilnehmer sei nicht mehr zu erreichen.«

Per Handzeichen gab Thomas zu verstehen, dass er wieder mitreden wollte. »Ihnen ist das nicht merkwürdig vorgekommen?«

Beckers Blick glitt zu ihm herüber. »Selbstverständlich. Aber was hätte ich tun sollen? Ich wusste nicht, wo sie wohnt, also konnte ich nicht zu ihr fahren. Ich kannte ihren Namen nicht, was sollte ich da der Polizei erzählen?«

»Wir verstehen, dass das eine herausfordernde Situation für Sie war«, versuchte Lodi, ihn zu besänftigen.

»Danke.«

Becker nestelte mit den Fingern. Schließlich sagte er in Thomas' Richtung: »Bitte entschuldigen Sie, dass ich Sie … Für gewöhnlich bin ich kein gewalttätiger Mensch.«

»Das haben Sie gut versteckt«, nahm Thomas den Ball auf. »Was sollte diese Nummer? Erst Sylvester Stallone und Rocky, dann machen Sie einen auf Steve McQueen im Nebel und jagen wie ein Verrückter durch die Stadt.«

»Ich habe keine Ahnung, was da …«, probierte Becker sich an einer Erklärung. »Sie waren plötzlich da, in meinem Haus. Sie haben mir die Fotos von der Frau gezeigt, die ich liebe, und mir zu verstehen gegeben, dass es um etwas Ernstes geht. Da habe ich …«

»Was haben Sie denn gedacht, weswegen wir Sie aufgesucht haben?«

»Ehrlich gesagt, ich …« Er druckste herum, schaute auf seine Finger. Zeit verstrich. Thomas schnaufte, als hielte er es bald nicht mehr aus.

Lodi erinnerte sich an die erste Begegnung vor seinem Haus. Bevor sie ihre Ausweise präsentiert hatten, hatte Becker angenommen, dass sie vom Finanzamt seien. Hatte das etwas mit seiner Kurzschlussreaktion zu tun gehabt?

»Haben Sie Probleme mit der Steuer?«, fragte sie direkt. »Haben Sie …?« Es war nicht nötig, den Tatbestand beim Namen zu nennen.

Becker sah zu ihr auf. Er brauchte nicht zu antworten, sein Blick sagte alles, was sie wissen musste.

»Ich dachte, dass Ihre Fragen nur ein Vorwand seien«, erklärte er schließlich doch. »Ich habe Sie für Beamte der Steuerfahndung gehalten.«

Eine Zeit lang verfielen sie in Schweigen.

Nach einer Weile sagte Lodi: »Wir müssen in Betracht ziehen, dass Sie an dem Tötungsdelikt beteiligt gewesen sind.«

Becker reagierte überraschend gefasst. Lodi hätte erwartet, dass er die Fassung verlieren und sie anschreien würde. Doch stattdessen starrte er stumm zwischen den beiden hindurch.

Dann sagte er ruhig: »Wenn ich an Ihrer Stelle wäre, würde ich vermutlich dasselbe annehmen.« Er zuckte mit den Schultern. »Aber ich habe Jule … Ich meine Sonja … Ich habe sie das letzte Mal vor über einer Woche gesehen.«

»Sie haben gestern ausgesagt, Sie hätten …« Thomas nahm sein Smartphone zu Hilfe und las in den Notizen nach. »… bis etwa neunzehn Uhr dreißig gearbeitet. Anschließend hätten Sie telefoniert und sich danach aufs Laufband geschwungen. Dann duschen und ab ins Bett, nehme ich an?«

»So ist es gewesen. Ungefähr gegen zehn bin ich schlafen gegangen.«

Thomas zog die Augenbrauen hoch, ihm musste dasselbe durch den Kopf gehen wie Lodi: Das war der errechnete Todeszeitpunkt. Sonja Werkmann war zwischen zwei- und dreiundzwanzig Uhr ermordet worden. Für den kritischen Zeitraum konnte Becker kein Alibi vorweisen.

Thomas wandte sich ihm wieder zu. »Ich will ehrlich zu Ihnen sein: Das sieht nicht gut für Sie aus.«

Ihr Gegenüber blickte sie stoisch an.

Auf einmal blitzte es in seinen Augen auf. An dem Bettrahmen drückte er sich in eine aufrechtere Position. »Jetzt fällt es mir wieder ein: Ich habe noch etwas zu essen bestellt. Direkt nachdem ich aus der Dusche gekommen bin.«

Lodi beugte sich nach vorn. »Wo und was haben Sie bestellt?«

»Bei Bamboo Garden, das ist mein Stammrestaurant.«

Sie kannte es, es befand sich in bester Lage in der Innenstadt. Wenn sie mal außer Haus aß, fiel ihre Wahl auch häufig auf das Restaurant in der Opernstraße.

Becker erzählte weiter. »Ich habe mein Lieblingsgericht bestellt: Hühnerbrustfilet in einer dünnen Knusperpanade mit frischen Zucchini, Mini-Mais, Karotten, Pak Choi in Zitronengrassoße und dazu Reis.«

»Und Sie haben die Lieferung persönlich entgegengenommen?«

»Ja. Ein junger, asiatisch aussehender Mann ist mit einem Elektrofahrzeug vorgefahren. Wenn Sie herausfinden, wen das Restaurant zu mir geschickt hat, kann er Ihnen das bestimmt bestätigen.« Becker hörte sich mit einem Mal zuversichtlich an.

»Wir überprüfen das«, sagte Thomas.

Ihr Gegenüber kratzte sich am Kinn und schnippte dann in die Luft. »Beim Essen habe ich Netflix geschaut. Lässt sich das nicht auch ermitteln? Wann ich meinen Fernseher eingeschaltet habe?«

Lodi brummte zustimmend. Becker nahm es lächelnd zur Kenntnis.

»Und was ist mit meinem Handy?« Er zeigte nickend auf einen Rollwagen, der neben dem Bett stand. »Können Sie damit nicht feststellen, wo ich gewesen bin?« Er zog die oberste Schublade auf, nahm ein iPhone heraus und hielt es den Kommissaren hin. »Nehmen Sie es mit. Wenn es mir hilft, meine Unschuld zu beweisen.«

Lodi bedankte sich und steckte das Handy ein.

»Ich will Ihnen keine falschen Hoffnungen machen«, sagte Thomas. »Für einen Beweis reicht das nicht aus. Auch Ihre Bestellung bei diesem Asia-Laden nicht.« Er sah Becker einen Moment lang gespannt an. Als der nichts erwiderte, stellte er seine nächste Frage: »Sind noch weitere Rufnummern auf Sie registriert?«

»Nein. Nur diese.«

Thomas wog den Kopf hin und her. »Wir kontrollieren das.« Lodi legte seinen Blick so aus, dass er ihr die Verabschiedung überließ – und die damit verbundene Aufforderung.

»Danke für Ihre Kooperation, Herr Becker«, begann sie freundlich. »Bis wir Ihr Alibi überprüft haben, dürfen Sie dieses Zimmer nicht verlassen.« Er schaute sie konzentriert an und verschränkte die Arme. »Wir werden zur Sicherheit zwei Beamte im Flur postieren.«

Thomas ließ sich die Gelegenheit nicht nehmen. »Und einen Sprung aus dieser Höhe würde ich Ihnen nicht empfehlen«, sagte er und nickte zur Fensterfront. »Die Geduld Ihrer Schutzengel haben Sie schon mehr als ausreichend strapaziert ...«

Sonntag, Vormittag, Klinikum Kassel

Sie verließen das Parkhaus, bogen in die Mönchebergstraße ein und gelangten zur viel befahrenen Kreuzung an der Weserspitze.

Lodi zückte ihr Handy, rief im Präsidium an und gab Kathrin einen Auftrag durch. Sie sollte bei dem Restaurant anrufen und Beckers Aussage überprüfen. Kathrin versprach, sich so schnell wie möglich zurückzumelden.

»Wollen wir uns trotzdem noch mal diesen Engel vornehmen?«, fragte Thomas.

Lodi nickte. »Na klar. Ich rufe Daniel an. Er weiß bestimmt, wo er wohnt.«

Nach einem weiteren kurzen Handygespräch hatte sie die Adresse des Finlytix-Gründers ins Navi eingegeben. Engel wohnte in Kirchditmold, in einem gehobenen Viertel am Ende der Schanzenstraße und somit in der Nähe der Waldlichtung Hessenschanze. Ein gutes Stück von dort entfernt, wo sie sich gerade befanden. Am Katzensprung, der nächsten stark frequentierten Kreuzung, bogen sie zum Holländischen Platz ab und fuhren weiter Richtung Nordwesten.

Thomas ergriff als Erster wieder das Wort. »Was hältst du von der Sache mit Becker?«, fragte er.

Lodi zuckte mit den Schultern. »Kommt drauf an, was Kathrin herausfindet. Wie siehst du es?«

»Weiß nicht. Warum ist ihm das alles nicht früher eingefallen?« Thomas bewegte seinen Kiefer hin und her. Er nahm eine Hand vom Lenkrad und fasste sich ans Kinn. »Für mich hätte es diesen Knock-out nicht gebraucht.«

»Keine Sorge, wir werden ihn für alles zur Rechenschaft ziehen. Widerstand gegen die Staatsgewalt, Rotlichtverstöße, Geschwindigkeitsüberschreitungen, Gefährdung des Verkehrs … Trotzdem: Mein Gefühl ist, dass er die Wahrheit sagt.«

»Ich traue dem Kerl nicht über den Weg. Der hat was zu verbergen. Und damit meine ich nicht nur seine vermeintlichen Steuertricks, die er angedeutet hat.«

Lodi drehte sich weg und schaute nach draußen. Sie blieben auf der Wolfhager Straße. Trostlose Häuserreihen waberten an ihrem Fenster vorbei, dazwischen Mütter mit Kinderwagen und Handy am Ohr, Menschen mit Taschen vom Discounter sowie hin und wieder Prostituierte, die um diese Uhrzeit bereits ihre Körper anboten. An einer Ampel hielten sie neben einem Kiosk, an dem sich eine Handvoll zwielichtiger Personen eingefunden hatte. Unter dem schmalen Vordach suchten sie vor dem Nieselregen Schutz – für sich und für ihre Bierflaschen. Tiefkehlige Stimmen drangen in Wortfetzen in ihren Dienstwagen, der Soundtrack des Alkoholismus.

Lodi wandte sich ab. An manchen Tagen – und heute war so einer – fiel es ihr schwer, der Armut ins Gesicht zu sehen. Das hatte sie einen großen Teil ihres Lebens tun müssen. Marburg-Richtsberg, der Ort, der für sie gleichzeitig Zuhause und Brandmal gewesen war.

»Ich habe nachgedacht«, sagte sie, um auf andere Gedanken zu kommen. »Wenn wir bei Engel gewesen sind, sollten wir uns noch mal mit Marina unterhalten. Möglicherweise hat sie eine Idee, wo wir ihren Vater finden.«

»Einen Versuch ist es wert«, bemerkte Thomas. »Auf diese Idee wären wir wahrscheinlich auch schon früher gekommen, wenn dieser Becker nicht die Rennstrecke von Monaco nach Kassel verlegt hätte.«

»Ich rufe später bei Frau Schneider an, vielleicht können wir dann heute noch mit ihr sprechen.«

Eine Viertelstunde später parkten sie den Wagen vor der Adresse, die Daniel ihnen genannt hatte. Thomas machte ein beeindrucktes Gesicht, als er durchs Seitenfenster auf das Grundstück sah. Auch Lodi konnte nicht leugnen, dass es auf sie irgendwie inspirierend wirkte. Obwohl sie sich ohnehin in einem gut betuchten Viertel befanden, stach das Haus von Engel heraus wie ein architektonisches Juwel.

»Nicht von schlechten Eltern«, kommentierte Thomas. »Der Kerl lässt sich nicht lumpen. Schau dir nur diese Fassade an, die riesigen Fenster. Das nenne ich mal eine großzügige Terrasse. Und wie viel Grün hier drumherum ist …«

»Hmhm«, brummte Lodi. Mehr brachte sie nicht heraus. Der Kontrast zwischen Arm und Reich, den sie nun binnen weniger Minuten gesehen hatte, bedrückte sie. Er erschien ihr absurd. Die Menschen lebten wortwörtlich in unterschiedlichen Welten, dachte sie. Jede von ihnen produzierte ihre eigenen Bilder, folgte ihren eigenen Regeln und Gesetzen. Biografien, geprägt durch die Herkunft und den Ort, an dem man aufwuchs.

Lodi und Thomas stiegen aus und näherten sich der gepflasterten Auffahrt. Kurz bevor sie das Grundstück erreichten, tauchte plötzlich Engel hinter der Garage auf. Obwohl es

Sonntag war, hatte er keine Gammelkleidung an, sondern eine enge Jeans und darüber ein langärmeliges, figurbetontes Hemd in Dunkelblau. Er trug einen Werkzeugkasten und schien damit auf dem Weg in die Garage zu sein.

Thomas pfiff auf zwei Fingern und winkte ihm zu. »Hier drüben sind wir!«

Engel zuckte und sah sich mit verkniffenem Gesicht um. Er stellte den Werkzeugkasten ab. Stemmte die Fäuste in die Hüften und warf ihnen einen verächtlichen Blick zu. »Wer sind Sie? Was machen Sie hier?«

Die Kommissare griffen in ihre Taschen und hielten die Dienstausweise hoch. »Sagen Sie bloß, Sie können sich nicht an uns erinnern? Dabei haben wir uns doch so nett unterhalten.«

Mit einem Mal schwang eine Tür an der Seite des Hauses auf, und der Kopf eines Mannes lugte hervor. »He, Schatz, denk daran, dass du noch …« Er stoppte, als er sah, dass Engel wie festgefroren dastand und zur Straße schaute. Der Anblick der Dienstausweise verleitete ihn zu einem aufgesetzten Lächeln. Er strich sich die Haare hinter die Ohren. »Entschuldigen Sie, ich wusste nicht, dass Sie …« Sein Blick pendelte zwischen Engel und den Kommissaren hin und her, er schien auf eine Erklärung zu hoffen – die er jedoch nicht bekam. »Möchten Sie etwa zu uns?«

Thomas drehte sich zu Lodi, er flüsterte ihr die Frage zu, die sich ihm aufgedrängt hatte. Sie ignorierte sie.

»Herr Engel, wir möchten uns gern mit Ihnen unterhalten.« Er schaute weiter ohne Regung zu ihnen herüber.

»Hätten Sie ein paar Minuten für uns?«

Sie gingen bergauf in Richtung Hessenschanze, vorbei an der gleichnamigen Endhaltestelle und einer Wendeschleife für die Tram. Dahinter tat sich eine abschüssige Wiese auf, begrenzt von den Ausläufern des Bergparks. Reste des Nebels der vergangenen Tage hingen noch immer in den Baumwipfeln fest, als seien sie mit dem Wald verschmolzen.

Bäume. Wald. Lodi hätte es wissen müssen. Warum hatte sie sich zu diesem Spaziergang überreden lassen?

Wieder spürte sie es zuerst an ihren Füßen. Kribbeln, als wären ihre Füße eingeschlafen und würden nun wieder aufwachen. Noch schneller als beim letzten Mal kletterte es an ihren Unterschenkeln hinauf, gierig, weitere Teile ihres Körpers zu erfassen. In Windeseile hatte es ihre Oberschenkel erreicht.

Nein, befahl sich Lodi in Gedanken, das durfte nicht passieren! Nicht jetzt!

Hoffend, dass weder Thomas noch Engel etwas bemerken würden, strich sie sich den Schweiß von der Stirn. Zum Glück hatte ihr Kollege bereits mit der Befragung begonnen, sodass die beiden nicht mitbekamen, wie Lodi schnaufte. Als hätte sie Watte in den Ohren, drangen Thomas' Fragen und Engels Antworten nur als gedämpftes Kauderwelsch zu ihr durch.

Es fiel ihr zunehmend schwer, ihre Reaktionen zu verbergen. Sie schienen einem Ablauf zu folgen, auf den Lodi keinen Einfluss ausübte, gesteuert von der Angst. Kribbeln, Hitze. Pochendes Herz und das Gefühl, keine Luft zu bekommen. Die Welt entglitt vor ihren Augen, als zöge sich allmählich ein Vorhang vor ihr zu.

Dann sprach Thomas sie an. Lodi hörte es nicht, sondern bemerkte es an seiner Körperhaltung. Sie drehte sich zu ihm, er sah sie mit einer Mischung aus Skepsis und Sorge an. Auch Engel schaute zu ihr herüber. Als sich ihre Blicke trafen, erkannte Lodi etwas Niederträchtiges in seinen Augen. Ob er die Anzeichen richtig deutete und deshalb ahnte, was mit ihr passierte? Dazu passte sein hämisches Grinsen. Er versuchte nicht, es zu verbergen.

Sie musste abhauen, bevor es noch schlimmer wurde.

»Entschuldigt mich«, quälte sie aus sich heraus. Sie gab Thomas zu verstehen, dass sie die Autoschlüssel brauchte. Stotternd kramte er sie aus der Tasche und gab sie ihr. Sie wischte sein Gemurmel mit einem Handzeichen beiseite.

Eilig marschierte Lodi zurück zu ihrem Wagen. Stieg auf der Beifahrerseite ein, riss das Handschuhfach auf und durchwühlte es. Verdammt, irgendwo da drin musste sie doch sein!

Zwischen einem Wust aus Kassenzetteln und Parkscheinen fand sie sie schließlich. Sie stülpte sich die Tüte über den Mund und schloss die Augen.

Einatmen. Ausatmen.

Mit aller Macht klammerte Lodi sich an einen schönen Gedanken. Sie rief sich einen Tag während ihres letzten Urlaubs in Erinnerung, Sardinien, es war herrliches Wetter gewesen. Sie spürte den Sand zwischen ihren Zehen und die Sonnenstrahlen auf ihrer Haut, hörte das Rauschen der Wellen sowie entfernte Rufe im Wasser spielender Kinder. Sie holte tief Luft und saugte eine salzige Meeresbrise ein. Dann hob sie den Kopf, öffnete die Augen und schaute sich an dem malerischen Strand um. Goldgelber Sand, im Hintergrund erhoben sich majestätische Felsen, die die Bucht umschlossen und aberwitzige Schatten warfen. Die Farben strahlten intensiv und lebendig, das satte Grün der Pinienbäume und das tiefe Blau des Wassers.

Es half. Das Kribbeln verschwand, und auch in ihrer Brust kühlte es ab …

Das Geräusch der zugeworfenen Fahrertür ließ sie hochschrecken. Lodi riss die Augen auf und schnappte nach Luft. Sie fühlte sich elend, hatte geschwitzt, ihr Hemd klebte an ihr. Sie brauchte dringend eine Dusche. Das Kribbeln hatte aufgehört, ihr Atem und ihr Herz beruhigten sich wieder.

Sie traute sich nicht, sich Thomas zuzuwenden. Aus dem Augenwinkel sah sie zu ihm hinüber. Er saß auf dem Fahrersitz, steif, und stierte nach vorn. Seine Hände umklammerten das Lenkrad, als müsste er sich daran festhalten.

Beide brachten sie kein Wort heraus. Doch sie kannten sich lange genug, Lodi glaubte zu wissen, was in ihrem Kollegen vorging. Er musste hin- und hergerissen sein zwischen Mitgefühl und Verärgerung. Klar war, dass es so nicht weitergehen konnte. Es musste etwas passieren.

Sie räusperte sich. Ihre Stimme klang krächzend, als sie sagte: »Hör mal, es tut mir leid, dass ich …«

Sein Handy klingelte und unterbrach sie. Thomas reagierte nicht sofort, er ließ es zunächst klingeln. Dann griff er in die Mittelkonsole und holte es heraus. Überprüfte, wer ihn zu erreichen versuchte, und nahm ab. Kathrin war dran, er stellte auf Lautsprecher.

Auf gut Glück hatte ihre Kollegin bei dem Asia-Restaurant angerufen und zufällig den Besitzer erreicht. Der nutzte die Stunden vor der Eröffnung gern, um sich der Verwaltung zu widmen, mit einem Blick in den Dienstplan konnte er schnell den Fahrer ermitteln. Er hieß Timo Nguyen, war Student und wohnte im Studierendenwohnheim in der Kohlenstraße. Lodi kannte das Gebäude, ein Plattenbau mit honiggelben Fenstern und Betonbalkonen im Stadtteil Wehlheiden, der an Hässlichkeit nicht zu überbieten war und sie jedes Mal, wenn sie dort vorbeikam, an die Sozialbausiedlung aus ihrer Kindheit erinnerte.

Thomas bedankte sich und fragte: »Hast du auch seine Handynummer? Dann klären wir ab, ob wir heute noch seine Aussage aufnehmen können.«

»Das ist nicht nötig«, antwortete Kathrin. »Ich habe schon mit ihm gesprochen.«

»Oh, okay. Was hast du herausbekommen?«

»Nun, zunächst konnte er sich nicht erinnern. Liegt ja auch schon ein paar Tage zurück. Als ich ihm dann die Uhrzeit und das Stichwort Brasselsberg genannt habe, ist ihm die Auslieferung wieder eingefallen.«

Lodi klinkte sich ein. »Er hat Beckers Aussage also bestätigt?« Ihre Stimme klang schon besser, aber immer noch ein bisschen mitgenommen.

Kathrin schien das aufzufallen. Sie zögerte.

»Ja, er … er konnte sich an ihn erinnern«, antwortete sie. »Ein sportlicher Typ, schlanke Figur, helle, ausdrucksstarke Augen …«

»Könnte auch ein anderer gewesen sein«, merkte Thomas an.

»Das können wir ausschließen. Nguyen hat ausgesagt, dass Becker bereits auf der Straße vorm Haus gewartet habe, als er eingetroffen sei. Er habe ihm sogar seinen Personalausweis gezeigt, ohne dass Nguyen ihn darum gebeten hätte.«

Thomas kratzte sich am Kinn. Er drehte sich zur Seite und schaute aus dem Fenster.

»Merkwürdig«, kommentierte Lodi.

Kathrin brummte zustimmend. »Dasselbe hat er auch gesagt. Er meinte, dass er sich deshalb auch an Becker erinnern könne.« Kurze Pause. »Ich habe ihn daraufhin gefragt, welchen Eindruck er von ihm hatte, ob er zum Beispiel nervös auf ihn gewirkt habe. Er sei ganz normal gewesen.«

»Ist Becker zurück ins Haus gegangen?«

»Danach habe ich mich auch erkundigt. Er glaubt, ja, ist sich aber nicht sicher. Er habe sich ins Auto gesetzt, im System die Auslieferung eingetragen und sei danach zum Restaurant gefahren.«

Thomas drehte sich wieder um. »Okay. Wir brauchen noch eine schriftliche Bestätigung seiner Aussage.«

»Ist schon in Arbeit. Er kommt bald vorbei und unterschreibt sie.«

Die Kommissare bedankten sich bei Kathrin für ihren Einsatz und Thomas legte auf. Augenblicklich kehrte wieder Stille in dem

Wagen ein. Stumm starrten sie nach vorne. Auf die Haltestelle, die Wendeschleife und die dahinterliegende Wiese sowie die Bäume, deren Blätterkronen sich in den Nebelschwaden andeuteten.

Dann startete Thomas den Motor. Schweigend fuhren sie los, die Schanzenstraße hinunter durch Kirchditmold und zurück zur Dienststelle.

»Klingt für mich, als hätte Becker uns die Wahrheit gesagt«, unterbrach Lodi nach den ersten Kilometern die Stille. Sie waren auf der Höhe des Kongresspalais angekommen, wo zwischen den Mehrfamilienhäusern die Bäume des Stadthallengartens hindurchlinsten.

Thomas wog den Kopf hin und her. »Vielleicht ist die Bestellung Teil seines Planes gewesen«, sagte er mürrisch.

»Du traust ihm kein Stück, oder?«

»Nein. Ich glaube, er macht uns was vor.«

Lodi drehte sich zur Seite und schaute aus dem Fenster. Draußen zogen die schmucklosen Nachkriegsbauten in der Kölnischen Straße vorüber.

»Was ist mit Engel?«, fragte sie. »Hast du etwas aus ihm herausbekommen?«

Thomas rollte mit den Augen. Er imitierte die Stimme des Finlytix-Gründers und zitierte: »Das sind firmeninterne Dinge, Herr Ziegler. Dazu muss und werde ich Ihnen keine Auskünfte erteilen.« Thomas sprach wieder normal. »Der wird auch nicht netter, je öfter man mit ihm spricht.«

»Wir sollten uns weitere Mitarbeiter vornehmen«, sagte Lodi. »Möglicherweise trauen sich noch andere, Daniels Beobachtung zu bestätigen.«

Zehn Minuten später kamen sie auf dem Innenhof des Polizeipräsidiums an. Thomas blieb draußen, frische Luft schnappen, wie er behauptete.

Lodi fuhr mit dem Fahrstuhl nach oben. In der Küche goss sie Tee auf und zog sich anschließend in ihr Büro zurück. Sie setzte sich ans gekippte Fenster und warf einen Blick hinaus, während sie den ersten Schluck genoss. Eine kühle Brise wehte herein und strich über ihr Gesicht, es duftete nach feuchtem Laub. Vögel zwitscherten. Lodi sah hinunter auf die Straße, die in einer Sackgasse endete. Ihr schien es, als seien die dunklen Tage passé, zumindest vorübergehend. Als Hoffnungsschimmer kämpfte sich ein goldenes Herbstlicht durch die Häuserflucht und überzog den Asphalt mit einem Schein. Wenige noch nicht gefallene Blätter klammerten sich an den Ästen eines Baumes fest, sie leuchteten in warmen Farben.

Eigentlich hatte Lodi für den Herbst nicht viel übrig. Vor allem, weil sie ihn als Vorboten des Winters empfand. Kürzer werdende Tage, sinkende Temperaturen, Regen, Nebel, Frost – das schätzte sie nicht an dieser Jahreszeit. Wenn sie sich allerdings wie in diesem Augenblick präsentierte, mit klarer Luft, längeren Schattenwürfen wegen der tiefer stehenden Sonne, goldenem Licht und laubbedeckten Orten in warmen Farbtönen – Orange, Rot, Gelb, und Braun –, dann ließ sie sich aushalten.

Lodi schüttelte ihre Gedanken ab und meldete sich bei Frau Schneider. »Hallo, Lenke hier, Kripo Kassel«, begrüßte sie sie. »Ich bitte vielmals um Entschuldigung. Wir sind so in die Ermittlungen eingetaucht, dass wir vergessen haben, uns zu melden.«

»Kein Problem«, antwortete Isabell Schneider. Über den Lautsprecher klang ihre Stimme entfernt, wahrscheinlich Freisprechanlage. »Ist er es gewesen? Marinas Papa, meine ich?«

»Zum Stand laufender Ermittlungen darf ich Ihnen nichts mitteilen.« Lodi nippte an ihrem Tee und lehnte sich in ihrem Bürostuhl zurück. »Wie geht's Marina? Wie kommt sie zurecht?«

»Puh, schwer zu sagen. Wie soll man eine solche Nachricht verkraften, in diesem Alter? Das arme Ding.«

»Vielen Dank, dass Sie sich um sie kümmern.«

»Keine Ursache. Sie kann gern noch eine Weile bei uns bleiben, bis die Frage mit ihrem Vater geklärt ist.«

»Das ist sehr selbstlos von Ihnen.«

»Wer anderen hilft, dem wird geholfen.«

»Ich wünschte, es gäbe mehr Leute auf der Welt, die das beherzigten.« Lodi stellte ihre Tasse ab und faltete ihre Hände hinter dem Kopf. »Mein Kollege und ich müssen uns noch mal mit Marina unterhalten. Meinen Sie, sie ist dazu in der Lage?«

»Nun, im Grunde ist sie stabil. Wenn das Gespräch sie nicht zu sehr aufwühlt … Kommen Sie einfach vorbei. Das Wetter ist doch nicht mehr so ungemütlich, Sie könnten sich zu uns in den Garten setzen.«

»Vielen Dank. Ich sage meinem Kollegen Bescheid, wir machen uns gleich auf den Weg.«

Sonntag, Nachmittag, Präsidium

Nachdem er seiner Nikotinsucht nachgegeben hatte, kam Thomas zurück in ihr Büro. Er erzählte Lodi, dass er die Kollegin von der operativen Technikunterstützung beauftragt habe, Beckers Handy zu überprüfen, und sie nochmals gebeten habe, die Funkzellenabfrage zügig zu bearbeiten. Man konnte es nicht leugnen, an der Mischung aus Personalmangel und hohem Krankenstand hatte das LKA kräftig zu knabbern. Lodi hingegen klärte Thomas über ihr Gespräch mit Frau Schneider auf.

»Man erwartet uns«, sagte sie.

Thomas schüttelte den Kopf. »Raus aus dem Auto, rein ins Auto.« Er seufzte. »Und wo geht's diesmal hin?«

»Nach Wahlershausen.«

Sie erreichten den Stadtteil, der erst Ende des 19. Jahrhunderts eingemeindet worden war, etwa fünfzehn Minuten später. Das Viertel hatte sich seinen ursprünglichen Charakter erhalten, überall traten die Spuren seiner Vergangenheit sichtbar zutage. Pflasterstraßen, pflanzenbewachsene Fachwerkhäuser und die sich durch das Quartier schlängelnde Drusel verliehen ihm einen dörflichen Charme.

Familie Schneider lebte in einem Einfamilienhaus mit rotem Zwerchdach. Eine Hecke trennte das Grundstück von der Straße, ohne den Blick auf den Garten zu versperren, der das Haus umschloss. Durch ein Tor betraten Lodi und Thomas ihn und folgten einem Weg zum Hauseingang.

»Da sind Sie ja schon«, empfing Isabell Schneider sie schwungvoll. Sie schien zu sprühen vor Energie. »Warten Sie bitte kurz? Ich hole Marina.«

Kurz darauf kam die Jugendliche die Treppe heruntergeschlurft. Sie bedachte Lodi und Thomas mit einem Nicken und schaute sie mit trüben Augen an.

»Hallo, Marina«, begrüßte Lodi sie.

Keine Antwort.

»Wir würden gern mit dir sprechen«, erklärte Thomas. Er deutete mit dem Kinn hinters Haus. »Was hältst du davon, wenn wir in den Garten gehen?«

Marina zuckte mit den Schultern.

Sie gingen ums Haus und setzten sich auf eine Holzbank vor einem Teich mit Seerosen und Schilf, er war eingerahmt von schimmerndem Flusskies. Lodi saß links, Thomas rechts und Marina in der Mitte. Eine Weile sagte keiner ein Wort, die Rufe vom Sportplatz um die Ecke und das Geräusch geschossener Fußbälle mischten sich in das betretene Schweigen.

Dann fasste Lodi sich ein Herz und legte Marina sanft eine Hand auf die Schulter. »Hör mal, es tut uns unfassbar leid, was mit deiner Mutter passiert ist. Du bist unglaublich tapfer und stark.« Lodi streichelte sie. »Unser Beileid. Wenn du Hilfe brauchst, kannst du dich jederzeit bei uns melden.«

Marina nahm es reglos zur Kenntnis.

Thomas beugte sich nach vorn und stützte sich mit den Ellbogen auf den Oberschenkeln ab. Lodi ahnte, was nun folgen würde. Sie hoffte allerdings, dass er nicht mit der Tür ins Haus fallen würde, um Marina nicht zu überfordern.

Er wandte sich dem Mädchen zu. »Wir wüssten gern noch etwas mehr über die Streitigkeiten deiner Eltern. Was kannst du uns darüber erzählen?«

Marina richtete ihren Nasenring, der verrutscht war. Sie seufzte, ihr trüber Blick irrlichterte in dem Garten umher.

»Zuletzt haben sie sich jeden Tag gefetzt«, antwortete sie nüchtern. »Es ging immer um Geld. Aber das wissen Sie ja schon.«

»Wegen der Spielsucht deines Vaters?«, nahm Lodi den Ball auf. Marina nickte. »Hast du davon eigentlich etwas mitbekommen?«

»Ja, er ist häufig erst spätnachts nach Hause gekommen, davon bin ich jedes Mal aufgewacht. Dann habe ich sie streiten gehört. Zumindest, als meine Mutter noch zu Hause gewesen ist.«

»Was meinst du damit? Dass deine Mutter sich einen Job gesucht hat?«

»Nein, ich meine … Ja, sie hat angefangen zu arbeiten, aber das war wirklich nur wegen Geld.«

Mit ihren schwarzen Stiefeln schabte Marina im Boden und zog Kreise in den Kies. Ihr Anblick erinnerte Lodi an eine Aussage von Norbert, als sie ihn zu den Herzen befragt hatte, die sie beim Telefonieren häufig malte. Runde Formen, so die These in der Psychologie, wiesen auf einen in sich gekehrten Menschen hin. Nicht selten waren sie jedoch schlichtweg ein Zeichen von Nervosität oder Langeweile.

Marina unterbrach ihre Malereien und fügte hinzu: »Ich meinte damit, dass irgendwann auch Mama abends weggeblieben ist. Meistens ist sie erst am nächsten Morgen wieder da gewesen. Sie ist bei ihrem Lover geblieben.«

Thomas richtete sich auf. »Du wusstest von ihrer Affäre?«, fragte er überrascht.

»Sie hat es mir nie gesagt oder so, aber …« Marina fing erneut an zu malen, ihre im Kies kreisende Schuhspitze erzeugte ein kratziges Geräusch. »Ich habe gesehen, wie sie das Haus verlassen hat, wenn sie zu ihm gefahren ist. Sie hat sich richtig aufgetakelt, das hatte sie für Papa schon lange nicht mehr gemacht.«

Thomas verschränkte die Arme und lehnte sich zurück.

»Sagt dir der Name Philipp Becker etwas?«, fragte Lodi.

Er schien nichts in ihr auszulösen, Marina starrte unbeirrt zwischen ihre Schuhe. »Nein. Wer soll das sein?«

»Das versuchen wir, herauszufinden«, antwortete Lodi. Die Affäre zwischen Werkmann und Becker war erwiesen, aber sie hielt es zum jetzigen Zeitpunkt für nicht angebracht, die Jugendliche damit zusätzlich zu belasten. Sie würde es früh genug erfahren.

»Hat dein Vater sich bei dir gemeldet?«, fragte Thomas.

Marina nickte. »Er hat's versucht, er hat ein paar Mal angerufen. Aber ich bin nicht drangegangen.«

»Ist er mal hier aufgetaucht?«

»Nicht dass ich wüsste. Wieso fragen Sie?«

»Nun, wir wissen nach wie vor nicht, wo er ist. Inzwischen wird er per Haftbefehl gesucht. Häufig versuchen Menschen, Kontakt zu ihren nächsten Angehörigen aufzunehmen.«

Marina stierte weiter auf einen Punkt im Kies. »Ich muss Ihnen etwas gestehen«, flüsterte sie schließlich, und erzählte danach in der vorherigen Lautstärke weiter: »Ich habe gelogen. Auf dem Video sieht es zwar danach aus, aber Papa hat mir nichts getan, wirklich! Er wollte mir nur das Handy wegnehmen. Er hat mich nie geschlagen! Meine Mutter schon, aber mich würde er niemals anrühren.«

Thomas fiel die Kinnlade herunter. Lodi nahm die Hand von Marinas Schulter und schaute sie ungläubig an. Das haute sie von den Socken.

Aber was war mit ihren Verletzungen auf dem Foto und dem Video? Eine Phalanx von Fragen schwirrte durch Lodis Verstand. Sie war jedoch so schockiert, dass ihr keine davon über die Lippen kam.

Auch Thomas war sprachlos. Er nickte zu der Stelle an Marinas Schulter, wo auf ihrem Foto ein Hämatom zu sehen gewesen war. Eine stumme Frage, die die Jugendliche ohne Worte verstand. Sie rollte mit den Augen, schnaufte.

»Das war ich selbst«, gestand sie knapp. Sie schaute auf und die Kommissare abwechselnd an. »Passiert jetzt etwas mit mir? Weil ich ihn beschuldigt habe, meine ich?«

Lodi sortierte sich als Erste wieder. »Nun, einen Gefallen hast du deinem Vater damit nicht erwiesen. Aber warum hast du das getan?«

»Das hatte er verdient. So eklig, wie er zu Mama gewesen ist.« Marina verschränkte die Arme und lehnte sich zurück, Zornesfalten eroberten ihre Stirn. Echte Reue sah anders aus. »Es war alles seine Schuld.«

»Du meinst, dass er gewalttätig zu deiner Mutter gewesen ist?«

»Ja, und dass sie deshalb unsere Familie verlassen wollte. Dann hätte ich mich entscheiden müssen, Mama oder Papa.«

»Wäre dir das schwergefallen?«

»Eigentlich nicht. Ich wäre wahrscheinlich bei Mama geblieben. Obwohl ich keinen Bock auf ihren Lover gehabt hätte. Das fünfte Rad am Wagen?«

Lodi schaute ihrem Kollegen in die Augen. Schöner Mist. Hätte sie nur auf ihren Instinkt gehört. Bei ihrer Befragung war Werkmann ihr ganz und gar nicht wie ein gewaltbereiter Mensch vorgekommen.

Thomas räusperte sich, er schien sich von dem Schreck erholt zu haben. »Wie schon gesagt, befindet sich dein Vater auf der Flucht«, leitete er die entscheidende Frage ein. »Du kannst deine Lüge jetzt wiedergutmachen, indem du uns hilfst: Hast du eine Vermutung, wo er stecken könnte?«

Marina verfiel ins Grübeln, die Sekunden verstrichen schleichend. Die Zeit schien auf der Stelle zu treten.

Da Lodi nach einer Weile immer noch keine Anzeichen einer baldigen Antwort erkannte, schob sie hinterher: »Gibt es einen Ort, an dem sich dein Vater besonders gern aufhält?«

Das holte die Jugendliche aus ihren Gedanken. Sie hob den Kopf und sah ihr in die Augen. »Was meinen Sie?«

»Zum Beispiel einen Rückzugsort. Wenn er Ruhe brauchte, wo ist er hingegangen?«

Marina schürzte die Lippen, ihr Blick war leer.

»Oder vielleicht deine Eltern zusammen?«

Sie verfing sich wieder in einer Grübelschleife. Weitere Sekunden vergingen, bis sie schließlich sagte: »Es gibt da dieses Häuschen am Edersee. Es gehört einem Studienfreund von Papa. Meine Eltern haben einen Zweitschlüssel, sie sind da öfter mal hingefahren, übers Wochenende. Ich bin dann meistens bei Selina geblieben.«

»Weißt du, wo dieses Häuschen steht?«

Schulterzucken. »Keine Ahnung. Ich bin ein einziges Mal da gewesen. Ich weiß nur, dass man von dort in den Nationalpark reinschauen kann.«

»Okay. Was ist mit diesem Studienfreund, wie heißt er?«

Marina schüttelte den Kopf. »Sorry, Papa hat nie etwas von ihm erzählt. Außer, dass er …« Sie stoppte abrupt und machte ein Gesicht, als sei ihr plötzlich ein Licht aufgegangen. »Ich habe ein Foto von dem Haus! Warten Sie, es ist irgendwo auf meinem Handy …« Sie pfriemelte ihr Smartphone aus der Hosentasche und wischte sich durch die Galerie. Als sie es gefunden hatte, reichte sie das Gerät an Lodi weiter.

Das Foto war von der Straße aus aufgenommen worden, es zeigte eine allein stehende rote Holzhütte mit gepflastertem Vorgarten, in dem Blumenkübel, eine Hollywoodschaukel und ein Grill standen. Im Hintergrund ragte eine Baumwand auf, das musste der Kellerwald sein. Lodi spürte, dass bereits der bloße Anblick ihren Puls beschleunigte.

Sie reichte das Handy an Thomas weiter. »Wir brauchen das Foto, Marina.«

»Klar. Ich schicke es Ihnen gleich.«

Die Jugendliche ließ sich ihr Smartphone wiedergeben, tippte kurz darauf herum, und schon ertönte ein Klingeln in Lodis Jeans. Marina steckte das Gerät ein und wandte den Blick ab. Er streifte durch den Garten, fand keinen Halt.

»Es gibt da noch etwas, das ich Ihnen sagen muss«, flüsterte Marina. »Ich glaube, dass Papa Dreck am Stecken hatte.«

* * *

»Hältst du es für klug, was wir gerade machen?«, fragte Lodi.

Thomas setzte den Blinker und wechselte auf die Spur, die zur A49 führte. Von hier würden sie vierzig Minuten zum Edersee brauchen.

Marburg, dachte Lodi, als sie den Stadtnamen auf dem Schild las. Der Ort ihrer Kindheit und Jugend. Die verträumte Bergstadt an der Lahn mit ihren engen und gepflasterten Gassen. Manchmal, wenn ihr das Großstadtleben zu viel wurde, vermisste sie die gemütliche Atmosphäre dort. Trotzdem hatte sie Marburg nie mehr besucht, seit sie der Stadt den Rücken gekehrt hatte. Aus denselben Gründen, aus denen sie sich von Wäldern ferngehalten hatte.

Bilder. Erinnerungen. Gefühle.

»Wir fahren nur mal vorbei«, beschwichtigte Thomas sie. »Außerdem hast du Marina doch gehört.«

Lodi wog den Kopf hin und her. »Was ist, wenn sie uns wieder etwas vorflunkert? Du hast sie gehört, sie gibt ihrem Vater für alles die Schuld.«

»Du glaubst, sie hat sich die Geschichte ausgedacht?«

»Sie hat erst vor ein paar Tagen ihre Mutter verloren, möglicherweise ist sie nicht mehr Herrin über ihren Verstand. Vielleicht bringt sie Dinge durcheinander.«

Thomas ließ kurz das Lenkrad los und legte seine abgespreizten Hände an die Schultern. »Aber es könnte auch die Wahrheit sein. Ich glaube, dass er sich dort versteckt. Ich habe so ein Gefühl ...«

Damit ließen sie es bewenden. Lodi klammerte sich an den Griff und sah aus dem Fenster. Die Sonne war so schnell untergegangen, dass sie es kaum bemerkt hatte. Draußen war es dunkel geworden, als einzige Lichtquellen waren da nur noch der Mond und die Scheinwerfer der Fahrzeuge auf der Autobahn.

Was Marina ihnen offenbart hatte, stellte nichts Geringeres als ein weiteres Motiv für Martin Werkmann dar. Bisher war Lodi davon ausgegangen, er habe sich durch die Affäre seiner Frau und ihren Trennungsplänen in seiner Ehre verletzt gefühlt und sie daraufhin im Affekt erschlagen. Möglicherweise hatten ihn auch die Streitigkeiten ums Geld zu dieser Tat getrieben, aber Lodi erschien die These vom gekränkten Ehemann plausibler.

Bis Marina von ihrem Verdacht erzählt hatte.

Sie berichtete von geheimen Gesprächen, für die ihr Vater vor die Tür geflüchtet sei. Manchmal sei er geradezu aufgesprungen, wenn sein Handy geklingelt habe. Als die Anrufe regelmäßiger geworden seien, habe ihre Mutter ihn eines Tages in Marinas Beisein darauf angesprochen. Ihr Vater sei ausgerastet, habe herumgeschrien und gesagt, sie solle ihm nicht auf die Nerven gehen.

Am selben Abend habe sie ein solches Telefonat mitgehört. Ihr Vater habe vergessen, die Tür zu seinem Büro zu schließen, und so sei sie Ohrenzeugin geworden.

»Sie kriegen Ihre Scheißrezepte.«

Das seien die Worte gewesen, die Marina gehört habe. Sie hätten einen Verdacht genährt, der sie seitdem nicht mehr losließ: dass ihr Vater in irgendwelche illegalen Geschäfte verwickelt war.

Thomas hustete sich in die Faust, das Geräusch holte Lodi wieder in die Gegenwart. »Und du glaubst wirklich, dass Werkmann …?« Er überließ es ihr, den Satz zu Ende zu sprechen.

»Ich glaube, dass ein süchtiger Mensch zu allem fähig ist«, antwortete sie. »Werkmann hat horrende Schulden angehäuft. Sonja musste wieder arbeiten gehen, und als selbst das nicht gereicht hat, gab es für ihn wohl keinen anderen Ausweg mehr.«

»Fälschung von Rezepten«, sprach Thomas ihren Verdacht aus. »Für wen? Welche Medikamente?«

»Was weiß ich, es kommen mehrere in Betracht: Schmerzmittel wie Fentanyl oder Tilidin. Außerdem Dopingstoffe, Benzos, Psychopharmaka …«

Kurz nachdem sie das Haus der Schneiders verlassen hatten, hatte sich Selma Öztürk von der operativen Technikunterstützung bei Thomas gemeldet. Sie hatten Beckers Handy überprüft, das Gerät war zur Tatzeit nicht in der Funkzelle, die den Tatort abdeckte, angemeldet gewesen. Außerdem hatten sie auch die Titelliste seines Streaming-Accounts gecheckt, über sein Konto war zwischen zweiundzwanzig und dreiundzwanzig Uhr ein Spielfilm angeschaut worden.

»Ganz ist er trotzdem noch nicht vom Haken«, kommentierte Thomas. Er schien sich mit dem Gedanken, dass Becker als Täter unwahrscheinlicher wurde, partout nicht anfreunden zu können. »Nur weil der Lieferfahrer ihn wiedererkannt hat, die Funkzellenabfrage dagegenspricht und sein Fernseher lief, muss das nicht heißen, dass er es nicht gewesen ist. Es könnte alles seiner Tarnung dienen.«

Lodi neigte den Kopf und sah zu ihm herüber. Ihr Blick sprach eine deutliche Sprache: »Das glaubst du doch wohl selbst nicht!«

»Okay, ich bin schon still«, sagte Thomas und verschloss pantomimisch seinen Mund wie mit einem Reißverschluss.

Die nächste Viertelstunde fuhren sie schweigend weiter, während im Radio Hits aus den Achtzigern liefen.

Dann kündigte ein Schild die Abfahrt zum Edersee an.

»Wo finden wir eigentlich diese Hütte?«, fragte Thomas. »Im Dunkeln nach ihr zu suchen stelle ich mir gelinde gesagt herausfordernd vor.«

»Keine Sorge«, antwortete Lodi, »wir bedienen uns der grenzenlosen Möglichkeiten des Internets.« Sie grub ihr Handy aus der Tasche und öffnete den Browser. »Ich lade Marinas Foto bei *Reverse Image Search* hoch. Möglicherweise wurde die Hütte früher vermietet? Dann haben wir eine Chance, sie zu finden.«

»Reverse ... was?«

»Rückwärtige Bildersuche.«

Thomas tat so, als hätte er kapiert.

»Ich habe das auch noch nie gemacht. Aber der Sohn von einer Freundin hat mir mal gezeigt, wie es funktioniert.«

Es dauerte nur Sekunden, dann spuckte die Website eine Ergebnisliste aus. Sie war länger, als Lodi erwartet hatte. Die ersten Einträge konnte sie sofort ausschließen, weil die Häuser auf den Fotos kaum Ähnlichkeiten mit der Hütte aufwiesen, die sie suchten, und zudem waren die Einträge mit englischen Seiten verlinkt. Das brachte Lodi auf die Idee, die Suche auf deutschsprachige Ergebnisse zu begrenzen.

Es war der vierte Eintrag von oben: »Schnuckelige Hütte am Edersee zu vermieten.« Sie rief den Link auf und wurde zu einer privaten Seite umgeleitet. Sie überflog die Beschreibung, klickte sich nickend durch die Galerie und öffnete zum Schluss das Impressum.

»Wir haben sie«, klärte sie Thomas über ihren Fund auf, er schürzte beeindruckt die Lippen. Über den Touchscreen in der Mittelkonsole fütterte sie das Navi mit der Adresse. Sie verließen die Autobahn, fuhren weiter über die Landstraße und erreichten Deutschlands zweitgrößten Stausee etwa zwanzig Minuten später. Sie kamen aus südöstlicher Richtung und ließen dabei den Kurort Bad Wildungen sowie andere Dörfer hinter sich. Links passierten sie die Edertalsperre, die von Strahlern in wechselnden Farben angeleuchtet wurde. Der Koloss aus der Wilhelminischen Kaiserzeit, der die Schifffahrt im Mittellandkanal garantierte, stellte selbst bei Tageslicht ein monumentales Bauwerk dar. In diesem Augenblick, bei Nacht und menschenleer, sah die Mauer noch geheimnisumwobener aus.

Sie folgten der Rundstraße Richtung Norden. Lodi schaute hinaus auf den See, der Mondschimmer glänzte auf seiner Oberfläche. Zwischen den kahlen Baumreihen am Ufer flackerten hin und wieder die Lichter entgegenkommender Fahrzeuge auf. Vor ihren Augen erhob sich ein Berg in den Nachthimmel, auf dessen Gipfel sich die Umrisse von Schloss Waldeck andeuteten.

»Sogar im Dunkeln ist es schön hier«, stellte Thomas fest.

»Hmhm«, brummte Lodi zustimmend. Staunend sah sie nach draußen, während sie weiter entlang des Ufers um den See fuhren.

Unvermittelt blitzten nun Bilder vor ihrem geistigen Auge auf. Lodi saß mit ihren Eltern im Ruderboot, es war ein herrlicher Sommertag. Sonnenstrahlen tanzten auf dem Edersee, sanfte Wellen schwappten gegen den Rumpf, der Wind blies in das Segel und zerzauste ihr Haar. Sie wünschte sich, dass dieser Moment nie zu Ende ging.

Es sollte ganz anders kommen. Denn kurz darauf war ihre Mutter tot, ermordet von ihrem Vater. Statt der Erinnerung an diesen friedlichen Moment waren da das bleiche Gesicht, die Augen, der Mantel …

»Da drüben«, mischten sich Thomas' Worte in ihre Gedanken. Er bremste ab, rollte auf den Bürgersteig, schaltete den Motor aus und zeigte zur Seite auf einen Fußweg, der zwischen Bäumen zu einer Hütte führte. »Das könnte sie sein, oder?«

Lodi versuchte, sich zu konzentrieren. Sie rückte ans Fenster, kniff die Augen zusammen und schaute zu der Stelle hinüber. Sie nahm ihr Handy zu Hilfe und hielt das Gerät an die Scheibe.

Dieselbe Größe. Dasselbe Dach. Derselbe Zaun um das Grundstück.

Das war die Hütte, die sie suchten. Im Dunkeln stand sie da, keines der Fenster war erleuchtet. Nichts wies darauf hin, dass sich jemand darin aufhielt. War Werkmann womöglich gar nicht hier?

Lodi steckte ihr Handy ein. Sie behielt die Hütte im Auge und bat Thomas, weiterzufahren.

»Warum?«, fragte er verwundert.

»Hier steht weit und breit kein Auto«, erklärte sie. »Das wäre viel zu auffällig.«

Kommentarlos startete Thomas wieder den Motor. Er rollte vom Bürgersteig herunter und gab Gas. Sie fuhren auf eine spitze Kehre zu, dahinter kam wie gerufen ein Parkplatz. Sie stellten den Wagen weit weg von der Straße ab, damit niemand Notiz von ihm nahm.

Das Motorengeräusch verstummte. Für ein paar Sekunden sahen sie wortlos nach draußen.

»Dann wollen wir uns mal auf die Lauer legen«, sagte Thomas schließlich. »Hoffentlich wird's nicht zu kalt.«

Sonntag, später Abend, Edersee

Es wurde kalt. Verdammt kalt. Und das, obwohl es tagsüber verhältnismäßig warm und sonnig gewesen war, doch mit der untergehenden Sonne waren auch die Temperaturen gesunken.

Thomas überprüfte seine Wetter-App. »Minus – ein – Grad«, sagte er abgehackt. Er steckte das Handy wieder ein. »Wir hätten diese – Rettungsdecken aus dem Kofferraum – mitnehmen sollen.«

»Haben wir aber nicht«, erwiderte Lodi trocken. Vor ihrem Gesicht bildete sich eine hauchdünne Nebelwolke. Ihr kondensierter Atem, wegen der Kälte konnte die gesättigte Luft kein weiteres gasförmiges Wasser aufnehmen und schied es ab.

Lodi und Thomas knieten hinter der Leitplanke auf der gegenüberliegenden Straßenseite der Hütte, kurz bevor die Bundesstraße eine scharfe Kurve machte. In ausreichender Entfernung, um von Martin Werkmann nicht entdeckt zu werden, aber nah genug dran, um das Häuschen im Blick zu behalten.

Thomas stupste sie gegen die Schulter. »Soll ich die Decken aus dem Wagen holen?«

Lodi schnaufte. »Dein Ernst? Du kannst nicht allein gehen.«

»Dann müssen wir eben eine Ausnahme machen.« Er umschlang seinen Oberkörper und rieb sich die Arme. »Wenn wir noch länger hier rumhocken, unterkühlen wir uns.«

»Ein bisschen wirst du es noch aushalten …«

»He, damit ist nicht zu spa-«

Lodis Hand schoss hoch und bedeckte seinen Mund.

Sie hatte ein Knacken gehört, es war aus dem Wald gekommen. Aus der Dunkelheit zwischen den kahlen Bäumen, die sich wie unheimliche Riesen in den Nachthimmel streckten. Waren das nur die Geräusche eines nachtaktiven Tieres auf Nahrungssuche gewesen? Oder ein Ast, der wegen der Kälte gebrochen war?

Thomas nahm Lodis Hand von seinem Mund. »Werkmann?«, fragte er flüsternd.

»Könnte sein«, antwortete sie.

»Warum schleicht der durch den Wald?«

Achselzucken.

»Meinst du, er ahnt etwas?«

»Wäre möglich.«

Lodi sah einen Schatten hinterm Haus vorbeihuschen. Sie stieß Thomas sanft an und wies auf die Stelle, wo sie ihn wahrgenommen hatte. Ihr Kollege kniff die Augen zusammen und sah hin. »Schau mal bitte auf den Fotos nach, ob es bei der Hütte eine Hintertür gibt …«

Lodi drehte sich kurz zu ihm und nickte. Eine gute Idee! Sie kramte ihr Handy heraus, rief den Browser auf – die Website war immer noch geöffnet – und wischte durch die Galerie. Thomas beugte sich zu ihr hinüber und sah mit auf das Display.

»Stopp! Das ist es. Auf dem Bild können wir die Hütte vom Wald aus sehen.«

Eine Zeit lang betrachteten sie das Foto.

Da war nichts. Nur zwei weitere Sprossenfenster, die auf gleicher Höhe in das Holz eingelassen waren.

»Da gibt's keine Tür«, stellte Lodi fest. »Wenn das eben Werkmann war, kann er nur von vorne ins Haus rein.«

»Du hast recht«, erwiderte Thomas, »da gibt's keine Tür. Aber ...«

Mit zwei Fingern zoomte er einen rechteckigen Fleck an der Außenwand heran, etwa einen mal einen Meter groß.

Lodis Augen weiteten sich. »Ist es das, was ich denke?«

Ihr Kollege brummte zustimmend. »Eine Hundeklappe. Oder eine Freilauftür, wie du es nennen möchtest.«

Sie zeigte aufs Display. »Hast du dir dieses Ding angeguckt? Was für ein Kalb soll denn da durchpassen?«

Er wischte sich übers Gesicht und nickte eine Weile stumm vor sich hin. Dann sagte er: »Ich glaube nicht, dass diese Klappe für einen Vierbeiner gedacht ist ...«

In gebückter Haltung pirschten sich Lodi und Thomas an die Hütte heran. Sie näherten sich ihr von der Seite und hielten dabei stets einen Sicherheitsabstand. In solchen Situationen konnte man nicht vorsichtig genug vorgehen. Der Eigensicherung, wie es in der Polizeisprache hieß, galt oberste Priorität.

Mit der Hand an der Waffe, um sie jeden Augenblick ziehen und abfeuern zu können, schlich Lodi weiter. Thomas folgte ihr dicht auf den Fersen.

Plötzlich ein Knarzen, es kam aus dem Innern der Hütte.

Sie hielten an und ließen sich noch ein Stück tiefer in die Hocke sinken. Lodi drehte sich zu ihrem Kollegen um und legte den Zeigefinger über die Lippen, sie mussten jedes Geräusch vermeiden.

Sekunden verstrichen ereignislos. Auch in der Hütte gab es keine Regung mehr. Es herrschte Grabesstille. Vielleicht war der Schatten auch nur ein Tier gewesen? Ein Reh, das seine

Schüchternheit abgelegt und auf Nahrungssuche den schützen-
den Wald verlassen hatte? Es konnte so vieles sein.

Lodi warf Thomas einen fragenden Blick zu. Er hob eine
Hand und winkte zur Rückseite. Das Zeichen, das er weitergehen wollte. Er hatte recht, sie mussten vorankommen.

Mit einem Mal ein Knarren. Ihre Köpfe schossen zu der
Hütte herum. Eines der Sprossenfenster an der linken Wand
war aufgesprungen, heraus guckte der Lauf einer Schrotflinte.
Er zeigte in ihre Richtung.

»Scheiße!«, entfuhr es Thomas.

Dann ein Schuss. Der Knall dröhnte in den Ohren, er
durchschnitt die Stille wie ein Skalpell. Sein Nachhall verlor
sich in dem angrenzenden Wald, als hätten die Bäume ihn
verschluckt.

Das Projektil schlug knapp neben ihnen ein. Es zerfetzte
die Wiese, Gras und Erde wirbelten durch die Luft.

Lodi warf sich bäuchlings auf den Boden. Mit zittrigen
Fingern zog sie ihre Dienstwaffe aus dem Gürtelholster und
zielte auf das offene Fenster. Der Flintenlauf lugte immer noch
aus ihm heraus. Das letzte Mal hatte sie ihre Pistole auf dem
Schießstand benutzt, vor einer halben Ewigkeit.

Auch Thomas warf sich hin. Sein Holster klemmte, er
zerrte daran, bis er endlich die P30 herausbekam. Er richtete sie
ebenfalls auf die Hütte.

Der nächste Schuss. Wieder schlug das Geschoss knapp
neben ihnen ein, diesmal auf der anderen Seite. Aufgewirbeltes
Erdreich umhüllte sie, die Kommissare drehten sich weg. Beim
kommenden Versuch würde dieser Wahnsinnige wahrscheinlich zwischen die beiden Stellen zielen, die er zuvor ins Visier
genommen hatte, und damit Lodi oder Thomas mit hoher
Wahrscheinlichkeit treffen.

Thomas deutete kopfnickend über die Schulter. »Wir müssen uns zurückziehen!«, zischte er. »Jetzt!«

Lodi sah ihn an und nickte. Der Wald war ihre einzige Rettung. Er würde ihnen Deckung geben, dort konnten sie verschnaufen und sich absprechen.

Thomas fing an, rückwärts zu gleiten. Vermutlich hatte er diese Bewegung beim Bund gelernt. Er schmiegte den Körper eng an den Boden, presste die Ellbogen hinein und drückte sich Stück für Stück nach hinten, was er mit Fußspitzen und Knien unterstützte. Die Pistole blieb weiter auf die Hütte ausgerichtet.

Lodi versuchte, es ihm nachzumachen. Sie imitierte ihn, schob sich mit einem halbwegs koordinierten Zusammenspiel aus Arm- und Beinbewegungen nach hinten. Ihr Herz raste, es fiel ihr schwer, sich auf den richtigen Ablauf zu konzentrieren.

»Beeil dich!«, hörte sie in ihrem Rücken. »Der Scheißkerl drückt gleich ab!«

Lodi beschleunigte ihre Bewegungen. Immer derselbe Ablauf: Ellbogen in den Boden pressen, nach hinten drücken, mit den Knien und Füßen nachziehen. Wieder von vorne, schneller.

Zunächst wurde das Gras dichter und höher. Dann spürte Lodi festeren Boden unter sich. Kurz ließ sie die Hütte aus dem Blick und wandte sich um, sie war am Waldrand angekommen. Thomas lag hinter einem Baum, nur der im Mondlicht glitzernde Lauf seiner Dienstwaffe linste an ihm vorbei und verriet seine Position.

»Gleich hast du es geschafft«, sagte er.

Lodi konzentrierte sich wieder auf ihre Bewegungen. Pressen, ziehen, pressen, ziehen. Trotzdem schaute sie zwischen den Gräsern hindurch auf die Hütte, der Lauf guckte nach wie vor aus dem Fenster heraus.

Dann war sie da. Sie robbte dicht an ihren Kollegen heran und spürte seine Körperwärme. Sie steckten die Köpfe zusammen.

»Was für eine Scheiße«, sagte Thomas. »Was machen wir jetzt?«

Eine beschissene Idee, ging es Lodi durch den Kopf, sie hätte sie Thomas ausreden müssen. Zurück zum Wagen, sich in Sicherheit bringen und auf Verstärkung warten, das wäre vernünftig gewesen. Stattdessen kauerte sie hinter diesem kahlen Baum und war auf sich gestellt. Hütte und Fenster weiter im Visier, jederzeit bereit, abzudrücken. Wie groß war ihre Chance, dass sie von hier aus, noch dazu im Dunkeln, treffen würde?

»Das ist nicht dein Ernst«, hatte Lodi auf Thomas' Vorschlag erwidert. »Du willst dich wieder heranschleichen?«

»Bis die Kollegen hier sind, ist der über alle Berge. Dann geht er uns durch die Lappen, und wir schnappen ihn nie.«

»Trotzdem. Wir versuchen es zusammen, okay? Ich lasse dich nicht allein.«

»Du musst unbedingt hierbleiben! Er braucht ein Ziel, nur so ist er abgelenkt.«

»Mit Ziel meinst du …?«

Thomas nickte. »Am besten bewegst du dich hin und wieder, damit er denkt, wir seien noch da.«

Lodi sah ihrem Kollegen in die Augen. »Ich habe ein beschissenes Gefühl bei der Sache.«

»Uns bleibt keine Wahl.«

Sie nickte zur Hütte hinüber. »Wer garantiert uns, dass er allein ist? Vielleicht verschanzen sich dort noch weitere Personen?«

Thomas erwiderte nichts. Stattdessen schaute er auf die Pistole, kippte sie leicht zur Seite und drückte auf den Magazinknopf. Es sprang heraus, er fing es auf und checkte die Patronen. Dann schob er das Magazin zurück in den Schacht, es klickte. Er zog das Verschlussstück nach hinten, hielt es kurz in dieser Position und kontrollierte die Patronenkammer. Zum

Schluss ließ er es wieder nach vorne schnellen, und somit war die Waffe geladen und entsichert.

Einen Moment lang sahen sie sich wortlos an. Lodi konnte es in seinen Augen lesen, Thomas würde sich von seinem Plan nicht abbringen lassen. Egal, welche Einwände sie vorbrachte.

»Keine Sorge«, sagte er. »Du wirst mich noch lange genug an der Backe haben.«

Zum Abschied hatten sie sich umarmt.

Das lag eine Weile zurück. Am Anfang konnte Lodi ihren Kollegen noch aus dem Augenwinkel erkennen, wie er von einem Baum zum nächsten kroch und sich kurz dahinter versteckte. Dann verlor sie ihn aus den Augen, vernahm lediglich Knarzen oder Knacken im Geäst.

Wie sie es besprochen hatten, linste sie ab und zur Hütte hinüber. Dabei hob sie den Kopf gerade genug, dass ihr Schopf aus dem Gras herausguckte und der Schütze es wahrnahm. Thomas' Plan ging auf, die Schrotflinte folgte ihren Bewegungen. Die Person schien auf sie zu zielen ... aber sie drückte nicht ab. Ob sie befürchtete, Lodi auf diese Entfernung zu verfehlen? Oder wollte sie Munition sparen?

Mit einem Mal huschte ein Schatten aufs Grundstück. Thomas, er hatte es geschafft, sich bis zur Hütte durchzukämpfen. Nun kam es darauf an, dass er auch einen Weg hinein fand. Würde er versuchen, sich durch die Hundeklappe zu quetschen?

Lodis Atem rannte. Thomas brauchte ihre Hilfe, jetzt! Das war der kritische Moment. Würde die Person ihn bemerken, wäre er erledigt.

Also hob sie wieder den Kopf, linste hinter dem Baum hervor und über das Gras zu dem Häuschen hinüber. Um mehr Aufmerksamkeit zu erregen, griff sie nach einem Stock und wedelte damit durch die Luft.

Plötzlich ein Schuss. Ein dumpfer Knall, gefolgt von einem zweiten.

Hektisch drückte Lodi sich hoch. Sie kniff die Augen zusammen und schaute auf das Fenster. Der Lauf war verschwunden. Stille lag über dem Grundstück.

Totenstille, schoss es ihr durch den Kopf.

Dieser Scheißkerl hatte ihn erwischt.

»Thomas?«, rief Lodi hoffend in die Dunkelheit hinein.

Stille. Da war nichts mehr. Wie auf Knopfdruck war die Welt verstummt. Weder Knarzen und Knacken aus dem Wald noch Rauschen vom See. Als hätten die Schüsse alles aus dem Takt und zum Schweigen gebracht.

Vor Schreck legte Lodi die Hand auf ihren Mund. In ihrem Verstand brach sich eine Erkenntnis Bahn: Möglicherweise hatte sie zum letzten Mal mit Thomas gesprochen.

»Lodi?«, hörte sie plötzlich seine Stimme aus Richtung der Hütte. Sie war leise und kaum zu verstehen, aber er schien noch am Leben zu sein!

Das beruhigte Lodi schlagartig. Sie pustete erleichtert durch und nahm ihre Hand vom Mund.

»Ich bin hier!«, antwortete sie. »Bist du okay?«

»Ja, ich …« Er stoppte.

»Was ist mit Werkmann?«

»Er liegt … Ich hab ihn …« Wieder eine Pause.

Das ließ nur einen Schluss zu: Thomas hatte ihn getroffen. Aus nächster Nähe, anders war es in dieser kleinen Hütte nicht möglich.

»Ich rufe einen Notarzt, okay?«

Sie wartete nicht auf eine Antwort, sondern zückte ihr Handy und wählte die 112. Eine Frau aus der Leitstelle nahm ab.

»Oberkommissarin Lenke, K11. Wir brauchen sofort einen RTW, Schussverletzung.« Sie gab die Adresse von der Hütte am Edersee durch. »Machen Sie schnell!«

Dann legte sie auf, schaltete die Taschenlampe an ihrem Handy ein und sprintete los. Sie richtete den Kegel nach vorne, es flackerte bei jedem ihrer Schritte, als hätte die plötzliche Aufregung auch das Licht erfasst. Das Gras war immer noch klamm vom Regen der letzten Tage, und so rutschte Lodi mehrmals aus und hielt sich nur mit Mühe auf den Beinen. Sie gewann erst wieder einen sicheren Stand, als sie die Terrasse erreichte.

»Mach auf, ich bin's!«, rief sie und hämmerte gegen die Tür. In der Hütte rumpelte es, dann ein Klacken im Schloss …

Lodi schaute in die schockgezeichneten Augen ihres Kollegen. Er sah aus, als sei er im Zeitraffer gealtert. Sein kantiges Gesicht hatte Blutspritzer abbekommen, er musste mit dem Ärmel darübergewischt und sie zu Schlieren auf seiner Haut verschmiert haben. In der rechten Hand hielt er seine Pistole.

»Wo ist Werkmann?«, fragte Lodi.

Thomas nickte über die Schulter.

Sie drängte sich an ihm vorbei nach drinnen. Die Hütte war nur etwa dreißig Quadratmeter groß, sie brauchte sich nicht lange umzusehen. Sie hätte eine Oase des Friedens sein können, mit einer Diele, hohen Decken, sichtbaren Balken, die die Wände stützten, einem Sofa vor dem Kamin und einem Holztisch mit Stühlen – wenn dort nicht der in sich gekrümmte Martin Werkmann gelegen hätte.

Lodi hetzte zu ihm. Seine Augen waren geschlossen. Sie hockte sich hin und ging mit ihrem Ohr an sein Gesicht heran.

Er atmete! Flach und unregelmäßig zwar, aber er lebte. Sie spürte einen zarten Luftzug.

Sie hob den Kopf und betrachtete ihn. Er hatte zwei Treffer eingesteckt, beide in der Brust. Blut sickerte aus den Einschusslöchern heraus. Es lief über seinen Oberkörper und sammelte sich unter seinem Rücken. Beim Sturz musste er versucht haben, sich festzuhalten. Dabei hatte er wohl die

Tischdecke zu greifen bekommen und die Gegenstände darauf mit sich gerissen, um ihn herum verteilte sich ein Meer aus Porzellan- und Glassplittern. Durch das Fenster, an dem er gestanden und auf die Kommissare gezielt hatte, wehte eisige Luft herein.

Lodi schoss zu Thomas herum: »Schnell, wir brauchen Handtücher! Wir müssen die Blutung stoppen!«

Er sah sie reglos an. Erstarrt, mit aufgerissenen Augen und hängenden Schultern. Soweit sie wusste, hatte ihr Kollege seine Dienstwaffe in der Vergangenheit schon einmal abgefeuert – dafür war es das erste Mal, dass er jemanden erwischte. Und wahrscheinlich auch tötete, denn für Werkmann standen die Chancen verdammt mies.

»Leg die Knarre weg und hilf mir!«, schrie Lodi ihn an. »Er krepiert sonst!«

Thomas reagierte nicht. Wie festgefroren blieb er im Eingangsbereich stehen und rührte sich nicht.

Lodi begriff, dass er unter Schock stand; sie war auf sich gestellt. Sie sprang auf und sah sich panisch um. Zu ihrer Rechten entdeckte sie zwei weitere Türen, eine davon musste zum Bad führen. Da die hintere angelehnt war, konnte sie durch den Spalt weiße Fliesen erspähen.

Sie eilte hinüber und durchsuchte eilig den Raum. In einem Holzregal neben dem Toilettensitz fand sie einen Stapel Handtücher. Sie klemmte sich so viele wie möglich unter die Arme und hetzte zurück ins Wohnzimmer.

Dann fiel sie vor Werkmann auf die Knie. Rollte die Handtücher zusammen und bedeckte damit die Schusswunden. Mit aller Kraft presste sie ihre Hände darauf und versuchte, den Druck mit ihrem Körpergewicht zu verstärken.

Er hatte bereits verdammt viel Blut verloren. Lodi erinnerte sich: Ab einem Verlust von mehr als dreißig Prozent des Gesamtvolumens wurde es lebensbedrohlich, was bei einem

Erwachsenen etwa zwei Liter bedeutete. Der übel riechende Tümpel, der sich unter Werkmanns Rücken ausbreitete, sah nach mehr aus.

Sein Leben stand auf der Kippe.

Verdammt, schoss es Lodi durch den Kopf, wo blieb der Notarzt?

Montag, Vormittag, Büro des Polizeipräsidenten

Lodi kam es vor wie ein Déjà-vu. Wieder war sie in die Teppichetage gerufen worden, wieder war von Rheinfeld alles andere als fröhlich gestimmt, als sie ihm nun gegenübersaß. Wenn sie so weitermachte, war sie drauf und dran, Stammgast in seinem Büro zu werden.

»Sie scheinen nicht besonders an Ihrem Job zu hängen, Frau Lenke«, stieg er ohne Begrüßung in ihr Gespräch ein. »Anders kann ich mir Ihre Nummer von gestern nicht erklären.«

Er hatte recht, Thomas und sie waren ein zu hohes Risiko eingegangen. Das hatte Lodi bereits gewusst, als sie mit Blick auf die Hütte im Gras gelauert hatten. Aber auch das brachte ihr Beruf mit sich, manchmal mussten Lodi und Thomas unter Druck spontan Entscheidungen treffen – in dem Wissen, dass sie dafür hinterher kritisiert werden würden. Wären Thomas und sie den sicheren Weg gegangen und hätten im Auto auf Verstärkung gewartet, hätte Werkmann in der Zwischenzeit womöglich das Weite gesucht. Dann säße Lodi jetzt hier und müsste sich vom Polizeipräsidenten anhören, wie zum Teufel er ihr schon wieder entwischen konnte. Und obwohl der Präsident im Recht war, hätte ihm ein kurzer Ausdruck der Freude, dass sie die Schießerei überstanden hatte, gut zu Gesicht gestanden.

»Auf Ziegler wird eine interne Untersuchung zukommen«, sagte von Rheinfeld. »Ich habe eben mit der Staatsanwaltschaft gesprochen, sie werden sich den Fall ebenfalls ansehen. Das LKA springt möglicherweise auch mit auf den Zug auf.«

Lodi schnaufte. Wieder musste sie sich die Worte, die ihr auf der Zunge lagen, verkneifen. Von Rheinfeld hatte leicht reden, er war schon seit einer Ewigkeit nicht mehr im operativen Geschäft dabei. Er hatte vergessen, wie es war, bei solchen Fällen in vorderster Linie zu stehen. Wie es war, sich bei Ad-hoc-Entscheidungen auf die Intuition verlassen zu müssen.

»Was ist mit diesem Kerl, den Ziegler angeschossen hat?«, fragte er.

»Martin Werkmann liegt noch auf der Intensivstation«, antwortete Lodi. »Ich habe mich mit dem Krankenhaus kurzgeschlossen, sie geben mir Bescheid, sobald er vernehmungsfähig ist. Solange haben wir Beamte auf dem Flur postiert.«

Von Rheinfeld nickte sparsam.

Lodi berichtete weiter: »In der Zwischenzeit lassen wir noch mal das Haus sowie sein Büro in der Klinik durchsuchen. Von der Tochter haben wir erfahren, dass Werkmann mutmaßlich in illegale Geschäfte mit fälschlich ausgestellten Rezepten verwickelt war.«

»Medikamentenhandel?«

»Möglicherweise. Bisher liegt uns allerdings nur dieser eine Hinweis vor. Wir hoffen, dass wir bei der Durchsuchung auf weitere stoßen.«

Wieder ein knappes Nicken. »Und das Leck? Haben Sie es gestopft?«

»Mit Verlaub, Herr Präsident, ich weiß nicht, wie Sie sich das vorstellen. Angenommen, die undichte Stelle befindet sich tatsächlich in unserer Behörde: Der- oder diejenige posaunt doch nicht in der Gegend herum, dass er oder sie Interna an die Presse weitergibt.«

Von Rheinfeld musterte sie mit argwöhnischem Blick. Ob Lodi mit ihrer Antwort eine Grenze überschritten hatte? War er der Auffassung, dass sie, die einfache Kriminaloberkommissarin, sich gegenüber dem Polizeipräsidenten zu viel herausgenommen hatte?

Dann verschränkte er die Hände und legte sie flach auf den Tisch. »Wie ich höre, Frau Kollegin, scheinen Ihnen trotz Ihrer Dienstjahre die Strukturen unseres Apparats und die damit einhergehenden Zuständigkeiten und Kompetenzen noch nicht geläufig zu sein. Meine Aufgabe ist es, Ihnen Ziele vorzugeben. Ihre Verantwortung ist es, diese zu erreichen, und zwar mit Mitteln, für die Sie geradestehen.« Er grinste überheblich. »Ist das klar geworden?«

Lodi schwoll der Kamm. In weniger hochtrabenden Worten sollte das heißen: »Sie haben zu tun, was ich Ihnen sage, und wenn es schiefgeht, halte nicht ich, sondern Sie den Kopf hin.«

Sie nickte stumm. Sie staunte über sich selbst, dass es ihr gelang, nicht zu explodieren. Den Mund zu halten war in dieser Situation der einzige Weg, doch er brachte sie an die Grenze dessen, was sie ertragen konnte.

Von Rheinfelds Lächeln wirkte nun triumphierend. »Gut. Dann sehen Sie zu, dass Sie den Maulwurf finden.«

* * *

»Da haben Sie ja einen stressigen Abend hinter sich«, fasste Dr. Klein Lodis Erzählungen zusammen. »Ich nehme an, das bringt Ihr Beruf leider mit sich.«

Lodi probierte sich an einem Lächeln. »Zum Glück sind Erlebnisse wie gestern die Ausnahme. Wenn's immer so dramatisch wäre, hätte ich längst aufgehört. Danke, dass wir den Termin verlegen konnten.«

»Kein Problem.« Unter seinem Dreitagebart bogen sich die Mundwinkel des Psychologen nun ebenfalls zu einem Lächeln.

Lodi atmete tief durch. Sie war heilfroh, dass sich ihre Aufregung gelegt hatte. Gestern Abend in der Hütte hatte sie befürchtet, jeden Augenblick umzukippen. Ihr Blick war zwischen dem verblutenden Werkmann und dem in einer Ecke kauernden Thomas hin und her geschossen. Ein Feuerwerk der Synapsen, Eindrücke waren ungefiltert auf sie eingeprasselt, Gedanken wie Affen durch ihren Kopf geturnt. Ihr Blutdruck musste jenseits von Gut und Böse gelegen haben.

Dann war der RTW gekommen. In knappen Sätzen klärte sie den Notarzt über die Lage auf, überließ ihm das Feld und zog sich zurück. Sie stellte sich zu Thomas und redete auf ihn ein. Versuchte, zu ihm durchzudringen. Doch sie hatte keine Chance, er war wie weggetreten. Er reagierte nicht einmal, als Lodi ihm die Pistole aus der Hand nahm und in ein Handtuch wickelte.

Wie von Rheinfeld berichtet hatte, drohte ihm nun mindestens ein polizeiinterner Untersuchungsausschuss. Seiner Aussage zufolge würden sich auch die Staatsanwaltschaft und sogar das Landeskriminalamt mit der Frage beschäftigen, ob Thomas rechtmäßig Gebrauch von der Schusswaffe gemacht hatte. Dabei würde es vor allem auf Lodis Aussage ankommen, denn weitere Zeugen gab es nicht. Außer Werkmann, aber dessen Leben hing weiterhin am seidenen Faden.

Dr. Klein räusperte sich. »Was machen solche Erlebnisse mit Ihnen? Wie gehen Sie damit um?«

Lodi saß ihm gegenüber in einem Sessel und krallte sich um die Lehnen. Sie fragte: »Offenes Visier, richtig?«

Er zögerte einen Moment und notierte etwas auf seinem Block. Währenddessen sagte er: »Es bleibt Ihnen überlassen, wie viel Sie mir erzählen. Aber Sie berauben sich der Möglichkeiten, wenn Sie unehrlich sind.«

Lodi nickte. »Einverstanden.« Sie wartete, bis er fertig geschrieben hatte und wieder ganz bei ihr war.

Durch seine markanten Züge sah Dr. Kleins Gesicht streng aus. Trotzdem hatte sie sich von Anfang an mit ihm verbunden gefühlt. Er versprühte etwas, das ihr das Gefühl vermittelte, ihm vertrauen zu können, und zugleich wirkte er ein wenig verschroben, was Lodi auf das Zusammenspiel seiner dichten, kurzen grauen Haare mit dem eleganten und eng geschnittenen Anzug zurückführte. Obwohl sie sich in seiner Wohnung aufhielten, schien das für ihn kein Grund zu sein, seine Professionalität aufzugeben.

Lodi setzte zu einer Antwort an: »Ich könnte sagen, dass solche Erlebnisse an mir abprallen. Dass ich nach Hause komme und sie ablege wie meine Klamotten.«

Klein wippte mit dem Kopf. »Aber so ist es nicht?«

»Nun, im Laufe der Jahre habe ich gelernt, klarzukommen. Gegenüber meinem Dienstvorgesetzten würde ich stets behaupten, dass ich nichts mit nach Hause nehme, aber … nein, wenn ich ehrlich bin, sieht die Realität anders aus.«

»Was tun Sie, um mit solchen Erlebnissen umzugehen?«

»Ich tausche mich mit Kollegen aus. Ich versuche, mich zu entspannen.«

»Wie genau?«

»Ich setze mich auf die Dachterrasse und beobachte das Treiben in der Stadt. Ich lese auch gern, allerdings komme ich zu selten dazu.«

»Was ist mit Drogen?«

»Ab und zu trinke ich mal ein Glas Wein, um runterzukommen. Aber nicht regelmäßig. Ich hab's im Griff.«

Bisher hatte der Psychologe Lodis Antworten nickend zur Kenntnis genommen. Bei dieser richtete er sich nun auf und

171

rutschte in dem Sessel herum. Seine Hand suchte den Kragen seines cremefarbenen Hemdes, er grub zwei Finger hinein und zerrte daran.

Lodi verzog verwundert das Gesicht. Überinterpretierte sie seine Reaktion? Oder trog sie ihr Gefühl nicht, dass sie etwas zu bedeuten hatte?

Als Klein bemerkte, dass sie ihn anschaute, ließ er rasch wieder los. Er gab vor, sich auf den Block zu konzentrieren, der auf seinen Knien lag, und fragte: »Wie steht es um Ihr Sozialleben? Treffen Sie sich regelmäßig mit Freunden oder Bekannten?«

Lodi verschränkte die Hände und legte sie auf dem Bauch ab. »Ich bin schon immer eine Einzelgängerin gewesen. Freunde in dem Sinne, wie Sie sie vermutlich meinen, habe ich nicht viele. Für Bekannte gilt dasselbe, eine Handvoll.« Sie unternahm einen zweiten Versuch, zu lächeln. »Einen dieser wenigen Freunde haben wir ja gemeinsam.«

Klein ging nicht darauf ein. Er schrieb erneut etwas auf und fragte weiter: »Und ihr Liebesleben? Gibt es eine Person, mit der Sie Ihr Leben teilen?«

Ein wunder Punkt, dachte Lodi. Eine Beziehung zu führen stellte sich in ihrem Beruf wegen der Arbeitszeiten herausfordernd dar. Die Folge: Die meisten Polizisten waren mit Polizisten liiert, und das vor allem aus praktischen Gründen. Lodi war schon in einigen Dienststellen gewesen, und bisher hatte es überall mindestens ein Paar unter den Beamten gegeben. Einmal, am Anfang ihrer Karriere in Frankfurt, hatte auch sie sich auf einen Kollegen eingelassen. Seitdem nie wieder, diese Erfahrung hatte sie geläutert. Sogar ihr, die für diesen Job brannte, war das zu viel Polizei im Leben.

Sie versuchte es mit einer Antwort: »Es gestaltet sich schwierig.«

Klein legte den Kopf schief. »Warum glauben Sie das?«

»Als Kommissarin, meine ich.«

Er nickte und hielt erneut etwas schriftlich fest. »Wie lange ist Ihre letzte Partnerschaft her?«

»Da müsste ich nachdenken …«

Sie legte die Stirn in Falten, schaute zur Decke und tippte sich auf die Nasenspitze. Sie lebte seit einer gefühlten Ewigkeit als Single, sodass sie sich auf die Schnelle nicht mehr erinnerte, wer der letzte Mann in ihrem Leben gewesen war. Sie versuchte, sich gemeinsame Erlebnisse ins Gedächtnis zu rufen, vielleicht tauchte dann ein Gesicht vor ihrem geistigen Auge auf. Urlaube, Unternehmungen, Gespräche …

Dirk Drescher, fiel es ihr wieder ein. Meine Güte, wie viele Jahre war das her? Wie hatte sie das vergessen können? Oder war es vielmehr Verdrängung?

Sie nannte Klein seinen Namen, und weil der Psychologe nachbohrte, erzählte sie ihm von Dirk. Sie hatten sich im *Gleis 1* am Hauptbahnhof kennengelernt. Lodi hasste Partys, die betrunkenen Menschen, die dröhnende Musik, das Treiben auf der Tanzfläche, das für Außenstehende selten ein Augenschmaus war. Zu der hatte sie sich von Petra, einer damaligen Kollegin, die inzwischen nicht mehr im Dienst war, breitschlagen lassen.

Jetzt, nachdem ihr Dirk eingefallen war, hatte sie die Bilder von diesem Abend wieder vor Augen. Ihre Begleiterin schien die Party ihres Lebens gefeiert zu haben. An jeder Ecke traf sie auf Bekannte, sie kippte Gin Tonics, als wären sie stilles Wasser, tanzte unermüdlich. Lodi hingegen hockte allein an einem Tisch und beobachtete angeödet das Geschehen in dem Klub-Restaurant, während sie mit dem Strohhalm die Eiswürfel ihres Longdrinks zerhackte.

Im wahrsten Sinne des Wortes hatte Dirk sie gerettet. Er war zu ihr an den Tisch gekommen, hatte sich höflich vorgestellt, ohne wie andere Männer einen Spruch vom Stapel zu lassen, und Lodi hatte gedacht: »Warum sich nicht unterhalten?« Er war gut gekleidet und hatte ein freundliches Gesicht. Vom ersten Moment an war sie gefangen von seinen eisblauen Augen, die mit seinen schwarzen Haaren und seiner gebräunten Haut kontrastierten. Bis zum Ende ihrer Beziehung verloren sie nichts von dieser Magie.

Die ersten Monate liefen wie im Traum. Sie verbrachten jede freie Minute miteinander, liebten sich häufig und leidenschaftlich und gingen aus, in Restaurants, Cafés, Theater, Kino. Sie besuchten Freunde, lachten mit- und übereinander, verlebten lauschige Stunden auf Lodis Dachterrasse und führten tiefgründige Gespräche. Eines Tages zog Dirk bei ihr ein, doch auch den Alltagstest meisterten sie bravourös. Entgegen ihrer Befürchtung nutzte sich ihre Zweisamkeit nicht ab. Sie gewann vielmehr an Tiefe, ohne dass die Leichtigkeit verloren ging.

Klein hörte Lodi aufmerksam zu. Hin und wieder lächelte er flüchtig, nickte oder hielt Stichpunkte fest.

Als sie stoppte, sah er von seinem Block auf. »Das klingt nach einer harmonischen Beziehung«, kommentierte er. »Was war der Grund für Ihre Trennung?«

Lodi schluckte. Als sie entschieden hatte, sich Hilfe zu suchen, hatte sie befürchtet, dass die therapeutischen Gespräche mit Klein alles andere als ein Zuckerschlecken werden würden. Dass er ihr auf den Zahn fühlen würde und dadurch Dinge an die Oberfläche drängen würden, die sie jahrelang unter ebendieser gehalten hatte.

Sie setzte zu einer Antwort an. Sie hätte ihm ihr Leid klagen können, dass sich ihre Eileiter durch eine unentdeckte Entzündung verklebt und schließlich verschlossen hatten – mit dem Ergebnis, dass sie niemals Kinder kriegen konnte, weil die befruchtete Eizelle nicht in die Gebärmutter vordrang. Infertilität, Sterilität. So lauteten die Fachbegriffe für das von Lodi zu Unrecht empfundene, aber dominierende Gefühl, als Frau unvollständig zu sein. Sie hätte Klein erzählen können, dass sie diese Tatsache in ihrer Beziehung verschwiegen hatte. Sogar, als das Thema bei ihnen aufkam und sie dahin gehend Pläne schmiedeten. Dirk wünschte sich nichts sehnlicher, als dass Lodi die Mutter seiner Kinder werden würde. Sie brachte es nicht übers Herz, ihm die Wahrheit zu beichten. Das Lügengerüst baute sich weiter auf, bis ihre Gespräche so konkret wurden, dass sie nur einen Ausweg sah. Sie behauptete, sie hätte sich in einen anderen verliebt. Dass sie nichts mehr für ihn empfinden würde. Dirk zog aus – und Lodi stürzte in ein tiefes Loch. Vor einiger Zeit, die sie nicht genauer bestimmen konnte, war sie in der Stadt einem gemeinsamen Bekannten über den Weg gelaufen. Dirk habe geheiratet und sei glücklicher Vater von zwei Töchtern, erzählte er ihr.

Doch vor Klein bekam Lodi nichts heraus. Sie saß da, leicht vornübergebeugt, abwechselnd öffnete und schloss sich ihr Mund, aber keine Worte verließen ihn. Sie kratzte sich am Kopf, schlug die Beine übereinander, wippte mit den Unterschenkeln. Sie kämpfte mit den Tränen.

Klein bemerkte auch das. Er hörte auf zu schreiben und sah von seinem Block auf. Dann legte er den Stift ab und verschränkte die Hände. »Ich denke, für heute ist es genug«, sagte er.

* * *

»Wie geht's ihm?«, fragte Lodi. Sie spazierte mit dem Handy am Ohr die Straße hinunter, zwischen Wohnhäusern im Jugendstil mit Fassadenornamenten und Rundbogenfenstern, wie sie für dieses Viertel charakteristisch waren. Heute klebte wieder die für den Spätherbst typische Wolkendecke über der Stadt. So tief, dass die Dächer um ein Haar an ihr kratzten. Am Bebelplatz würde Lodi in die Straßenbahn steigen und zum Präsidium fahren.

»Er spricht immer noch kaum«, antwortete Tina, Thomas' Frau. »Für seine Verhältnisse, meine ich.«

»Hat er sich beim Zentralen Psychologischen Dienst oder der Polizeiseelsorge gemeldet?«

»Bisher noch nicht. Ich glaube, er braucht ein paar Tage zum Durchschnaufen. Danach soll er schauen, ob er psychologische Betreuung in Anspruch nehmen möchte.«

Lodi drängten sich wieder die Bilder aus der Hütte auf. Sie lagen kaum zwölf Stunden zurück: Thomas mit verschmiertem Gesicht und teilnahmslosem Blick, in der anderen Ecke ihr Verdächtiger, der unter ihren Händen verblutete. Puls, Herzrasen, Kopfschmerzen vom Adrenalin. Sie hatten erst Stunden später nachgelassen.

Lodi drückte die Bilder beiseite.

»Also hat er sich krankschreiben lassen?«, fragte sie.

»Fürs Erste eine Woche«, antwortete Tina. »Wir werden sehen, wie's weitergeht. Im Moment denken wir über viele Dinge nach.«

»Soll ich vorbeikommen?«

»Daran habe ich auch schon gedacht. Aber ich weiß nicht, ob das gut wäre.«

»Du meinst wegen des Verfahrens?«

»Du bist die einzige Zeugin, Lodi. Außer diesem Mistkerl natürlich, aber der wird wohl kaum gegen sich selbst aussagen.« Tina legte eine Pause ein, während der sie nachzudenken schien. »Apropos: Was ist mit ihm?«

»Er liegt auf der Intensivstation, die Ärzte kämpfen um ihn. Ich denke, er wird durchkommen.«

Tina nahm diese Info schweigend zur Kenntnis.

Nach einer Weile bedrückte Lodi die Stille. »Die Kollegen haben bereits eine Haarprobe von ihm genommen«, ergriff sie deshalb das Wort. »Die Kriminaltechnik wertet sie aus und vergleicht die DNA mit den Hautresten unter den Fingernägeln des Opfers. Möglicherweise können wir ihn bald als Täter bestätigen.«

Wieder Schweigen. Weitere Sekunden verstrichen wortlos. Dann meldete sich Tina zurück. »Ich richte ihm aus, dass du angerufen hast«, sagte sie und legte auf.

Lodi schaute noch eine Weile überrascht aufs Display. Das sah der Frau ihres Kollegen überhaupt nicht ähnlich. Offensichtlich nahm die Situation auch sie stark mit.

Sie steckte das Gerät in die Hosentasche und stellte sich unter das Wartehäuschen. Die Digitalanzeige kündigte die Ankunft der nächsten Straßenbahn an. Nur noch vier Minuten …

Keine halbe Stunde später hatte Lodi das Präsidium erreicht und fuhr mit dem Fahrstuhl nach oben zu ihrem Büro. Sie rief beim LKA an und ließ sich mit der operativen Technikunterstützung verbinden.

»Öztürk?« Die Stimme der jungen Frau klang weich und sanft, beinahe melodisch. Sie sprach in einer angenehmen Tonlage, weder zu hoch noch zu tief, die es wohltuend machte, ihr zuzuhören.

»Lenke, K11, Kripo Kassel«, stellte Lodi sich vor. »Sie hatten bisher nur mit meinem Kollegen, Thomas Ziegler, Kontakt.« Öztürk erinnerte sich. »Ich rufe wegen der Funkzellenabfrage an. Liegen Ihnen da inzwischen Ergebnisse vor?«

»Einen Moment, Frau Lenke, ich gucke nach.«

Öztürk drückte den Anruf auf Stumm. Während Lodi wartete, wanderte ihr Blick durch das Büro. Er blieb an dem Sofa hängen, auf das sich Thomas so gern setzte, wenn er morgens seinen Kaffee trank. Sie sah ihn leibhaftig vor sich: sein kantiges Gesicht, die kraftvollen grünen Augen. Wie so oft trug er eine beigefarbene Chino und darüber ein Hemd mit Jackett.

Lodi schmunzelte. Abgesehen von Urlauben oder Krankheit kam es zum ersten Mal vor, dass sie im Dienst längere Zeit ohne einander auskommen mussten. Sie verspürte das Bedürfnis, ihn zu besuchen. Zu gern wollte sie ihm beistehen, doch Tina hatte recht. Es wäre nicht klug, wenn sie zu ihm fuhr. Sie war nun mal die einzige Zeugin, und für die Staatsanwaltschaft oder die Ermittler vom LKA könnte ein solcher Kontakt verdächtig nach Absprache aussehen.

»Da bin ich wieder«, meldete Öztürk sich zurück. »Danke, dass Sie gewartet haben. Ich habe im System nachgeschaut, die Ergebnisse der Funkzellenabfrage wurden per E-Mail an Herrn Ziegler geschickt.«

»Könnten Sie sie an mich weiterleiten? Mein Kollege ist krankgeschrieben, wahrscheinlich für länger.«

»Oh, das tut mir leid zu hören.« Kurze Pause. »Und wer springt für ihn ein?«

»Das ist noch unklar. Im Moment ist die Wolkendecke hier am Himmel um ein Vielfaches dicker als unsere Personaldecke, sodass wir einen Kollegen von einem anderen Fall abziehen müssten. Bis die Verantwortlichen eine Entscheidung getroffen haben, halte ich allein die Stellung.«

»Wem erzählen Sie das. In Wiesbaden sieht's genauso finster aus. Wenn jetzt noch jemand krank werden sollte … Ich mag es mir gar nicht vorstellen.«

Lodi lenkte das Gespräch wieder auf ihr ursprüngliches Anliegen. »Können Sie die Ergebnisse vorher für mich eingrenzen und mir anschließend per E-Mail zukommen lassen?«

»Sicher. Welche Uhrzeit?«

»Zwischen ein- und dreiundzwanzig Uhr.«

»Ist notiert. Falls es nicht zu viele sind, liefere ich Ihnen die dazugehörigen Namen gleich mit. Es wird mich allerdings ein paar Stunden kosten.«

Die beiden Frauen verabschiedeten sich. Lodi legte auf und ging ein paar Räume weiter in die Teeküche. Sie befüllte den Wasserkocher, und während dieser seinen Inhalt erhitzte, schaute sie durchs Fenster auf die Einbahnstraße hinunter und dachte über ihr Treffen mit Klein nach.

Ja, es hatte ihr gutgetan, mit ihm zu sprechen, in dem einen oder anderen Moment hatte es sich sogar wie eine Erlösung angefühlt. Gleichzeitig hatte die Sitzung etwas in ihr ausgelöst, als hätte sie eine Tür zu einem verborgenen Teil ihrer Persönlichkeit aufgestoßen. Und obwohl Lodi nicht mehr in diesem Sessel in seiner Wohnung saß, arbeitete das Gespräch in ihr nach. Schon oft hatte Norbert ihr erzählt, dass eine Therapie Anstrengung bedeutete. Dass die eigentliche Arbeit nicht der Therapeut, sondern dessen Gegenüber verrichtete. Bis heute hatte sie geglaubt zu wissen, was er damit meinte. Jetzt dünkte ihr, dass sie weit gefehlt hatte. Mit seinen Fragen hatte Klein ein Feuer in ihrem Innern entzündet, das nun weiter in ihr schwelte.

Lodi holte einen Teebeutel aus dem Regal und wickelte den Faden um den Henkel. Während sie das heiße Wasser in die Tasse goss, stieg Dampf aus ihr auf und in ihre Nase. Sie schloss die Augen und genoss den erfrischenden, blumigen und leicht grasigen Geruch.

Dann kehrte sie mit dem Tee in ihr Büro zurück. Sie nippte vorsichtig an ihm, er war noch zu heiß zum Trinken. Sie stellte die Tasse auf dem Schreibtisch ab und drehte sich zum Fenster. Ob sich die Wolkendecke heute noch auflockern würde? Große Hoffnungen hegte Lodi diesbezüglich nicht, denn sie sah massiv und tiefschwarz aus. Schwer vorstellbar, dass sich darüber ein strahlend blauer Himmel verbarg.

Ihr Handy klingelte. Lodi nahm es vom Schreibtisch und drückte auf das Symbol mit dem grünen Hörer. »Daniel, was kann ich für dich tun?«, fragte sie in die Leitung.

»Hey, Lodi! Gut, dass ich dich erreiche.« Er hörte sich nervös an. »Können wir uns treffen?«

»Ja, klar, aber … Was ist los?«

»Es geht um Sonja. Ich müsste … Beziehungsweise wir müssten dringend mit dir …« Eine weibliche Stimme im Hintergrund unterbrach ihn.

Lodi verstand nicht, was sie sagte, doch die beiden schienen angeregt miteinander zu diskutieren.

Sie verzog das Gesicht. »Mit wem sprichst du?« Sie erhielt keine Antwort. »Daniel?«

»Ich bin noch dran. Entschuldige, wir mussten uns kurz austauschen.«

»Wer ist wir?«

»Ich und …« Wieder funkte die Frauenstimme dazwischen. »Eine Kollegin.«

»Du machst es echt spannend.«

»Es ist besser, wenn wir alles Weitere unter sechs Augen besprechen.«

»Einverstanden. Wieder im Stadtcafé?«

»Was hältst du stattdessen von dem Spielplatz am Tannenwäldchen?«

»Gute Idee. In einer halben Stunde, schafft ihr das?«

»Wir fahren sofort los.«

Montag, Mittag, Stadt

Zu Fuß machte Lodi sich auf den Weg. Das Tannenwäldchen war ein lang gestreckter Park im Vorderen Westen, der sich vor allem bei Spaziergängern, Joggern und Familien mit Kindern großer Beliebtheit erfreute. Der Spielplatz, den sie als Treffpunkt vereinbart hatten, befand sich am östlichen Rand und lag gegenüber der Jugendherberge.

Lodi überquerte den Vorplatz des Hauptbahnhofs und folgte bergauf der Kölnischen Straße, bis diese einen Bogen machte und weiter schnurgerade Richtung Tannenwäldchen führte. Dort angekommen, tigerte sie auf dem Bürgersteig auf und ab. Von hier aus hatte sie den Weg, der sich durch den Park schlängelte, perfekt im Blick.

Wenig später bogen die beiden auf ihren Rädern um die Ecke. Wie es sich für einen trendbewussten jungen Mann gehörte, fuhr Daniel ein Rennrad, wohingegen seine Begleiterin in die Pedale eines Tourenbikes trat.

»Danke, dass du Zeit für uns hast«, begrüßte er Lodi. Er zog sie zu sich heran und umarmte sie. Sie schrieb auch das seiner Unbedarftheit zu und ließ es ihm durchgehen, denn normalerweise mochte sie vorschnellen Körperkontakt nicht.

Daniel zeigte auf seine Begleiterin und sagte: »Meine Kollegin, Daria Behnen. Daria, das ist Oberkommissarin Lodi Lenke.«

Die Angesprochene streckte ihr eine Hand entgegen. »Sehr erfreut!«

»Ganz meinerseits.«

»Wollen wir uns auch duzen?«

Sie mussten in einem Alter sein, schätzungsweise trennten sie höchstens ein oder zwei Jahre. Allerdings war Daria größer als Lodi. Sie wirkte natürlich, und ihre Art, sich zu bewegen, sowie ihre Outdoor-Kleidung deuteten darauf hin, dass sie sich gern im Freien aufhielt. Ihre rotbraunen Haare trug sie zu einem lockeren Bob geschnitten.

Eigentlich mochte Lodi frühes Duzen nicht, denn dem guten alten »Sie« konnte sie durchaus etwas abgewinnen. Trotzdem willigte sie ein, um die Situation nicht zu verkomplizieren.

»Gehen wir ein paar Schritte?«, schlug Daniel vor.

Schweigend schlenderten sie unter den kahlen Bäumen durch das Tannenwäldchen. Lodi fiel auf, dass Daniel immer wieder zu Daria hinübersah, als warte er auf ein Zeichen von ihr. Sie hingegen schaute zu Boden, als läge ihr etwas auf der Seele, das ihren Kopf zu schwer werden ließ. Sie vergrub die Hände in den Taschen ihrer moosgrünen Funktionsjacke.

»Mein Beileid«, sagte Lodi. »Wir unternehmen alles, um den Tod von Sonja Werkmann aufzuklären.«

»Vielen Dank«, erwiderten die beiden mit gepresster Stimme.

Wieder Schweigen.

Lodi fasste sich ein Herz und stellte zum Warmwerden ein paar allgemeine Fragen: Seit wann Daria zu Finlytix gehörte, ob sie ebenfalls als Praktikantin angestellt war und welche Aufgaben sie dort erfüllte.

Daria antwortete offen, aber knapp. Sie habe kurz nach der Gründung bei Finlytix angeheuert und sei im Vertrieb zügig aufgestiegen. Dadurch habe sie es zur Key Account Managerin geschafft, sodass sie sich um die wichtigsten Kunden kümmerte. Sie musste sie bei der Stange halten.

»Ihr wolltet mit mir sprechen?«, fragte Lodi schließlich.

»Es geht um Sonja«, erklärte Daria. »Sie war meine Freundin.« Bevor sie an ihrer Wange herunterkullern konnte, wischte sie sich eine Träne aus dem Gesicht.

Lodi legte ihr behutsam eine Hand auf die Schulter. »Es tut mir sehr leid.«

Daria seufzte. »Wisst ihr nun, wer es getan hat?«

»Ich darf euch keine Details zu den Ermittlungen verraten.« Lodi schürzte die Lippen und zuckte mit den Schultern. »Nur so viel: Es gibt einen dringenden Tatverdächtigen.«

»Ist es ihr Mann gewesen?«

»Wie kommst du darauf?«

»Soweit ich weiß, lief es nicht gut zwischen ihnen.«

»Hat sie dir davon erzählt?«

Daria nickte. »Sie hat ihren Job verflucht. Ständig hat sie ihrem früheren Leben nachgetrauert, und in ihren Augen war ihr Mann schuld, dass sie es verloren hat. Sie müssen sehr viel gestritten haben. Einmal hat er ihr sogar gedroht, dass er sie umbringen würde.«

»Ist es das, worüber ihr mit mir reden wolltet?«

Stille. Mit dieser Frage ließ Lodi die Luft aus ihrem Gespräch. Schweigend trotteten sie weiter durch den Park, der Weg führte sie an einem zweiten Spielplatz entlang. Auch hier war niemand zu sehen. Zu ihrer Rechten, hinter dem Abhang und der Straße, verliefen Gleise. Eine Regionalbahn näherte sich. Daria wartete, bis der Zug vorbeigefahren und das Quietschen wieder abgeschwollen war.

»Vor einer Woche etwa ist Sonja im Büro auf mich zuge-kommen. Sie wirkte ganz aufgeregt und wollte dringend mit mir sprechen.«

»Okay ...«

»Wir sind in den Nordstadtpark gegangen. Ihr war es wich-tig, dass wir im Freien sind, wo uns niemand belauscht.« Daria öffnete ihre Brusttasche, zog eine Packung Taschentücher heraus und schnäuzte sich. »Als wir dort angekommen sind, hat sie aus-gepackt. Sie hat behauptet, dass sie auf etwas gestoßen sei.«

Lodi zog die Augenbrauen zusammen. »Was meinst du damit?«

»Ich weiß es leider nicht. Aber sie war wie aufgedreht, hat geredet wie ein Wasserfall.«

»Was genau hat sie gesagt?«

»Dass sie endlich ihr altes Leben wiederbekommen würde.«

Als hätten sie sich abgesprochen, sahen die drei einander gleichzeitig an. Daniel wirkte alles andere als überrascht, es schien nicht neu für ihn zu sein.

Darias Hand glitt über ihre Stirn. »An einen Satz, den sie gesagt hat, erinnere ich mich besonders. In diesem Moment konnte ich ihn nicht einordnen. Heute kommt er mir umso merkwürdiger vor.«

Sie kamen an eine Bank, und Daniel schlug vor, eine kurze Pause einzulegen. Er setzte sich an den Rand, Lodi nahm in der Mitte Platz und Daria daneben.

»Was war das für ein Satz?«

»Schon bald werde ich nicht mehr unter euch sein«, gab Daria ihn wieder.

Wiederholtes Schweigen. Daniel schüttelte ungläubig den Kopf, während Lodi verwundert blinzelte.

»Der ist in der Tat verstörend«, sagte sie. Sie verschränkte die Arme und lehnte sich zurück. »Worauf wollte Sonja damit hinaus?«

Daria nahm die Hände hoch. »Ich habe nicht den blassesten Schimmer. Aber als ich mich Daniel anvertraut habe und er mir von dir erzählt hat, musste ich ständig daran denken.«

»Sie könnte auf die Situation mit ihrem Mann angespielt haben«, mischte der Besagte sich ein. »Wenn er tatsächlich so einer war, wie Sonja behauptet hat? Man könnte den Satz aber auch als Schlussfolgerung aus ihrer Aussage verstehen, dass sie bald ihr altes Leben wiederhaben würde.«

»Wir müssen herausbekommen, worauf sie gestoßen ist«, sagte Lodi und wandte sich an Daria. »Wonach hat es sich denn für dich angehört? Privat oder beruflich?« Daria brauchte nicht zu antworten, ihr stand auf die Stirn geschrieben, dass sie sich nicht erinnerte. »Wenn die Sache etwas mit Finlytix zu tun hat, könntet ihr das nicht herausbekommen?«

Daniel verzog das Gesicht. »Ich kann dir nicht folgen. Wie stellst du dir das vor?«

»Sie hatte doch bestimmt einen Computer?« Lodi imitierte das Tippen auf einer Tastatur.

»Na klar. Bei uns hat jeder einen Laptop. Die nehmen wir meistens sogar mit nach Hause. An drei Tagen pro Woche Homeoffice ist keine Seltenheit.«

Bei der Durchsuchung der Villa der Werkmanns war kein Gerät gefunden worden, erinnerte Lodi sich.

»Mit ein bisschen Glück liegt ihrer vielleicht noch in unserer Abstellkammer«, erklärte Daria.

Lodi wurde schlagartig warm. Hatte sie das richtig verstanden?

»Könnte sein«, stimmte Daniel zu. »Wir nennen diesen Raum auch den Friedhof der Endgeräte.« Er lächelte verschmitzt, eine wenig subtile Anspielung auf den ähnlich lautenden Horror-Kultfilm.

»Ich nehme an, ihr könnt da nicht einfach so reinspazieren?«, fragte Lodi.

Die beiden schüttelten den Kopf.

»Max ist ein Kontrollfreak«, erklärte Daniel. »Er hat das Türschloss so programmiert, dass er als Einziger Zugang zu der Kammer hat. Wir bräuchten also seine Karte. Und selbst wenn wir den Laptop irgendwie bekommen sollten: Es ist sehr wahrscheinlich, dass er auf Werkseinstellungen zurückgesetzt wurde.«

»Wir kriegen das hin«, sagte Daria unverhofft. »Wenn Max den Laptop nicht freiwillig rausrückt, schnappe ich mir seine Karte.«

Lodi schürzte beeindruckt die Lippen. »Das würdest du riskieren?«

»Wann immer sie konnte, hat Sonja sich für mich eingesetzt oder sich vor mich gestellt.« Darias Blick verlor sich in der Ferne. »Ich bin es ihr schuldig.«

* * *

Lodi tippte gerade die Aussagen von Daniel und Daria in den Computer, als ihr E-Mail-Programm geräuschvoll nach ihrer Aufmerksamkeit verlangte. Sie speicherte die Textdatei ab, in der sie alle Informationen über den Fall festhielt, und überprüfte neugierig den Posteingang. Sie hatte eine Nachricht von Selma Öztürk erhalten, Betreff: »Ergebnisse Funkzellenabfrage«.

Die Kollegin vom LKA entschuldigte sich und erklärte, dass es zu aufwendig geworden wäre, bei den Anbietern die Personendaten von allen in der Funkzelle angemeldeten Endgeräten einzuholen. Dafür hatte sie die Ergebnisse in einer Tabelle geordnet.

Lodi durchforstete sie. Am Tattag zwischen ein- und dreiundzwanzig Uhr waren tatsächlich zu viele Mobiltelefone angemeldet gewesen, um sämtliche von ihnen abzufragen. Bei dieser

Sachlage würde kein Richter eine solche Maßnahme mit der Gießkanne genehmigen.

Also blieb Lodi nichts anderes übrig, als jeden Eintrag einzeln durchzugehen. Doch allein das Zeitfenster der ersten zehn Minuten umfasste bereits vier Seiten. Sie blätterte bis zum Ende der Tabelle und schaute auf die Gesamtzahl: dreiundsiebzig Seiten. Sie ächzte, lehnte sich in ihrem Bürostuhl zurück und verschränkte die Arme.

Sie musste anders vorgehen, ein Plan musste her. Nach welcher Art von Auffälligkeiten suchte sie? Was, wenn der Mörder gerissen war und sein Handy zur Tatzeit ausgeschaltet oder gar nicht bei sich geführt hatte? In diesen Fall würde er in der Tabelle überhaupt nicht auftauchen.

Die Einzelverbindungsnachweise, fiel Lodi nun wieder ein. Durch sie waren Lodi und Thomas auf die Nummer von Philipp Becker gestoßen, weil Sonja Werkmann regelmäßig mit ihrem Liebhaber telefoniert hatte. Eine Zeit lang hatte er wie der Täter ausgesehen, doch mittlerweile sprachen mehrere Indizien dagegen: Timo Ngyuen, der Fahrer des Lieferdienstes, hatte ihn kurz vor zweiundzwanzig Uhr gesehen, über seinen Streaming-Account war ein Film abgespielt worden, und zudem hatten sich die Anzeichen verdichtet, dass Sonja ihren Mann verlassen und mit Becker eine Beziehung führen wollte. Was sollte also überhaupt sein Motiv gewesen sein?

Lodi nutzte die Suchfunktion des Programms, gab Beckers Nummer ein und drückte auf »Enter«.

Keine Übereinstimmung.

Entweder hatte Sonjas Liebhaber sich zur Tatzeit tatsächlich nicht in der Funkzelle aufgehalten, oder er hatte – taktisch klug, um seine Anwesenheit zu verschleiern – sein Telefon ausgeschaltet. Lodis Bauchgefühl verriet ihr, dass Ersteres zutraf.

Doch was war mit der anderen Nummer? Der Liste hatten sie entnommen, dass Sonja am Tattag eine halbe Stunde vor dem Mord mit jemandem telefoniert hatte. Mit wenigen Klicks suchte Lodi die Nummer aus den Einzelverbindungsnachweisen heraus. Sie notierte sie und wechselte wieder zu den Ergebnissen der Funkzellenabfrage. Dasselbe Spiel wie eben, nur dass sie diesmal die neue Nummer ins Suchfenster eintrug.

Treffer!

Der Computer sprang zu einer markierten Zeile. Die Uhrzeit: einundzwanzig Uhr zweiunddreißig.

Lodi schluckte. Sicherheitshalber überprüfte sie, ob sie sich nicht vertippt hatte. Doch die Nummer stimmte.

Damit hatte sie Gewissheit: Die Person, die sich hinter diesem Anschluss verbarg, hatte sich kurz vor der Tatzeit am Tatort aufgehalten und von dort Sonja angerufen.

Umgehend meldete Lodi sich bei Öztürk. Die Kollegin von der operativen Technikunterstützung versprach, sich mit Hochdruck dranzusetzen. Und sie hielt ihr Versprechen; nur eineinhalb Stunden später traf ihre Antwort per E-Mail ein. Der Anschluss war auf einen Mann namens Xaver Blum registriert. Laut Einwohnermeldeamt wohnte er in Fritzlar, einer mittelalterlichen Stadt, die dreißig Kilometer südwestlich von Kassel entfernt lag.

Lodi setzte sich mit Hannah Grün in Verbindung. Mit wenigen Sätzen klärte sie sie über ihre neuen Erkenntnisse auf.

»Hört sich spannend an«, sagte die Staatsanwältin. »Hat dieser Blum schon etwas auf seinem Deckel?«

»Ich schaue gleich nach. Im Anschluss werde ich nach Fritzlar fahren. Bisher ist er bei unseren Ermittlungen nirgendwo in Erscheinung getreten. Ehrlich gesagt kann ich mir auch noch keinen Reim darauf machen.«

»Seltsam.« Die Staatsanwältin schien kurz nachzudenken. »Mir wurde der Vorfall Ihres Kollegen berichtet, eine heftige Sache. Wie geht's ihm?«

»Ich habe vorhin mit seiner Frau telefoniert. Sie sagt, er schlage sich den Umständen entsprechend gut. Fürs Erste ist er krankgeschrieben. Es ist noch unklar, wann er den Dienst wieder aufnimmt.«

»Verständlich. Sollten Sie die Gelegenheit bekommen, richten Sie ihm bitte unbekannterweise alles Gute von mir aus.«

»Das mache ich gern«, versprach Lodi, obwohl sie nicht davon ausging, in naher Zukunft mit Thomas zu sprechen. Sie räusperte sich. »Ich werde mir gleich meine Kollegin, Frau Hertz, schnappen und Blum einen Besuch abstatten. Falls sich unser Verdacht vor Ort erhärten sollte: Haben wir Ihre Rückendeckung, was einen möglichen Haftbefehl angeht?«

»Hm, angesichts der aktuellen Beweislage stünde der auf ziemlich wackeligen Beinen. Dafür brauchen wir mehr als eine Funkzellenabfrage.«

»Dann hoffe ich, dass ich bei ihm auf etwas stoße.«

Grün brummte und schwieg erneut. Im Hintergrund ein leises Klopfen, das sich anhörte, als würde die Staatsanwältin mit den Fingern auf ihrem Tisch trommeln.

»Wissen Sie, was?«, meldete sie sich kurz darauf zurück. »Ich habe heute sowieso keine wichtigen Termine mehr. Ich begleite Sie nach Fritzlar.«

Lodi zuckte. Damit hätte sie nicht gerechnet. Sie wollte gerade zu einer Antwort ansetzen und das Angebot so höflich wie möglich ablehnen, als Grün weiterredete.

»Holen Sie mich ab? In einer Viertelstunde?«

Montag, Nachmittag, Stadt

Lodi brauchte ein paar Minuten länger, bis sie am Gebäude der Justizbehörden vorfuhr. Allerdings war von Hannah Grün auch noch nichts zu sehen, sie verspätete sich.

Kaum hatte Lodi geparkt, klingelte ihr Handy. Selma Öztürk versuchte sie zu erreichen. Sie nahm ab und bedankte sich zunächst für die E-Mail mit den Ergebnissen der Funkzellenabfrage.

Dann informierte die LKA-Kollegin sie über ihre neuesten Erkenntnisse: Auf der Festplatte des Computers, der bei der Durchsuchung von Werkmanns Büro in der Klinik beschlagnahmt worden war, hatte die operative Technikunterstützung verschlüsselte E-Mails gefunden. Aus ihnen ging hervor, dass er gegen Bezahlung tatsächlich Rezepte für Betäubungsmittel ausstellte. Ein heftiger Verstoß gegen das Arzneimittelgesetz, der Werkmann so oder so für mindestens ein bis maximal zehn Jahre hinter Gitter bringen würde. Ob er seine Frau nun ermordet hatte oder nicht, seine Tage in Freiheit waren gezählt.

»Außerdem wissen wir jetzt, mit wem er sich eingelassen hat«, sagte Öztürk.

»Also hat er die Rezepte nicht an Privatleute verkauft?«, fragte Lodi.

»Nein. Das LKA beobachtet seit Jahren eine zunehmende Aktivität der Medikamenten-Mafia in Hessen. Werkmann stand mit deren Mittelsmännern in Kontakt und hat ihnen gefälschte Blanko-Rezepte verkauft.« Im Hintergrund mehrere Klickgeräusche, Öztürk schien an ihrem PC zu sitzen und durch die Ergebnisse zu blättern. »Eine Sache, auf die wir gestoßen sind, dürfte Sie allerdings besonders interessieren: Offensichtlich dachte Werkmann, schlauer als seine Käufer zu sein, und hat versucht, sie über den Tisch zu ziehen.«

Lodi verzog das Gesicht. »Wie meinen Sie das?«

»Nun, er muss vor Kurzem eine große Summe Bargeld als Vorauszahlung erhalten haben. Die versprochenen Rezepte hat er jedoch wohl nicht geliefert. Wir sind auf mehrere Drohungen gestoßen, die letzte vom vergangenen Donnerstag.«

Einen Tag nachdem Thomas und Lodi ihn zu Hause befragt hatten.

»Wie genau lauteten diese Drohungen?«

»Den Wortlaut müsste ich nachschauen. Aber sie haben angekündigt, ihn zu finden und umzubringen.«

Lodi fiel es wie Schuppen von den Augen. Plötzlich glaubte sie, die Zusammenhänge zu durchblicken: Möglicherweise war Werkmann nicht vor ihnen, sondern vor den Schergen der Medikamenten-Mafia geflohen.

Kurz nachdem sie aufgelegt hatte, tauchten Hannah Grüns kupferrote Haare unter dem Vordach der Justizbehörden auf, im Nebel schienen sie regelrecht zu leuchten. Während sie auf den Dienstwagen zustiefelte, telefonierte sie und machte ein ernstes Gesicht. Auch heute trug sie wieder ein Business-Kostüm, diesmal in Dunkelblau, und über ihrer Schulter hing eine pralle Ledertasche. Sie klopfte an das Beifahrerfenster und bat per Handzeichen um Geduld.

»Ich muss los«, las Lodi von den Lippen der Staatsanwältin ab, »ich melde mich später.« Grün legte auf, verstaute das Handy in ihrem doppelreihigen Blazer, als wollte sie es für immer dort belassen, und stieg ein.

»Hallo, Frau Lenke«, sagte sie spröde und schnallte sich an.

Lodi beschloss, ihre Begleiterin erst einmal in Ruhe zu lassen.

Sie nahmen die A49 Richtung Marburg. Eine Zeit lang fuhren sie schweigend vor sich hin. Grün schaute abwesend aus dem Fenster.

»Wann sind Sie zum letzten Mal in Fritzlar gewesen?«, fragte Lodi, als die Hälfte der Strecke hinter ihnen lag und sie die Stille nicht mehr aushielt. Der Blick der Staatsanwältin blieb weiter auf die trübe Herbstlandschaft gerichtet.

»Heute Morgen«, grummelte sie schließlich.

»Dann wohnen Sie dort?«

»Ich nicht. Mein Lebensgefährte.«

Mit dieser Information fügte sich das Puzzle zusammen. Es musste ihr Partner gewesen sein, mit dem Grün telefoniert hatte. Ihre mürrische Stimmung legte nahe, dass die beiden aneinandergeraten waren.

»Sorry, wenn Ihnen meine Frage zu privat war«, entschuldigte sich Lodi. »Ich wollte nur ein Gespräch in Gang bringen.«

Die Staatsanwältin drehte sich zu ihr um. Sie richtete sich auf, zupfte ihr Kostüm zurecht und klappte den Spiegel für einen Schnellcheck ihres Make-ups herunter.

»Alles gut«, sagte sie. Sie klappte ihn wieder hoch. »Aber wenn es Ihnen nichts ausmacht, würde ich dieses Thema gern ausblenden.«

»Sie hätten auch in Kassel bleiben können, wenn Ihnen das lieber gewesen wäre.«

»Ich halte mich an meine Zusagen.« Sie strich sich durch ihr kinnlanges Haar. »Gibt's weitere Neuigkeiten in unserem Fall?«

Lodi nickte und klärte sie in komprimierter Form über die Ergebnisse des LKA auf: dass Becker sich sehr wahrscheinlich nicht am Tatort aufgehalten hatte, wie die Auswertung seiner Handydaten belegte, und dass Werkmann sich mutmaßlich vor der Medikamenten-Mafia in der Hütte am Edersee verschanzt hatte. In der Nacht der Schießerei musste er Lodi und Thomas für Attentäter gehalten haben.

»DNA?«, fragte die Staatsanwältin im Telegrammstil.

»Liegt uns immer noch nicht vor«, antwortete Lodi.

Grün wandte sich ab und ließ die Welt auf der anderen Seite des Fensters eine Weile an sich vorüberziehen.

Dann, immer noch den Blick nach draußen gerichtet, fragte sie: »Wissen Sie, wo genau in Fritzlar dieser Blum gemeldet ist?«

»Bevor ich losgefahren bin, habe ich die Adresse ins Navi eingegeben. Schauen Sie.« Lodi wartete, bis Grün sich umgedreht hatte, und zeigte auf das Display in der Mittelkonsole.

»Das ist in der Nähe des Domplatzes«, kommentierte die Staatsanwältin. »Eine nette Gegend.«

»Ich habe ihn vorher noch überprüft. POLAS hat nichts über ihn ausgespuckt. Für unser Polizeiauskunftssystem ist Xaver Blum ein Fremder.«

»Ein unbeschriebenes Blatt also.« Grün verschränkte die Arme.

»Zumindest ist er bisher noch nicht in Erscheinung getreten.« Lodi geduldete sich kurz, bis sie ihre weiteren Gedanken mit der Staatsanwältin teilte. »Wie häufig kommt es vor, dass jemand einfach so zum Mörder wird? Ohne vorher in irgendeiner Weise straffällig geworden zu sein?« Sie legte die Stirn in Falten. »In meinen Ohren klingt das nicht plausibel. Bei unseren Ermittlungen ist sein Name nirgendwo aufgetaucht.«

»Wirklich merkwürdig.« Grün trommelte mit ihren Fingern auf dem Oberarm. »Aber wir werden sehen, was die Befragung ergibt.«

Wieder eine Viertelstunde später erreichten die beiden Frauen die Ausfahrt. Sie fuhren von der Autobahn ab und über ein Stück Landstraße von Norden her in die mittelhessische Kleinstadt hinein. Das Navi leitete sie ins Zentrum. Vom Parkplatz aus waren es nur noch wenige Hundert Meter bis zu Blums Adresse.

Lodi bestaunte die farbenfrohen Fachwerkhäuser, die die Altstadt dominierten. Ihr letzter Ausflug nach Fritzlar lag Jahre zurück, sodass sie vergessen hatte, wie beschaulich es hier war: ein Netz aus engen Gassen, schnuckelige Häuser mit schiefen Fassaden, in denen sich Buchhandlungen, Boutiquen und sonstige Geschäfte befanden. Das trübe Wetter verstärkte die mysteriöse Atmosphäre, zusammen mit der Wolkendecke lag sie wie eine Glocke über dem Stadtkern aus dem Mittelalter.

Leichtfüßig tänzelte die Staatsanwältin in ihren Hochfrontpumps über die Pflasterstraßen. Sie kamen am Marktplatz an und gingen am Kaiserdom vorbei, das Dach versteckte sich im Nebel. Hinter dem Rathaus bogen sie schließlich in eine schmale Gasse ein. Vor einer Steintreppe, deren Stufen zu einer gardinenverhangenen Haustür führten, hielten sie an.

»Da wären wir also«, sagte Lodi. Mit dem Kinn wies sie Grün auf den engen Durchgang hin. »Ich gehe vor.«

Was auch immer sie dahinter erwartete, sie durfte das Leben und die Gesundheit der Staatsanwältin nicht riskieren.

* * *

Lodi drückte auf die Klingel. Ein knarzender Ton war zu hören, doch in der Wohnung hinter der Glastür regte sich auch nach etwa einer halben Minute nichts.

»Probieren Sie es bitte noch einmal«, sagte Grün. »Vielleicht hat er es nicht gehört.«

Lodi unternahm einen zweiten Versuch. Sie ließ ihren Finger länger auf der Klingel und zählte in Gedanken bis fünf.

Das Geräusch hätte jeden normalen Menschen selbst aus dem Tiefschlaf gerissen. Wenn Blum da war, musste er spätestens jetzt begriffen haben, dass jemand vor seiner Tür stand, der es ernst meinte.

Aber das Reihenhäuschen lag weiter in Stille da. Friedlich, als ließe es sich von dem Auftauchen der Kommissarin und der Staatsanwältin nicht aus dem Takt bringen.

Grün trat ein paar Schritte von der Treppe herunter und begutachtete mit kritischem Blick das Gebäude. Lodi schirmte ihre Augen gegen das Tageslicht ab, indem sie ihre Hände an die Schläfen legte, stellte sich dicht vor die Glastür und versuchte, irgendetwas dahinter zu erkennen. Eine Bewegung, ein Zucken, ein Licht.

Seufzend gab sie auf und gesellte sich zu Grün.

»Muss früher mal ein schönes Heim gewesen sein«, kommentierte die Staatsanwältin. Sie wog den Kopf hin und her. »Schade, wenn jemand seine vier Wände so verkommen lässt.«

In der Tat hinterließ das Haus, in dem Xaver Blum gemeldet war, den Eindruck, als hätte es eine Menge von seinem Charme vergangener Zeiten verloren. Am deutlichsten zu erkennen an der bröckelnden Fassade mit ihren Rissen und aufgeplatzten Stellen im Mauerwerk. Vermutlich hatte das Gebäude früher in strahlendem Weiß geleuchtet, doch dieses war inzwischen zu einem trostlosen Grau verblasst. Lodi machte zudem von Verfall gezeichnete Holzbalken in dem Fachwerk aus. Mehrere Fensterläden hingen schief, sie verbargen nur unzureichend die gesprungenen Scheiben dahinter. Und der Zahn der Zeit hatte auch das Dach nicht verschont: Es war mit verwitterten Schindeln bedeckt, von denen einige herausgebrochen waren und nun fehlten, sodass der verwahrloste Dachstuhl zum Vorschein kam. Lodi beschirmte ihre Stirn und sah nach oben zu ihm hinauf. Grün zeigte auf Stellen, die von Pflanzen und Moos bewachsen waren.

»Freundlich ausgedrückt: Das Haus versprüht einen nostalgischen Charme«, sagte die Staatsanwältin. Thomas mit seinem Faible fürs Sprücheklopfen hätte es nicht treffender formulieren können.

Lodi nickte und ließ den Blick über das Häuschen schweifen. Bestimmt konnte es viele Geschichten aus vergangenen Zeiten erzählen, wenn man nur gut hinsah und zuhörte.

Sie drehte sich zu Grün um. »Was machen wir jetzt mit Blum?«, fragte sie.

Die Staatsanwältin zuckte mit den Schultern. »Da bin ich überfragt. Wir könnten uns bei den Nachbarn umhören.« Sie trat ein paar Schritte nach links, lehnte sich an der Fassade vorbei und schaute auf den Garten. Sie lächelte, schnippte in die Luft und zeigte zum rückwärtigen Teil des Hauses. »Oder wir befragen einfach diesen Herren, der dort in der Hängematte gerade sein Mittagsschläfchen hält.«

Grün ging voran und tastete sich auf dem Kiesstreifen an der Hauswand entlang. Lodi sah ihr irritiert hinterher. Als die Staatsanwältin sich umdrehte und sie heranwinkte, schloss sie sich ihr an.

Im Garten angekommen, schob Grün das Tor in dem Kunststoffzaun, in dem einige Staketen fehlten, vorsichtig auf. Sie bewegte sich mit einer verblüffenden Selbstverständlichkeit. Was auch immer sie vorhin beschäftigt hatte, es schien verflogen zu sein.

Die Hängematte war an zwei Bäumen befestigt. Ein auffällig schlanker Mann lag in ihr, schätzungsweise war er um die fünfzig. Das musste Blum sein. Den Mittagsschlaf schien er dringend zu benötigen, denn unter seinen Augen zeichneten sich tiefe dunkle Ringe ab. Seine Haut war fahl, wie die Fassade des Hauses, und seine grau melierten Haare waren mit einer

Maschine einheitlich kurz geschnitten. Er trug einen schreiend bunten Jogginganzug mit Blitzen in Neonfarben, mit dem er auf jeder Bad-Taste-Party auflaufen könnte.

Grün stellte sich vor die Hängematte und beugte sich zu ihm hinunter. »Herr Blum?«, sprach sie ihn an. »Hallo? Hören Sie mich?«

Er schnarchte seelenruhig weiter.

»Wahrscheinlich müssen wir ihn wecken«, vermutete Lodi.

Zu ihrer Überraschung setzte Grün ihren scherzhaften Vorschlag unmittelbar um und rüttelte an der Hängematte. »Herr Blum, aufwachen!«

Mit einem Grunzen schoss er hoch. Um ein Haar hätte er der Staatsanwältin dabei eine Kopfnuss verpasst. Nur dank ihrer Reflexe gelang es ihr, im letzten Moment auszuweichen. Er setzte sich auf, blinzelte die beiden Frauen konsterniert an und wischte sich mit den Händen übers Gesicht.

»Was zum … Verdammt, wo bin … Wer sind Sie?«, stotterte er. »Was haben Sie in meinem Garten verloren?«

»Sind Sie Xaver Blum?«, fragte Grün zurück.

»Als ich mich vorhin hier reingelegt habe, war ich's jedenfalls noch.« Er schüttelte sich. »Was meine Frage aber nicht beantwortet: Wer sind Sie, und was machen Sie hier?«

»Mein Name ist Hannah Grün, ich komme von der Staatsanwaltschaft.« Sie zeigte über die Schulter. »Das ist Frau Lenke von der Polizei.« Lodi zückte ihren Ausweis und hielt ihn hoch.

»Kripo«, kommentierte Blum eingeschüchtert. Er schluckte. »Ich hab nichts gemacht, okay? Ich bin nicht mal achtundvierzig Stunden draußen.«

Draußen?, hallte es in Lodis Kopf nach. Sie konnte ihm nicht folgen. Wenn er in Haft gewesen wäre, hätte POLAS ihr diese Information doch ausspucken müssen?

Grün übernahm das Nachhaken. Sie runzelte die Stirn und fragte: »Was meinen Sie damit, Sie sind nicht mal achtundvierzig Stunden draußen?«

Blum zog die hochgerutschten Ärmel seines Jogginganzugs runter und verschränkte die Arme. »So charmant Sie auch sein mögen, ich bin Ihnen keine Rechenschaft schuldig.« Er nickte zu dem Zauntor hinüber, eine unmissverständliche Aufforderung.

Grün setzte ein selbstsicheres Lächeln auf. »Das machen wir, sobald Sie uns Rede und Antwort gestanden haben. Sie werden nämlich verdächtigt, eine Frau ermordet zu haben …«

* * *

Blum führte die beiden Frauen ins Haus. »Wir können uns in die Küche setzen«, schlug er vor und zeigte auf eine Treppe am Ende des Kellers. Im schummrigen Licht einer einsamen Glühbirne sah sein Gesicht noch fahler aus.

Sie gingen nach oben und quetschten sich an einen Tisch. In dem Kabuff bot sich ein abstoßendes Bild: Flecken überzogen den eingerissenen Linoleumboden, an der Decke zeichneten sich Spuren von Wasserschäden ab, und die Hängeschränke über der Spüle hatten zu schimmeln angefangen. Das einzige, mit einer vergilbten Gardine verhangene Fenster war so schmutzig, dass es kaum Tageslicht hereinließ.

Die beiden Frauen wechselten einen vielsagenden Blick.

Um den Tisch nicht zu berühren, beugte Lodi sich nicht nach vorne, wie sie es bei Vernehmungen gern tat, sondern lehnte sich stattdessen zurück. In ihrem Rücken knarzte es.

»In welchem Verhältnis standen Sie zu Sonja Werkmann?«, fragte sie.

Das brachte Blum aus der Fassung. »Ich habe Ihnen doch schon gesagt, dass ich niemanden kenne, der so heißt.« Er zeigte an sich hinunter. »Sehe ich aus, als hätte ich Kontakt zu Frauen?«

Grün rollte mit den Augen und schnaufte. »Herr Blum, Sie müssen dringend anfangen, uns die Wahrheit zu erzählen!«

»Das ist die Wahrheit, verdammt!«

»Hören Sie auf!« Die Staatsanwältin drehte sich kurz weg und winkte ab. »Wir wissen, dass Sie zur Tatzeit am Tatort gewesen sind.« Sie tippte mit dem Zeigefinger mehrmals in schneller Abfolge auf den Tisch. »Habichtswald, Montagabend. Sie waren dort.«

»Wovon zum Geier reden Sie da?«

Lodi sprang ihr zur Seite. Sie holte ihr Smartphone hervor und winkte damit vor seinem Gesicht herum. »Wir haben Ihre Handydaten geprüft. Am Montagabend, eine halbe Stunde vor der Tat, haben Sie mit dem Opfer telefoniert. Außerdem ist Ihr Gerät in der Funkzelle des Tatorts angemeldet gewesen.« Sie steckte das Telefon wieder ein. »Zufälle, oder was?«

Blum schüttelte den Kopf, er war hochrot angelaufen. Lodi hoffte, dass er nicht handgreiflich werden würde. Zur Not würde sie ihn mit Gewalt aufhalten müssen, aber danach stand ihr absolut nicht der Sinn.

»Ich weiß nicht, was für eine Scheiße hier gespielt wird«, fluchte er. »Was soll dieser Schwachsinn?«

»Sollen wir Ihnen die Handydaten vorlegen?« Grün zeigte auf die Ledertasche um ihre Schulter. »Das ist kein Problem. Ich habe den Beweis, dass Sie dort gewesen sind, schwarz auf weiß bei mir.«

»Was die Staatsanwältin Ihnen mitteilen möchte«, versuchte Lodi es nun mit der Good-Cop-Rolle, »ist, dass wir Ihnen nur helfen können, wenn Sie uns entgegenkommen. Aber wenn Sie weiter behaupten wollen, dass Sie …«

»Ich habe gar kein Handy«, unterbrach er sie.

Die Köpfe der beiden Frauen schossen zueinander herum.

»Und ich kann Ihnen sogar beweisen, dass ich …«

Grün sah wieder in sein Gesicht und schnitt ihm das Wort ab. »Was reden Sie da?« Erneut zeigte sie auf ihre Ledertasche. »Die SIM-Karte ist auf Ihren Namen registriert!«

Er erwiderte stumm ihren Blick.

Dann fing er an, seinen linken Ärmel hochzukrempeln. So weit, bis seine Armbeuge zum Vorschein kam.

Lodi sah entsetzt zu Grün hinüber, mit großen Augen starrte sie auf die in Rot, Blau und Violett schillernden Einstichlöcher. Das Kinn der Staatsanwältin klappte hinunter, aber ihren nun leicht geöffneten Mund verließ kein einziger Laut. Auch Lodi versuchte zu sprechen, doch es fühlte sich an, als hätte ihr jemand die Stimmbänder entfernt. Sie bekam nichts heraus.

»Heroin«, erklärte Blum. »Ich bin vorgestern aus der Klinik entlassen worden.« Er schob die Ärmel wieder herunter und beschrieb anschließend mit einer Hand einen Kreis über seinem Kopf. »Diese Absteige hat mir ein Freund von früher besorgt. Ohne ihn müsste ich jetzt auf der Straße leben.«

»OFW«, flüsterte Lodi wie in Trance. Ohne festen Wohnsitz, wie es bei der Polizei hieß.

»Falls Sie meinen Entlassungsbrief sehen wollen«, sagte Blum nun mit ruhiger Stimme, »ich hole ihn gern.«

Montag, Nachmittag, Fritzlar

Enttäuscht über das Ergebnis ihres Gesprächs gingen die beiden Frauen zurück zum Parkplatz am Grauen Turm. Während sie mit Blum gesprochen hatten, hatte sich der Nebel verdichtet, dicke Schwaden hingen in den Gassen fest. Schweigend trotteten Lodi und Grün denselben Weg wie vorhin zurück, am Marktplatz vorbei und durch die Querstraße in Richtung Stadtmauer.

Lodi startete den Motor und fuhr los. Sie wartete, bis sie auf die A49 aufgefahren waren. Dann sprach sie die Staatsanwältin auf das an, was sich bei Xaver Blum abgespielt hatte.

Während sie sprachlos an seinem Küchentisch gesessen hatten, hatte er den Arztbrief, den man ihm vor zwei Tagen beim Verlassen der Klinik ausgehändigt hatte, aus einer Schublade geholt. Mit einem unverkennbaren Ausdruck des Triumphs im Gesicht legte er ihn den beiden Frauen vor. Lodi genügte ein flüchtiger Blick, dann begriff sie es: Xaver Blum war nicht ihr Täter. Er konnte es nicht gewesen sein. Zu der Zeit, als Sonja Werkmann erschlagen worden war, hatte er ohne Recht auf Ausgang in einer Entzugsklinik festgehangen.

Unklar blieb die Sache mit der SIM-Karte. Wie konnte es sein, dass von der Karte, die auf Blum registriert war, mehrere Anrufe mit Sonja Werkmann getätigt worden waren, zum letzten Mal sogar kurz vor der Tat? Und wie erklärte er es sich, dass sie zu ebendieser Zeit in der Funkzelle des Tatorts angemeldet gewesen war?

Blum holte tief Luft und atmete langsam und hörbar aus. Er nahm den Arztbrief vom Tisch, faltete ihn und ließ ihn durch seine Finger kreisen, während er ihn gedankenversunken anblickte. Eigentlich müsse er nichts mehr erklären, sagte er – womit er recht hatte. Eigentlich könne er sie jetzt einfach bitten, seine Wohnung zu verlassen – womit er ebenfalls richtiglag. Und eigentlich verspüre er große Lust, ihnen zu sagen, dass sie sich zum Teufel scheren sollten – wofür Lodi zumindest Verständnis aufbrachte.

»Aber es geht um einen Mord«, erklärte Blum, »und ich will dabei helfen, jeden hinter Gitter zu bringen, der so etwas tut.«

Dann gewährte er ihnen einen Einblick in sein Leben. Er holte weit aus. Er sei hier in Fritzlar geboren, erzählte er, und als Einzelkind bei fürsorglichen Eltern aufgewachsen. Er könne von sich behaupten, stets ein aufgeweckter Junge gewesen zu sein. Die Schule habe er mit einem überdurchschnittlich guten mittleren Abschluss verlassen und danach eine Ausbildung als Elektriker absolviert. Anschließend habe er mehrere Jahre glücklich in dem Beruf gearbeitet. Er habe sich etwas aufgebaut, seine Lebensgefährtin und er hätten sich eine gemeinsame Zukunft ausgemalt. Ein bis zwei Kinder, vielleicht ein Häuschen mit Garten im Umland. Sein Leben sei in geordneten Bahnen verlaufen.

Doch dann, mit Anfang dreißig, habe es eine hässliche Wendung genommen. Er habe nie übermäßig viele Freundschaften gepflegt, erzählte Blum, aber dafür intensive. Jonas Heller, seinem besten Freund, habe es bei einem

Motorradausflug auf einer Ölspur das Hinterrad wegge-
rissen. Leitplanke, Genickbruch, ein unwürdiger Tod auf
der Landstraße. Jonas habe eine Frau und eine Tochter
zurückgelassen.

Von da an sei es mit Blum bergab gegangen. Er habe sich
Vorwürfe gemacht. Seine Trauer habe er zunächst mit Alkohol
runtergespült. Dann sei er über einen Arbeitskollegen an die falschen Leute geraten und habe begonnen, Rauschmittel zu kon-
sumieren. Anfangs nur gelegentlich, an den Wochenenden. Das
habe ihn in eine Abwärtsspirale getrieben, es folgten Trennung,
Jobverlust, Perspektivlosigkeit. Freunde und Familie wandten
sich von ihm ab, und um das alles zu verarbeiten, brauchte
er noch härteres Zeug. Er sei gefangen gewesen in einem
Teufelskreis voll Scheiße, sagte er.

Als er seine Ersparnisse aufgebraucht hatte, habe er angefangen zu klauen. Aus Diebstählen seien Einbrüche im großen Stil
im Raum Fritzlar geworden, Handys und andere Elektrogeräte
ließen sich gut und schnell auf dem Schwarzmarkt verhökern.
Eines Nachts habe die Polizei ihm eine Falle gestellt und ihn bei
seinem Raubzug verhaftet. Das sei sein Glück gewesen, denn
der Richter habe ihn statt in den Knast zum Entzug in die hie-
sige Klinik eingewiesen. Und hier säße er nun, clean und dankbar, dass er dieser Hölle entkommen konnte.

»Vielen Dank für diesen Einblick«, sagte Grün, als er fertig
erzählt hatte. »Eine bewegende Geschichte.«

»Sie können stolz auf sich sein«, stimmte Lodi ihr zu.

Blum erwiderte nichts. Stattdessen zeigte er mit dem Kinn
auf die Ledertasche der Staatsanwältin. »Was Ihre Frage wegen
der SIM-Karte betrifft«, leitete er ein und kratzte sich am Kopf.
»Der Verkauf von registrierten Karten hat damals zu meinen
Einnahmequellen gehört. Im Discounter habe ich welche für
einen schmalen Taler gekauft, sie auf meinen Namen registriert
und im Internet für ein Vielfaches vertickt.«

»Ein lukratives Geschäft?«, fragte Lodi. Blum nickte. »Wie viele haben Sie verkauft?«

Sein Kopf pendelte von einer Seite zur anderen. »Schwer zu sagen.«

»In etwa? Zwei, drei, zehn?«

»Dutzende. Vierzig, vielleicht mehr.«

Wieder tauschten Grün und Lodi wortlos Gedanken aus. Die Augen der Staatsanwältin verrieten, dass ihr dieselbe ernüchternde Gewissheit durch den Kopf ging: Mit dieser Aussage hatte sich jede Hoffnung darauf, den Käufer der SIM-Karte zu ermitteln, zerschlagen. Sie konnten unmöglich so viele Personen überprüfen. Vorausgesetzt, dass sie deren Namen überhaupt herausbekämen.

Blum schien ihnen die Enttäuschung anzusehen. »Es tut mir leid«, sagte er. »Sie werden dem Täter anders auf die Spur kommen müssen.«

* * *

Es dauerte eine Weile, bis Grün ihre Sprache wiederfand. Während der ersten Minuten schaute sie aus dem Fenster, den Kopf in die Handfläche gestützt, etwas Unverständliches vor sich hin murmelnd.

»Wie soll es jetzt weitergehen?«, fragte sie, den Blick immer noch auf die farblose Landschaft gerichtet. »Haben Sie schon eine Vorstellung?«

»Wir sollten ein Bewegungsprofil mit allen Standorten der SIM-Karte erstellen lassen«, antwortete Lodi. »Mit Ihrem Einverständnis würde ich mich nachher mit dem LKA in Verbindung setzen und das in Auftrag geben.«

»Ein sehr guter Vorschlag! Machen Sie das.«

Lodi hoffte, dass sie aus dem Bewegungsprofil relevante Informationen über ihren mutmaßlichen Täter würden ableiten können. Gewohnheiten, regelmäßige Wege, wiederkehrende Aktivitäten. Es war erstaunlich, wie viel man über einen Menschen erfuhr, wenn man wusste, wann und wie oft er sich an bestimmten Orten aufhielt.

Sie setzte Grün in der Seitenstraße neben den Justizbehörden ab und versprach, sich bei ihr zu melden. Dann fuhr sie weiter zum Präsidium, parkte den Dienstwagen im Innenhof und ließ sich mit einem Tee in ihren Bürostuhl sinken.

Ihre Gedanken drifteten ab. Die Erlebnisse in Blums Wohnung ließen sie einfach nicht los. Als er ihnen seine Lebensgeschichte dargelegt hatte, war Lodi eines erneut bewusst geworden: Traumata besaßen eine unermessliche zerstörerische Kraft. Sie konnten Menschen von einem Moment zum nächsten aus der Bahn werfen, für immer. Sie konnten der Auslöser sein für den Niedergang eines Lebens, das bis dahin pfeilgerade verlaufen war.

So wie Blum hätte es auch Lodi ergehen können. Während er über seine Sucht berichtet hatte, war vor ihrem geistigen Auge ein Film abgelaufen. Was, wenn ihre Großeltern sie nach dem Mord an ihrer Mutter und der Verurteilung ihres Vaters nicht aufgefangen und zu sich in die Niederlande geholt hätten? Wenn Lodi stattdessen in einer Pflegefamilie oder in einem Heim untergekommen wäre? Welchen Verlauf hätte ihr Leben genommen?

Und drohte Thomas nun ein ähnlicher Absturz? Zum Glück mussten nur wenige Kollegen im Dienst ihre Waffe einsetzen. Aber die, die es taten, waren deshalb schweren psychischen Belastungen ausgesetzt. Manche überwanden sie nie, wurden immer wieder von den Bildern heimgesucht, von dem Moment, in dem das Geschoss ihr Gegenüber traf. Sowohl in ihren Träumen als auch, wenn sie wach waren.

Der Vibrationsalarm von Lodis Handy schob ihren schwermütigen Gedanken einen Riegel vor. Sie griff in ihre

Hosentasche und schaute aufs Display, eine Nachricht von Thomas: »Ruf mal durch, wenn du Zeit hast.«

»Bist du sicher?«, schickte sie ihm eine knappe Antwort.

»Ja«, kam seine prompte Reaktion.

Sie drückte auf »Anrufen«. Thomas nahm direkt ab.

»Wie gehts dir?«, fragte sie.

»Beschissen«, sagte er.

Schweigen, eines der unangenehmen Art.

»Werkmann?«, gab Thomas das Stichwort.

»Ist noch im Krankenhaus«, antwortete Lodi. »Die Kriminaltechnik macht einen DNA-Abgleich mit den Hautresten unter Sonjas Nägeln.« Sie erzählte ihm, was sie über die Verbindung zur Medikamenten-Mafia herausgefunden hatte.

Wieder kurze Unterbrechung. Dann: »Ich hätte ihn fast umgebracht, Lodi.«

»Du hast uns verteidigt. Was hättest du tun sollen? Dich erschießen lassen?«

»Ich hätte nicht in diese verdammte Hütte stürmen dürfen.« Er klang wütend. »Wir hätten auf die Verstärkung warten sollen.«

»Thomas, du hast es in dieser Nacht selbst gesagt: Er wäre uns durch die Lappen gegangen. Dann hätten wir ihn vielleicht niemals geschnappt.«

»Vielleicht. Vielleicht aber auch doch.«

»Er hat auf uns geschossen.«

»Es war die falsche Entscheidung.«

Ihr lag eine unverblümte Antwort auf den Lippen. Dass er nun mal instinktiv gehandelt hatte, weil die Situation ihn dazu genötigt hatte. Dass, wenn es nach ihr ging, lieber Werkmann im Krankenhaus liegen sollte als er. Und dass sie nicht der Meinung war, er müsste sich für das, was er getan hatte, verurteilen.

Aus irgendeinem Grund hielt sie sich zurück, und das gab Thomas die Gelegenheit, weiterzureden. »Ich weiß nicht, ob ich …« Abrupt hörte er auf, zu sprechen.

Lodi ließ ihm Zeit, aber es folgte nichts mehr.

»Du benötigst Ruhe. Das wird schon.«

»Ich lege jetzt auf. Ich brauche eine Zigarette.«

Lodi steckte ihr Handy weg, Thomas' Worte wirkten in ihr nach. Was hatte er mit ihnen andeuten wollen? Für sie hatte es geklungen, als stünde er kurz davor, hinzuschmeißen. Doch das konnte sie sich beim besten Willen nicht vorstellen, denn er war ein Vollblut-Polizist. Ja, manchmal brachte der Beruf große Belastungen mit sich, momentan erfuhr sie das am eigenen Leib. Aber bisher hatten diese Thomas nie etwas angehabt.

Um sich abzulenken, schrieb Lodi die E-Mail an Öztürk. Sie bat sie, so viele Standortdaten wie möglich zu ermitteln und ihr die Ergebnisse anschließend zukommen zu lassen.

Danach sehnte sie sich nach frischer Luft. Sie schloss ihr Büro ab und verließ das Präsidium in Richtung Innenstadt. Am Friedrichsplatz nahm sie Kurs auf das Staatstheater und spazierte dahinter die Treppen zur Orangerie hinunter. Sie setzte sich auf eine der Bänke mit Blick auf die Karlsaue, den riesigen Staatspark des Kurfürsten aus der Zeit des Barock.

Der Himmel war hier und da aufgeklart, sodass sich nun zarte Sonnenstrahlen einen Weg durch die Wolkendecke bahnten. Lodi streckte sich ihnen entgegen, sie erwärmten ihr Gesicht. Gesprächsfetzen drangen an ihr Ohr, durchmischt mit dem Klacken aufeinandertreffender Kugeln. Ein Stück von ihrem Platz entfernt spielte eine Gruppe älterer Herren Boule.

Lodi ließ den Blick schweifen. Die Bäume, die den Rundweg um die Karlswiese säumten, waren kahl. Ihre gefallenen Blätter überzogen ihn mit einer goldbraunen Schicht. Wind kam auf. Die Blätter tanzten, wirbelten durcheinander und sortierten sich neu. Auf der großen Wiese tollten Kinder, sie warfen sich Bälle zu, lachten. Hier und dort lagen Pärchen auf Decken und schmusten, Farbtupfer auf dem satten Wiesengrün.

Ein Bild, das Lodi hätte Ruhe und Frieden vermitteln können. Doch das tat es nicht, denn hinter der Wiese erstreckte sich der bewaldete Teil des Parks. Sogar jetzt, in vermeintlich sicherer Entfernung, ließ dieser Anblick ihr Herz schneller schlagen. Sie erinnerte sich an ihr Gespräch mit Dr. Klein. Sie versuchte, tief ein- und langsam wieder auszuatmen. Die Angst, die sich erneut als Kribbeln in ihren Füßen ankündigte, zuzulassen, und mit ihr die weiteren Symptome. Herzrasen, Schwitzen, Unruhe. Wie in einem abgestimmten Plan folgten sie wieder aufeinander.

Lodis Handy klingelte. Dankbar über diese Ablenkung griff sie in ihre Tasche und ging ran. Es war Daniel.

»He«, sagte sie und erschrak, weil ihre Stimme sich flattrig anhörte. »Hast du schon Feierabend?«

»Lodi!« Er war aus der Puste. »Ich hab das Notebook von Sonja. Ich glaube, ich weiß jetzt, wer …«

Rascheln. Kurz darauf gedämpfte Stimmen, als bedeckte etwas das Mikrofon.

»Bist du noch dran?«

Keine Antwort. Nur Murmeln, Raunen, hin und wieder einzelne Wörter. Was war da los?

»Daniel! Was ist mit dir?«

Nichts. Sekundenlange, bedrückende Stille.

Dann tutete es plötzlich in der Leitung, die Verbindung war getrennt worden.

Lodi nahm das Handy vom Ohr und sah ratlos aufs Display. Die Dauer des Gesprächs wurde angezeigt, es war nicht einmal eine volle Minute gewesen. Daniel hatte hektisch geklungen. Ob seine Aufregung mit Sonjas Notebook zu tun hatte?

Sie rief ihn zurück. Einmal, zweimal, dreimal. Er nahm nicht ab, bei jedem Versuch klingelte es durch, bis die Mailbox ansprang. Da war doch etwas faul!

Daniels Kollegin, fiel es Lodi wieder ein. Bei dem Treffen im Tannenwäldchen hatte sie ihre Handynummer eingespeichert.

»Daria Behnen?«

»He, hier ist Lodi, von der Kripo. Daniel hat mich gerade angerufen, aber wir wurden unterbrochen.«

»Okay. Soll ich an seinem Platz nachschauen?«

»Das wäre nett.«

Daria schaltete die Leitung stumm. Sekunden des Wartens, als hätte Einstein höchstpersönlich die Zeit gestreckt. Das stellte Lodi vor eine Geduldsprobe. Sie dachte darüber nach, sich einen Block zum Kritzeln zu holen, entschied sich aber dagegen. Stattdessen trommelte sie mit den Fingern auf ihren Oberschenkeln und summte vor sich hin.

»Bist du noch dran?«, war Daria kurz darauf wieder in der Leitung. »Daniel sitzt nicht an seinem Platz.«

»Hat er dir nicht gesagt, wo er hinwollte?«

»Nein. Wir haben uns zuletzt gesehen, als wir uns mit dir getroffen haben.«

»Du hattest dir vorgenommen, nach dem Notebook zu schauen.«

»Ja, das wollte dann doch lieber Daniel übernehmen, er hat mich bequatscht.« Es entstand eine Pause. »Was genau hat er zu dir gesagt?«

»Dass er es gefunden hat. Danach wurde die Leitung getrennt.«

»Merkwürdig. Aber mach dir keine Gedanken, der wird schon irgendwo sein. Vielleicht hängt er auch in einem unserer Aufenthaltsräume ab und spielt Tischtennis.«

Lodi beschlich ein düsteres Gefühl. Es flüsterte ihr zu, dass etwas nicht in Ordnung war. »Tu mir bitte einen Gefallen und such nach ihm.«

»Okay, mache ich. Ich frage erst mal die Kollegen. Ich rufe dich an, versprochen.«

Sie beendeten das Telefonat, und Lodi steckte ihr Handy weg. Passend zu ihren Befürchtungen hatten sich die Wolken am Himmel wieder zusammengezogen, es wurde kalt. Sie sah zu der Wiese hinüber. Auch einigen Pärchen schien es ohne Sonne zu frisch zu werden, sie packten ihre Sachen zusammen, falteten ihre Decken und stopften sie in ihre Taschen. Aufbruchsstimmung erfasste die Karlswiese. Auch die Boule-Spieler wurden von ihr erfasst und sammelten ihre Kugeln ein. Es wurde Zeit zu gehen.

Lodi stand auf und wählte einen anderen Weg zurück zum Präsidium. Sie ging am Fuldaufer entlang zum Aufgang an der Walter-Lübcke-Brücke, die kurze steile Pflasterstraße hinauf und kam zur Markthalle am Marställer Platz. Die Türme der Martinskirche, die sich über die Dächer streckten, leiteten ihr den Weg. Wenige Hundert Meter weiter kam sie an der Lutherkirche vorbei, geradeaus, dann war sie da.

Montag, später Nachmittag, Präsidium

Der Rest des Tages verlief schleppend. Zurück im Büro nahm Lodi sich Arbeiten vor, die zu lange liegen geblieben waren. Sie beantwortete E-Mails, stellte Berichte fertig und informierte von Rheinfeld telefonisch über die neuesten Entwicklungen.

Ansonsten passierte nichts, die Stunden plätscherten dahin. Lodi goss sich einen grünen Tee nach dem anderen auf, doch gegen ihre Müdigkeit war kein Kraut gewachsen. Immer wieder schweiften ihre Gedanken ab. Kein Wunder, waren die zurückliegenden Tage doch außerordentlich ereignisreich gewesen.

Gegen zwanzig Uhr machte sich Lodi schließlich auf den Heimweg. Sie verließ das Präsidium, überquerte den Bahnhofsvorplatz und schaute nach oben. Eine Melange aus Grautönen klebte dort fest und verwehrte ihr einen Blick auf den Nachthimmel. Wieder hingen die Wolken so tief, dass der Himmelsstürmer, ein zeitgenössisches Kunstwerk und Überbleibsel der documenta, durch sie hindurchzuspazieren schien. »Man walking to the sky« – selten war sein Name so zutreffend gewesen. Wenn man die Augen offen hielt, traf man überall in der Stadt auf Stücke aus vergangenen Ausstellungen.

Die Spitzhacke im Gras des Fuldaufers, den vertikalen Erdkilometer auf dem Friedrichsplatz, die siebentausend Eichen des documenta-Gründers Joseph Beuys …

Zur Abwechslung ging Lodi einen anderen Weg nach Hause als sonst. Sie bog in die Friedrich-Ebert-Straße ab. Lichtwerbung und erleuchtete Restaurantfenster durchschnitten die Luft. Auf halbem Weg ratterte eine Straßenbahn vorbei, ihre Lichter zogen einen trüben, milchigen Schleier hinter sich her. An den Fassaden der Klinker- und Jahrhundertstilhäuser zuckten die Rückleuchten an der Ampel stehender Autos. Es waren nur wenige Fußgänger unterwegs, die meisten Menschen waren in ihren Wohnungen geblieben und vermieden es, nach draußen zu gehen. Die, denen Lodi auf der Straße begegnete, verbargen ihre Gesichter hinter hochgezogenen Kragen und Schultern, senkten die Köpfe. Kälte kroch unter Lodis Hosensaum hindurch und kletterte an ihren Unterschenkeln empor. Gänsehaut. Es wurde Zeit, dass sie nach Hause kam.

Am Karl-Marx-Platz angekommen, fiel ihr Blick auf die Glockentürme der Friedenskirche, die in wechselnden Farben angestrahlt wurden. Mystisch standen sie da in einem Gemisch aus Nebel und Wolkenfeuchte.

Lodi ging weiter und kam an dem beliebten spanischen Restaurant an der Ecke vorbei. Noch war die Tür verrammelt, die Tische und Stühle des Außenbereichs auf dem Bürgersteig zusammengeklappt, aufeinandergestapelt und mit Ketten gesichert. Das Restaurant öffnete nur von Donnerstag bis Sonntag seine Pforten und außerdem erst am Abend. Während dieser Zeit brummte der Laden jedoch, sodass man ohne Reservierung auf die Frage nach einem freien Tisch nur ein Lächeln in Verbindung mit einem Kopfschütteln als Antwort erhielt.

Lodi war schon lange nicht mehr dort gewesen. Verträumt schaute sie zu dem Schriftzug über dem Eingang, dessen Buchstaben in dem Nebelschleier nur undeutlich zu lesen waren.

Sie staunte, als sie die Umrisse einer Überwachungskamera ausmachte, die über dem Schild an der Hausfassade installiert war. Sie sah sie dort zum ersten Mal. Welchen Bereich des Bürgersteigs sie wohl filmte?

Dann machte es klick. Blum hatte behauptet, dass er die SIM-Karten in dem kriminellen Teil seines Lebens in einem Döner-Imbiss in der Nähe des Marktplatzes verkauft habe. Was, wenn er die Wahrheit sagte und dort – mit ein bisschen Glück – ebenfalls eine Überwachungskamera hing?

Mit dem nächsten Gedanken folgte jedoch bereits die Ernüchterung: Es existierten keine Indizien, an welchem Datum der Käufer und Blum sich getroffen hatten, und seiner Aussage zufolge hatte er eine erhebliche Anzahl Karten zu Geld gemacht. Dies zu ermitteln, würde der berühmten Suche nach der Nadel im Heuhaufen gleichkommen. Ein weiterer Punkt: Selbst wenn in dem Imbiss eine Kamera existierte, und selbst wenn sie das entscheidende Treffen aufgenommen hatte, dürften die Aufzeichnungen wegen des Datenschutzes schon lange nicht mehr existieren. Lodi kannte die Regeln, derartige Mitschnitte durften maximal achtundvierzig Stunden gespeichert werden. Zudem musste sich der Kauf vor Blums Einweisung in die Klinik, sprich vor Jahren, abgespielt haben.

Trotzdem: Es war ein Strohhalm. Denn immerhin war es möglich, dass die Aufzeichnungen entgegen der gesetzlichen Vorgaben trotzdem aufbewahrt worden waren. Um das herauszufinden, würde sie um eine äußerst ungewöhnliche Methode nicht herumkommen. Sie musste die Betreiber des Imbisses fragen, ob sie etwas Illegales getan hatten und sie um die physischen Beweise dafür bitten. Sie würde erwähnen, dass Verstöße gegen das Datenschutzrecht in der Regel als Ordnungswidrigkeiten bewertet wurden. Weniger formal ausgedrückt hieß es, dass es nichts zu befürchten gab, da Lodi als Hüterin des

Gesetzes im Gegensatz zu Straftaten nicht gezwungen war, Ordnungswidrigkeiten zu verfolgen. Opportunitätsprinzip.

Sie wandte sich von dem Restaurant ab. Sie überquerte den Bebelplatz und nahm Kurs auf die Lassallestraße. Während sie dem in frischer Farbe erstrahlendem Haus näher kam, versuchte sie, sich für den Aufstieg unters Dach starkzureden. In ihren Taschen kramte sie nach dem Schlüssel.

Eine halbe Stunde später saß Lodi auf ihrer Dachterrasse, umgezogen, in eine Decke eingewickelt und mit einem Glas Wein neben der Liege. Sie suchte die Telefonnummer des Imbisses heraus und rief an. Zunächst meldete sich ein Mann, der gebrochen Deutsch sprach und ihr nicht weiterhelfen konnte. Doch als Lodi das Wort »Polizei« fallen ließ, wirkte das wie ein Türöffner. Der Mitarbeiter bat sie, zu warten, und reichte sie an seinen Chef weiter.

»Mehmet Demir?«, meldete sich eine freundliche Stimme, die in Lodis Ohren unerwartet jung klang.

»Guten Abend, Herr Demir«, stellte sie sich vor. »Mein Name ist Lenke. Ich bin Oberkommissarin beim K11 in Kassel.« Sie wartete auf die übliche Reaktion, doch in der Leitung blieb es still. »Sie wissen, wer wir sind?«

»Natürlich. Kriminalpolizei.« Demirs Freundlichkeit war hörbar abgekühlt. Nun klang er, als bemühte er sich darum, besonders professionell rüberzukommen. Ein häufiges Phänomen, denn nicht wenige Menschen verkrampften, sobald sie wussten, dass sie es bei Lodi mit einer Polizistin zu tun hatten.

»Wir ermitteln derzeit in einem Mordfall und erhoffen uns sachdienliche Hinweise von Ihnen. Haben Sie bei sich im Laden eine Kamera installiert?«

Der Imbissbesitzer zögerte, dann entfuhr ihm ein kurzer, wahrscheinlich unbeabsichtigter Laut. »Ich durfte sie da anbringen. Außerdem hängt ein großes Schild im Eingangsbereich, dass der Laden videoüberwacht wird.«

»Um Ihre Kamera geht es uns nicht. Wir ermitteln wie gesagt in einem Tötungsdelikt.« Lodi griff nach ihrem Weinglas und nippte daran. »Ist auf den Videos Ihr gesamter Imbiss zu sehen? Oder nur ein Teilbereich?«

»Alles.« Demir sparte zusehends an Worten.

»Ich gehe davon aus, dass Sie die Dateien irgendwo speichern? Möglicherweise auf Ihrem Computer?« Er schwieg erneut, Lodi betrachtete das als Bestätigung. »Wie lange halten Sie diese vor?«

Durch die Leitung hörte sie seine Atmung, sie wurde schneller und flacher. »Vierundzwanzig Stunden.«

Selten hatte Lodi jemanden so schlecht lügen gehört. Hatte er etwas zu verbergen und war daher so nervös geworden? Oder hatte er bereits negative Erfahrungen mit der Polizei gemacht und reagierte deswegen so kühl auf sie? So oder so, ihr Gespräch hatte sich festgefahren. Lodi musste die Strategie wechseln.

Sie erklärte ihm die Sachlage. Dass sie einer Spur in einem Mordfall nachging und sich von seinen Überwachungsvideos einen Ermittlungserfolg erhoffte. Sie gab ihm ihr Wort, dass er wegen ihnen nichts zu befürchten habe. Sie versprach ihm, dass sich die Polizei wegen seiner Mithilfe im Gegenteil als dankbar erweisen würde, was auch immer das bedeuten sollte. Diese Strategie hielt sie für erfolgversprechender, als Demir gleich mit einem Beschluss zur Beschlagnahme der Videos zu drohen.

Sie funktionierte. Er ließ die Worte auf sich wirken und nahm sich Bedenkzeit. Seine Atmung beruhigte sich. Er schien abzuwägen, ob er ihr vertrauen konnte, und so hörte sie im Hintergrund ein rhythmisches Klopfen, als trommelte der Imbissbetreiber beim Nachdenken auf einen Tisch.

»In Ordnung«, sagte er schließlich, »ich werde sehen, was ich machen kann. Vielleicht liegen noch ein paar alte Videos im

Papierkorb auf meinem Computer und sind aus Versehen noch nicht gelöscht worden.«

Lodi schmunzelte. Manchmal siegte Freundlichkeit eben doch.

Sie bedankte sich und garantierte ihm ein weiteres Mal, dass er wegen möglicher Verstöße gegen das Datenschutzrecht keinerlei Sanktionen befürchten musste. Demir hingegen versprach, nachzuschauen und – falls er auf ältere Videos stoßen sollte – ihr diese per E-Mail zu schicken. Lodi bedankte sich und legte auf.

Kurze Zeit später rief Daria Behnen an.

»Hast du mit ihm gesprochen?«, begrüßte Lodi sie.

»Nein. Ich stehe gerade vor seiner Tür und klingele Sturm. Er macht nicht auf.«

»In welchem Stock wohnt er? Kannst du vielleicht in seine Wohnung reinschauen?«

»Drittes OG. Es brennt kein Licht.«

»Was ist mit deinen Kollegen? Hast du sie gefragt?«

»Niemand weiß, wo er steckt. Nicht mal Max. Wir haben den ganzen Science Park auf den Kopf gestellt, keine Spur. Und sein Handy ist auch seit Stunden ausgeschaltet.«

Lodis Finger tanzte auf ihrer Nasenspitze. »Seltsam«, murmelte sie.

»Das kannst du laut sagen. Max hat kurzfristig eine Teamsitzung einberufen. Die anderen haben uns angeschaut wie Autos. Keinem von ihnen ist Daniel über den Weg gelaufen.«

»Was ist mit Sonjas Notebook? Hast du mal auf eurem Friedhof nachgesehen?«

»Das ist der nächste Punkt, der mich irritiert.« Daria machte eine Pause, in der Lodi im Hintergrund Verkehrsgeräusche hörte, vorbeifahrende Busse und Hupkonzerte. »Als Max zum

Essen gegangen ist, habe ich mir seine Karte geschnappt und in der Kammer nachgeschaut. Der Laptop ist weg.«

Lodi richtete sich auf. »Daniel hat ihn sich also wirklich geholt?«

»Davon gehe ich auch aus.«

Sie schwiegen eine Weile. Das Klacken eiliger Schritte auf dem Asphalt drang durch die Leitung. Daria schnaufte leise in den Hörer.

Unverhofft fiel Lodi wieder das Telefonat mit Hannah Grün ein. Würde ihnen bei der Suche nach Daniel womöglich dieselbe Idee weiterhelfen?

Sie fragte: »Gibt's bei euch Kameras? Falls ja: Vielleicht wurde Daniel von einer von ihnen aufgenommen? Er kann sich schließlich nicht in Luft aufgelöst haben.«

»Auch wenn er ein Kontrollfreak ist, hat Max Kameras seltsamerweise immer abgelehnt. Aber was den Rest des Science Park angeht, bin ich überfragt.« Wieder verfiel Daria kurz in Schweigen. »Ich hoffe nur, dass es Daniel gut geht.«

»Ihm wird schon nichts zugestoßen sein«, beruhigte Lodi sie.

Eine halbe Stunde später betrachtete sie gedankenversunken das leere Weinglas in ihrer Hand und drehte es am Stiel zwischen ihren Fingern. Sie solle es bei einem davon belassen, erinnerte sie sich an Norberts Empfehlung neulich. In einem wörtlichen Sinn hatte sie sich auch daran gehalten, dachte sie und schmunzelte, denn sie hatte immer aus demselben Glas getrunken.

Dem Nachschenken hatte Lodi jedoch nicht nur ihren leichten Schwips zu verdanken. So beflügelte der Wein auch ihr Denken und brachte sie auf eine Idee. Im Internet recherchierte sie den Namen und die Nummer der Hausverwalterin. Sie rief die Frau an, stellte sich vor und legte den Grund ihres Anrufs dar. Es gäbe im Science Park nur eine Handvoll

217

Überwachungskameras, berichtete Frau Schreiber, vor allem an den Ausgängen und in den Fluren. Zwar zeigte sie sich sehr kooperativ, bestand allerdings darauf, sich den Sachverhalt von einem Finlytix-Mitarbeiter bestätigen zu lassen. Deshalb holte Lodi Daria zu einer Konferenz hinzu, indem sie auf das Telefonhörer-Symbol mit Pluszeichen drückte, und wenig später waren die drei Frauen miteinander verbunden. Zu Lodis Glück kannten und schätzten sich die beiden, sodass die Angelegenheit sich als Formsache entpuppte.

»In Ordnung, Daria«, sagte Frau Schreiber zum Abschied ihre Unterstützung zu. »Ich schicke alle Videos, die ich auf die Schnelle auftreiben kann, an deine E-Mail-Adresse ...«

* * *

Mitten in der Nacht wachte Lodi auf. Sie fror, trotz der Decke, in die sie sich eingewickelt hatte. Grummelnd drehte sie sich auf die Seite, setzte einen Fuß neben die Liege und – klirr!

Verdammt, dort hatte sie ihr Glas abgestellt. Nun verteilte sich der restliche Rotwein auf den Dielen, Scherben funkelten im Mondlicht. Lodi sah flüchtig zum Himmel, das Grau hatte sich gelichtet, sodass tiefes Schwarz hindurchlinste, wie ein Fenster zum Universum. Obwohl es trocken geblieben war, schwirrte als eine Art Prophezeiung feinperlige Feuchtigkeit in der Luft.

Lodi schaltete die Taschenlampe an ihrem Handy ein, um den Schaden zu begutachten. Zum Glück bewahrte sie in einer geschützten Ecke auf der Dachterrasse immer eine Küchenrolle auf. Sie riss mehrere Lagen ab und verteilte diese auf der Pfütze. Gierig sog das Papier den Wein auf. Lodi ging in die Hocke und pickte die großen Scherben heraus, um den Rest musste sie sich bei Tageslicht kümmern. Dieses Missgeschick würde einen hässlichen Fleck zurücklassen, und ihn zu beseitigen, würde sie eine Menge Arbeit kosten. Abschleifen, polieren, lackieren. Vielleicht würde sie auch eine oder zwei Dielen austauschen müssen.

Lodi stöhnte und kletterte die Holzleiter hinunter in die Wohnung. Weil sie nun ohnehin wach war, machte sie es sich auf dem Sofa bequem und schaute durch das Dachfenster zum Himmel. Je länger sie hinsah, desto deutlicher erkannte sie in einem Spalt in der Wolkendecke einen Stern. Ohne zu begreifen, warum, weckte sein Funkeln Hoffnung in ihr. Zugleich beruhigte es sie, und Lodi sank in einen friedvollen Schlaf.

Um sieben klingelte ihr Handywecker. Der schrille Ton ließ sie aufschrecken, mit geschlossenen Augen tastete sie nach dem Gerät und schaltete ihn aus. Sie kämpfte sich auf die Beine und torkelte ins Bad, wo sie sich unter die Dusche stellte. Wohlig warmes Wasser lief über ihren Körper. Obwohl sie vor Stunden nach drinnen zurückgekehrt war, spürte sie immer noch eine innere Kälte.

Danach zog Lodi sich an, kochte sich einen grünen Tee und aß eine Schüssel Haferflocken mit Obst. Ein prüfender Blick aus dem Fenster, Wolken und Nebel hatten sich verzogen und einen blauen Himmel zurückgelassen, von Regen war zum Glück keine Spur. Sie konnte also endlich wieder mit dem Fahrrad zum Präsidium fahren. In freudiger Erwartung auf ein wenig Bewegung am Morgen aß sie auf, trank ihren Tee aus und stellte das Geschirr in die Spüle.

Dann radelte sie los. Über den Kreisverkehr in der Goethestraße fuhr sie auf der Promenade bis zum Königstor. Von dort weiter zur Neuen Fahrt, vorbei an Coffeeshops, die ihre Pforten öffneten, und durch die verschlafene Innenstadt. Hinter der Lutherkirche bog sie scharf links ab und folgte der Straße bis zum Präsidium.

In ihrer Etage angekommen, setzte Lodi heißes Wasser auf und bereitete sich einen weiteren Grüntee zu. Mit ihm startete es sich gleich viel besser in den Arbeitstag.

Sie fuhr gerade ihren Computer hoch, als sich Günther, der Kollege vom Empfang, meldete. Eine Frau Behnen stünde vor ihm und wolle mit ihr sprechen.

»Ich hole sie ab«, sagte Lodi. Gespannt zu erfahren, ob Frau Schreiber ihr Versprechen wahr gemacht hatte, verließ sie ihr Büro und machte sich auf den Weg zum ebenerdigen Eingang des Polizeipräsidiums im fünften Stock.

Daria kauerte dort auf einer der Sitzreihen und tippelte mit den Füßen. Vornübergebeugt ließ sie den Kopf hängen, sodass Lodi zunächst nur ihre rotbraune Mähne und kein Gesicht sah, und stützte ihn auf ihre Handflächen. Heute hatte sie sich gegen Outdoor-Kleidung entschieden, sondern trug eine Bluejeans und darüber einen grauen Pullover, auf dem der Finlytix-Schriftzug stand.

Daria bemerkte nicht, dass Lodi sich ihr näherte. Erst als sie sie mit Vornamen ansprach, zuckte sie zusammen und hob den Kopf. Sie sah blass aus, hatte gerötete Augen und strubbelige Haare.

»Ich hab dich nicht kommen hören«, entschuldigte sie sich.

Lodi nickte über die Schulter. »Komm, wir gehen in mein Büro.«

»Ich habe die Videos dabei.« Daria tippte sich an ihre Hosentasche, an der sich eine kleine Ausbeulung abzeichnete.

Die beiden Frauen gingen durchs Treppenhaus zwei Etagen nach unten. Dort folgten sie dem gebogenen Flur, der den Eindruck vermitteln konnte, niemals enden zu wollen.

»Hast du es noch mal auf Daniels Handy versucht?«, fragte Lodi.

»Dasselbe Spiel wie gestern«, antwortete Daria. »Es ist immer noch ausgeschaltet.«

Sie zogen sich in das Gemeinschaftsbüro zurück und setzten sich an den Dienstcomputer. Lodi schenkte Daria ein Glas Sprudelwasser ein, das diese sofort runterkippte. Dann grub sie das Plastikstück aus ihrer Hosentasche, das für die Wölbung verantwortlich war. Lodi steckte den USB-Stick ein und öffnete mit ein paar Mausklicks den auf ihm gespeicherten Ordner. Sie drehte den Bildschirm etwas zu ihrem Gast herum und zeigte auf ihn.

»Hast du dir die Videos schon angesehen?«

Daria nickte. »Frau Schreiber hat sie mir um kurz vor zwölf zugeschickt. Ich konnte nicht bis zum Morgen warten.«

»Du siehst müde aus.«

»Ich hab mir die halbe Nacht um die Ohren geschlagen und diese eine Sequenz immer und immer wieder angeschaut«, erklärte Daria. Sie gähnte. »Nachdem ich sie gesehen hatte, hab ich kein Auge mehr zubekommen.« Sie streckte sich nach vorne und zeigte auf das zweite Video von oben. Die Liste war überschaubar.

Lodi öffnete es mit einem Doppelklick. Gespannt schaute sie auf den Monitor. Ihr Computer brauchte ein paar Sekunden, bis er das Programm gestartet hatte und das Video einsetzte. Zu sehen war eine Glastür mit zwei Flügeln und Betätigungsstange, wahrscheinlich ein Antipanikschloss, aufgenommen von oben in einem schrägen Winkel. In einer Ecke lief eine Uhr im Zeitraffer von drei Sekunden, in der anderen stand das Datum.

»Das ist der Notausgang«, erklärte Daria. »Von dort gelangt man in einen weiteren Flur und dann nach draußen auf den Parkplatz.«

Lodi schaute irritiert auf den Bildschirm. Außer, dass die Zeit voranschritt, tat sich nichts. Niemand verließ das Gebäude oder kam herein.

»Wird diese Tür überhaupt benutzt?«, fragte sie.

Daria schüttelte den Kopf. »Ich bin da noch nie durchgegangen. Es gibt kürzere Wege, wenn man den Science Park verlassen will.« Sie drehte ihr Handgelenk. »Wir müssen etwas vorspulen. Bis vierzehn Uhr fünfunddreißig, glaube ich.«

Lodi versuchte, sich zu erinnern, wann Daniel sie angerufen hatte. Es musste wenige Minuten vor halb drei gewesen sein.

Ziemlich genau zu der von Daria genannten Uhrzeit tauchte plötzlich eine menschliche Gestalt auf. Bis zu diesem Moment war die Aufnahme mehr ein Stand- denn ein bewegtes Bild gewesen. Wenn der Zeitstempel nicht weitergelaufen wäre, hätte man das Video auch für ein Foto halten können.

Daria hatte recht, von Größe und Statur konnte das Daniel sein. Sicher war sich Lodi allerdings nicht, denn wegen des Kamerawinkels und der Mütze, die die Person trug, war das Gesicht nicht zu erkennen.

Daria beugte sich vor und drückte auf die Leertaste, das Video fror ein. Sie zeigte auf einen etwa dreißig mal dreißig Zentimeter großen Schatten an der Hüfte der Person.

»Das ist seine Notebook-Tasche«, erklärte sie.

Lodi kniff die Augen zusammen und tippte sich an die Nasenspitze. »Du glaubst, dass er darin Sonjas Laptop mitgenommen hat?«

Daria nickte.

»Aber könnte es nicht sein eigener gewesen sein? Ihr habt doch erzählt, dass ihr sie öfter mal mit nach Hause nehmt?«

»Ich habe nachgeguckt, seiner lag den ganzen Tag über aufgeklappt auf seinem Schreibtisch. Außerdem …« Sie deutete mit dem Kinn auf den Bildschirm und drehte erneut ihre Hand. Lodi betätigte die Leertaste, und nach einer Gedenksekunde ging es weiter. »Gleich kommt das, was ich meine.«

Wenig später wusste Lodi, wovon sie sprach. Sie blinzelte irritiert, spulte das Video zurück und ließ die Sequenz ein zweites Mal abspielen: Daniel drückte die Antipanikleiste und anschließend die Tür ein Stück auf. Doch er ging nicht hindurch, sondern stoppte auf der Schwelle und schaute sich in alle Richtungen um.

»Er muss geglaubt haben, dass ihm jemand gefolgt ist«, kommentierte Daria die Szene. »Oder warum sollte er sich sonst so verhalten haben?«

»Das könnte man tatsächlich annehmen«, erwiderte Lodi.

»Glaubst du, dass ihm etwas zugestoßen ist?«

Stille. Sie wusste nicht, was sie antworten sollte. Auf der einen Seite gab sie Daria recht. Die Art, wie Daniel aus dem Science Park regelrecht geflüchtet war, sowie die Tatsache, dass sie ihn seitdem nicht mehr erreicht hatten, konnten Anlass zur Sorge geben. Außerdem wollte sie Daria nicht belügen. Auf der anderen Seite schien Daniels Kollegin eher ein paar Worte zur Beruhigung gebrauchen zu können.

Lodi wog beide Möglichkeiten ab und entschied sich für letztere. Sie sah zu der beinahe gleichaltrigen Frau hinüber, Daria kaute auf den Fingernägeln und blickte der Kommissarin erwartungsvoll in die Augen.

»Warten wir mal den heutigen Tag ab«, sagte Lodi besänftigend. »Vielleicht brauchte Daniel einfach einen Tag Pause und hat sich zurückgezogen. Er taucht schon wieder auf.«

Daria senkte den Blick und schaute auf ihre Hände. Sie fing an, mit ihnen herumzunesteln, und wippte leicht vor sich hin.

»Ich wünschte, ich könnte das glauben«, sagte sie leise, ihre Stimme klang brüchig. »Aber ich werde das Gefühl nicht los, dass das leider nicht die Wahrheit ist.«

Dienstag, Vormittag, Präsidium

Nachdem Daria aufgebrochen war, kochte sich Lodi einen frischen Tee und setzte sich an den Tisch im Besprechungsraum am Ende des Flures. Manchmal brauchte sie eine räumliche Veränderung, dann igelte sie sich in einem der Gruppenräume ein und ließ dort ihre Gedanken ziehen. Schon in dem einen oder anderen Fall hatte sich ein solcher Tapetenwechsel gelohnt und sie war auf neue Lösungsansätze gekommen.

Lodi erinnerte sich an ihre Zeit als Ausbilderin. Damals, als sie aus Offenbach hierhergezogen war, konnte das Land Hessen ihr zunächst keine Stelle anbieten. Sie wurde an die Fachhochschule abgeordnet, und obwohl sie für diesen Job noch sehr jung und der Altersabstand zu ihren Studenten deshalb eigentlich zu gering war, wurde sie von ihnen akzeptiert. Sie hielt Vorlesungen und Seminare zur Einführung in Kriminalistik und Kriminologie. Eine Kreativitätstechnik, die sie gern mit ihren Studis anwandte, war der »pädagogische Kopfstand«, auch als »Umkehr-Methode« bekannt. Indem man Probleme sprichwörtlich auf den Kopf stellte, sie in ihr Gegenteil formulierte, rückte man das Denken aus den eingefahrenen Blickwinkeln und gewann neue, unkonventionelle Lösungsvorschläge. Diese Methode milderte den Druck, eine Idee vorzulegen, und kanalisierte die Lust des Menschen am Destruktiven in eine produktive Richtung. Lodi schmunzelte, als ihr nun ein paar der häufig zynischen und hemmungslosen Vorschläge ihrer Studis einfielen. Sie hatten viel zusammen gelacht. Vielleicht würde ihr diese Technik jetzt ebenfalls weiterhelfen.

Doch gerade, als sie ihr Problem gedanklich auf den Kopf stellen wollte, meldete sich ihr Handy. Es lag auf dem Tisch und vibrierte. Lodi zuckte zusammen.

»Herr Keller«, begrüßte sie den Anrufer. »Haben Sie etwa Neuigkeiten für mich?«

»Die habe ich in der Tat, Frau Lenke. Die Ergebnisse der DNA-Abgleiche sind da.« Mehrere Mausklicks im Hintergrund. »Ich mach's kurz und schmerzlos: Wir können beide Proben ausschließen.«

Die Worte trafen Lodi wie ein Faustschlag. Sie richtete sich auf, beugte sich vor und stützte sich mit den Ellbogen auf den Tisch.

»Können Sie das bitte wiederholen?«

Keller räusperte sich. »Ich weiß, Sie hatten sich etwas anderes erhofft.«

»Die Proben gehören zu unseren beiden einzigen Tatverdächtigen.« Sie spürte, wie ihr das Blut in den Kopf stieg. »Einer davon muss es gewesen sein.«

»Es tut mir leid. Die Ergebnisse sind eindeutig.«

Zurück auf null, dachte Lodi. Verdammter Mist.

Keller sprach weiter: »Wir lassen sie natürlich auch noch durch die Datenbank laufen.«

»Was haben Sie sonst herausgefunden?«

»Nun, wir müssen uns noch etwas gedulden und auf die finale Auswertung warten, weil wir uns zunächst nur auf den

225

Abgleich konzentriert haben. Aber eines wissen wir immerhin: Bei der Person handelt es sich ganz sicher um einen Mann.«

Damit verabschiedete sich Keller und versprach, wieder anrufen. Lodi bedankte sich und legte auf. Eine Weile starrte sie ungläubig auf das Display.

Jetzt würde es mehr als einen pädagogischen Kopfstand brauchen.

Sie rief unmittelbar bei der Staatsanwältin an.

»Gut zu wissen, dass wir es definitiv mit einem männlichen Täter zu tun haben«, kommentierte Hannah Grün. »Mit dem bitteren Beigeschmack, dass wir Werkmann und Becker streichen müssen.«

»Sie könnten es trotzdem gewesen sein«, erwiderte Lodi. »Nur weil die Hautreste nicht von ihnen stammen, müssen sie nicht unschuldig sein.«

Grün schwieg einen Moment. In Lodis Kopf ratterte es weiter, bis ihre Gesprächspartnerin sich zurückmeldete und sie aus ihrer Gedankenwelt holte. »Ich kann verstehen, dass Sie an den Verdächtigen hängen. Wirklich, ich kann es nachvollziehen. Um ehrlich zu sein, hätte ich mir auch ein anderes Ergebnis gewünscht, bei allem, was gegen die beiden spricht.« Sie setzte kurz ab und schien sich ihre weiteren Worte zu überlegen. »Aber wir müssen den Tatsachen ins Auge sehen: Wir haben keine Beweise in der Hand, vor allem nicht gegen Becker. Seine Aussage wurde bestätigt, laut Funkzellenabfrage war er nicht am Tatort, sondern zu Hause. Die DNA unter Sonjas Fingernägeln ist nicht seine.«

»Er könnte die Bestellung als Alibi aufgegeben haben. Sein Handy könnte er aus demselben Grund zu Hause gelassen haben. Und was die DNA angeht: Der Rechtsmediziner hat gesagt, dass Sonja überrascht worden sein muss. Es hat kein

Kampf stattgefunden. Die Hautpartikel stammen also womöglich ohnehin nicht von unserem Täter.«

»Leider hilft uns das alles nicht weiter. Wir brauchen etwas Handfestes.«

Das Geräusch des E-Mail-Programms funkte dazwischen. Lodi entschuldigte sich und bat Grün, in der Leitung zu bleiben. Sie schaltete auf Stumm, startete die App, und sofort fiel ihr eine ungelesene Nachricht ins Auge. Der Absender: Demir, Mehmet. Der Betreff: Überwachungsvideos.

Lodi öffnete sie und überflog den Text.

Es war die zweite große Enttäuschung des Tages.

* * *

Wutentbrannt stürmte Lodi aus dem Präsidium und auf die Treppen zum Bahnhofsplatz zu. Sie brauchte Abstand, musste raus diesem Gebäude. Nach dem, was sich in der letzten Stunde ereignet hatte, hielt sie es drinnen nicht mehr aus.

Demir. Laut seiner E-Mail hatte er überall nach älteren Aufzeichnungen seiner Überwachungskamera gesucht – ohne Erfolg. Er sei ein pflichtbewusster Imbissbetreiber, schrieb er, und habe für seine Kamera gekämpft, weshalb er sie niemals leichtfertig aufs Spiel setzen würde. Es sei zwar vorgekommen, dass er vergessen habe, ein Video gleich zu löschen, aber dabei habe es sich um Einzelfälle gehandelt, und nie sei eines dieser Videos länger als drei Tage auf seiner Festplatte geblieben. Er hätte Lodi gern bei ihren Ermittlungen geholfen, erklärte Demir und wünschte ihr weiterhin viel Erfolg.

Möglicherweise handelte es sich bei seiner Aussage um eine Schutzbehauptung. Aber Lodi glaubte ihm – was bedeutete, dass auch dieser Ermittlungsansatz sich zerschlagen hatte. Obwohl sie sich keinen Illusionen hingegeben hatte, als sie auf die Idee mit den Überwachungskameras gekommen war, hatte sie dennoch einen Funken Hoffnung gehegt. Nun war eben-dieser erloschen. Lodi würde sich später bei der Staatsanwältin melden und mit ihr das weitere Vorgehen besprechen. Sollten sie an der Spur um Xaver Blums illegale SIM-Karten-Verkäufe dranbleiben? Vor einer Stunde hätte sie auf diese Frage eine klare Antwort gegeben. Sie hatte fest daran geglaubt, dass die Hautreste unter Sonjas Fingernägeln entweder Werkmann oder Becker überführen würden. Das wäre ein überzeugender Beweis gewesen, und hätte ihnen ein solcher vorgelegen, wären wei-tere Ermittlungen, wie zum Beispiel in der Causa Blum, bloß Beiwerk gewesen, Hintergrundmusik. Doch die Lage hatte sich verändert, denn abgesehen von diesem einen Ermittlungsansatz stand das K11 mit leeren Händen da. Von Rheinfeld würde das gar nicht schmecken, Lodi sah sich jetzt schon wieder zum Rapport in die Teppichetage schleichen.

Während sie die Kölnische Straße entlanglief, trudelte eine SMS rein. Sie zückte ihr Handy und sah nach. Sie kam von Dr. Klein, ihrem Therapeuten. Er schrieb, dass eine Patientin kurzfristig abgesprungen sei und sich dadurch ein freies Zeitfenster ergeben habe.

»Bin in einer Viertelstunde da«, tippte Lodi und schickte die Nachricht ab. Vielleicht war ein Gespräch mit ihm jetzt genau das Richtige.

Fast auf die Sekunde genau fünfzehn Minuten später klingelte Lodi an seiner Tür. Als der Summer ertönte, lehnte sie sich da-gegen und drückte sie auf. Klein wohnte im zweiten Stock. Ein wahrer Segen, die wenigen Stufen kamen ihr wie ein Klacks vor.

Ihr Therapeut begrüßte sie erneut mit jenem Ausdruck von Professionalität im Gesicht, der Lodi bereits bei ihrem Kennenlerntreffen aufgefallen war. Wieder trug er einen Anzug in Dunkelblau, der ihm einen Hauch Extravaganz verlieh, und nach wie vor einen Dreitagebart, den er allerdings gestutzt hatte. Er führte Lodi durch seine minimalistisch, aber stilvoll eingerichtete Wohnung ins Sitzungszimmer.

Klein stieg mit einer Frage nach Lodis Wohlbefinden ein. Sie sähe gestresst aus, befand er, und ohne sich im Spiegel gesehen zu haben, nahm sie an, dass er recht hatte.

»Ich möchte gern noch mal auf den Vorfall mit Ihrem Kollegen zurückkommen«, sagte er anschließend. »Mich interessiert, was dieser bei Ihnen bewirkt hat.«

Unter einem Stapel Papiere und Ordner auf seinem Schreibtisch zog er ein Klemmbrett heraus. Er blätterte um und sah zu Lodi auf.

»Ich weiß nicht genau, was ich fühle«, antwortete sie. »Es ist diffus. Da geht vieles durcheinander.«

»Machen Sie sich Vorwürfe? Fühlen Sie sich mitverantwortlich für das, was Ihrem Kollegen passiert ist?«

Sie legte den Kopf schief und zog die Augenbrauen zusammen. Eine berechtigte Frage. Die hatte sie sich selbst noch nicht gestellt, zumindest nicht bewusst. Oder hatte sie sie verdrängt? Fühlte sie sich schuldig für das, was am Edersee passiert war? Dafür, dass Thomas allein in die Hütte gestürmt war, obwohl sie gewusst hatten, dass sich dort der bewaffnete Martin Werkmann verschanzt hatte? Es war ein Spiel mit dem Feuer gewesen.

»Vielleicht hätte ich ihn aufhalten müssen«, sagte Lodi mit gepresster Stimme und wunderte sich über das, was aus ihrem Mund kam. Bis zu diesem Moment war ihr nicht bewusst gewesen, dass dieser Gedanke in ihrem Verstand existierte. Doch er musste da gewesen sein, sonst wäre er nun nicht an die Oberfläche gedrungen.

Klein sah sie unbeirrt mit konzentriertem Blick an. »Was wäre passiert, wenn Sie ihm widersprochen hätten?«

»Er ist der Teamleiter, wir arbeiten seit sechs Jahren zusammen.«

»Das heißt, er ist Ihr Vorgesetzter?«

»Er ist Hauptkommissar, ich bin Oberkommissarin. Formal ist er also höhergestellt.«

»Was bedeutet das für den Vorfall? Hätten Sie ihm überhaupt widersprechen können?«

Lodi sah zur Decke und dachte nach. Seit sie aus Offenbach zum Polizeipräsidium Nordhessen gewechselt war, hatte sich an ihren Dienstgraden nichts geändert. Sie war als Oberkommissarin hierhergekommen und es geblieben – aus Gründen, die sie weder kannte noch verstand – und Thomas war kurz vorher zum Hauptkommissar befördert worden. Da mit dieser die zwingende Übernahme einer leitenden Funktion verbunden gewesen war, war er zum Teamleiter aufgestiegen. Auch wenn ihr Team meistens nur aus zwei Leuten bestand, Lodi und ihm.

Sie seufzte und senkte den Blick. »Vielleicht wäre es meine Pflicht gewesen.«

»Glauben Sie, dass Ihr Kollege sich davon hätte aufhalten lassen?«

Obwohl es ihr schwerfiel, sah sie Klein in die Augen. »Ich weiß es nicht. Vermutlich nicht.«

Der Therapeut nickte. Er brauchte nichts zu sagen, alles an ihm drückte Zustimmung aus. Das war seine Art: Fragen zu stellen, bis sich Lodi die Antworten selbst gab.

»Gibt es noch etwas, das Sie beschäftigt?«, fragte er.

»Unser Fall«, antwortete Lodi. Sie kratzte sich am Kopf. »Wir hängen fest. Die beiden Männer, die wir verdächtigt haben, sind unschuldig.«

»Was hat diese Erkenntnis bei Ihnen ausgelöst?«

Die nächste gute Frage. Es fiel ihr schwer, das, was sich in ihr abspielte, in Worte zu fassen. Sie spürte so vieles gleichzeitig. Wut, Enttäuschung, Trauer, Resignation. Eine Melange an Emotionen, die ihr das Gefühl vermittelte, der Flut nicht Herrin zu werden und in ihr zu versinken.

»Ich komme mir vor, als hätte ich versagt«, antwortete Lodi und wunderte sich erneut über ihre Worte. Aus einem Grund, für den sie keine Erklärung wusste, drückte Klein mit seiner Art bei ihr auf die entscheidenden Knöpfe. Irgendwie gelang es ihm, zu ihr durchzudringen. Ihm gegenüber konnte sie sich öffnen. Mehr noch: Sein Blick, der Raum und der Rahmen ihrer Gespräche brachten Dinge aus ihrem Innersten zum Vorschein, deren Existenz sie vorher nicht einmal geahnt hatte. Sie strömten aus einer unsichtbaren Quelle hervor.

Klein hakte nach und fragte: »Worauf führen Sie dieses Gefühl zurück?«

»Ich … ich bin mir nicht sicher«, antwortete Lodi. »Bis eben wusste ich nicht einmal, dass ich es überhaupt so empfinde.« Sie verschränkte die Arme und lehnte sich zurück. »Aber es hat keinen Sinn, es zu leugnen. Offensichtlich ist es da.«

»Häufig sind solche Gedanken das Resultat eines übermäßigen Anspruchs an die eigene Person«, erklärte Klein. »Sie können das Produkt von Perfektionismus sein. Einem, dem man nie gerecht werden wird.« Er gab ihr Zeit, das Gesagte zu verarbeiten. »Denken Sie, dass dies auf Sie zutrifft?«

Lodi legte die Stirn in Falten. Zuckte mit den Schultern. »Kann sein. Ich setze mir eben hohe Ziele.«

»Dagegen ist nichts einzuwenden. Wichtig ist aber, dass Ziele trotzdem realistisch und erreichbar bleiben – und auch nicht von Dingen abhängen, auf die wir nur bedingt Einfluss nehmen können.« Er schrieb etwas auf, danach wandte er sich ihr wieder zu. »Nehmen Sie das bitte aus der Sitzung heute mit nach Hause. Überlegen Sie bis zu unserem nächsten Treffen, wo dieser Anspruch an Sie selbst herrühren könnte.«

»Sie meinen, als eine Art Hausaufgabe?«

Die Vorstufe eines Lächelns zeigte sich auf seinen Lippen. »Sozusagen, ja. Wenn Sie es so ausdrücken möchten.« Klein legte das Klemmbrett zur Seite und faltete die Hände vor der Brust. »Ich hoffe sehr, dass Sie den Mörder finden.«

* * *

Lodi trat aus dem Haus und sah zwischen den Bäumen die Dörnbergstraße hinunter. Am liebsten hätte sie nun in dem Café an der Ecke ein Glas Wein oder sogar etwas Härteres getrunken. Während der Sitzungen bemerkte sie es nicht, aber die Gespräche mit Klein strengten sie ungemein an. Und das, obwohl sie den traumatischen Teil von Lodis Familiengeschichte bisher außen vor gelassen hatten. Die besonders herausfordernden Termine würden erst noch auf sie zukommen.

Sie schlenderte bis zur Kreuzung und warf einen Blick durch die Glasfassade. Wie immer herrschte Trubel in dem Café, Lodi erspähte einen einzigen freien Tisch in der Ecke. Kurz entschlossen ging sie hinein, bestellte ein Stück selbst gebackenen Käsekuchen sowie eine Tasse Grüntee und setzte sich. Während sie wartete, schaute sie sich in dem beliebten Lokal um. Die meisten Tische befanden sich auf einer Empore, zu der eine Treppe mit wenigen Stufen hinaufführte. An den Wänden, die in warmen Farben gehalten waren, hingen Bilder von Künstlern aus der Region. Preisschilder darunter wiesen darauf hin, dass Interessierte diese sogar erwerben konnten. Das Mobiliar bestand aus in die Jahre gekommenen Holzstühlen an ebenso alten Holztischen, sie waren dekoriert mit Rüschendecken und bunten Vasen, aus denen Schnittblumen herausguckten. Am Boden Fliesen in Karminrot, die für ein heimeliges Ambiente sorgten.

Kurz nachdem die Bedienung Tee und Kuchen gebracht hatte, vibrierte erneut Lodis Handy. Sie fingerte das Smartphone aus der Tasche und schaute aufs Display.

»Frau Öztürk«, begrüßte Lodi die Kollegin vom LKA. »Das ging schnell. Ich hätte erst in ein bis zwei Tagen mit Ihrem Anruf gerechnet.« Hoffnung keimte in ihr auf.

»Ich habe schlechte Nachrichten«, zerstörte Öztürk sie auf der Stelle.

Lodi schloss die Augen. Das durfte nicht wahr sein, dieser Tag war verflucht. Was konnte jetzt noch kommen?

Sie seufzte und stützte den Kopf auf einer Handfläche ab. »Schießen Sie los.«

»Es geht um das Bewegungsprofil. Wir haben uns die Daten zu der Handynummer angeschaut. Leider können wir damit nichts anfangen, weil ...« Sie machte eine Pause.

Lodi ließ ihr Zeit. Doch als sie nach einer gefühlten Ewigkeit immer noch nicht weitergesprochen hatte, knüpfte die Kommissarin an das letzte Wort an: »Weil?«

Öztürk räusperte sich. »Weil diese Rufnummer immer nur punktuell und für maximal eine Stunde in verschiedenen Funkzellen rund um Kassel angemeldet wurde.«

»Das ist nicht Ihr Ernst.« Lodi konnte nicht glauben, was sie hörte. »Was ist mit der Funkzelle, in der unser Tatort liegt?«

»Wir haben es mehrfach überprüft, dort war das Gerät tatsächlich nur ein Mal angemeldet.« Mausklicken im Hintergrund. Öztürk schien an ihrem PC zu sitzen und durch ein Dokument zu scrollen. »Ich sehe es vor mir auf dem Bildschirm: Die Anmeldung erfolgte am Tattag um einundzwanzig Uhr zwölf, die Abmeldung dann um zweiundzwanzig Uhr dreiundvierzig.«

»Das ist ...« Lodi fehlten die Worte. Sofort schoss ihr ein Gedanke in den Kopf. Doch bevor sie ihn aussprach, erkundigte sie sich nach der Meinung ihrer Gesprächspartnerin. »Wie schätzen Sie dieses Ergebnis ein?«

»Nun, Sie ordnen die Nummer ja dem mutmaßlichen Täter zu. In diesem Fall sprechen die Fakten eindeutig für eine geplante Vorgehensweise.«

Lodi hob den Kopf und sah nachdenklich zur Decke. »Sie meinen, dass der Täter die Nummer bewusst einmalig verwendet hat, um das Opfer zum Tatort zu locken und keine Spuren zu hinterlassen?«

»Ja. In meinen Augen ist die Sachlage eindeutig.«

Lodi teilte Öztürks Einschätzung. Auch für sie lag diese Annahme auf der Hand, und aus ihr leitete sie ab, dass der Täter nicht im Affekt gehandelt hatte. Er hatte Sonja Werkmann in den Habichtswald gelockt und hinterhältig ermordet. Diese Erkenntnis ging mit einer weiteren Schlussfolgerung einher: Obwohl ihr Opfer nur ein Mal mit dieser Nummer telefoniert hatte, musste es ihren Mörder gekannt haben. Lodi konnte sich beim besten Willen nicht vorstellen, dass Sonja sich mit einem Fremden zu einem Treffen nachts im Wald bereit erklärt hätte.

Allerdings brachte sie das wieder zu dem Ausgangsproblem zurück: Wenn sie sowohl Martin Werkmann als auch Philipp Becker als Täter ausschließen konnten, wer war es dann gewesen? Spontan drängte Lodi sich der Name Engel auf. Sie wusste nicht, warum, aber seine Lügen und sein Verhalten machten ihn in ihren Augen verdächtig. Allerdings stand dieser Verdacht auf noch wackeligeren Beinen, als jener gegen Werkmann oder Becker es jemals getan hatte.

Lodi verabschiedete sich von Öztürk und legte auf. Sie blieb noch eine Weile an ihrem Tisch sitzen, sah durchs Fenster auf die Kreuzung und probierte ihren Kuchen. Doch leider hatte das Telefonat ihr den Appetit verdorben. Auch an ihrem Tee nippte sie nur alibimäßig.

Sie stand auf und ging zum Tresen hinüber. Entschuldigend zeigte sie auf ihren Tisch und erklärte der Servicekraft, warum sie keinen weiteren Bissen und keinen weiteren Schluck herunterbekam. Sie solle sich keine Sorgen machen, sagte die Frau und legte ihr eine Hand auf die Schulter, beim nächsten Mal würde sie eben wieder mehr essen.

»Und schlechtes Wetter hatten wir ja auch schon vorher«, scherzte sie zum Abschied. Sie zwinkerte.

Lodi bezahlte und verließ das Café. Vor der Tür schaute sie sich um, die Elfbuchenstraße hinauf zur Friedenskirche. Wo sollte sie nun hingehen? Zurück ins Präsidium? Sie befürchtete, dass sie dort nur in ihrem Büro sitzen und entweder in Selbstmitleid versinken würde, weil sich sämtliche Verdachtsmomente in Luft aufgelöst hatten, oder sich wegen Thomas' Schicksal in Selbstzweifeln verlieren würde. Also besser nach Hause, da konnte sie wenigstens auf ihrer Dachterrasse sitzen. Allein mit sich, ohne sich erklären zu müssen. Für Ende November und angesichts des Schmuddelwetters der letzten Tage war es heute verhältnismäßig schön. Zwar überzog ein Grauschleier den Himmel, aber mit zwölf Grad war es erstaunlich mild.

Lodi folgte der Dörnbergstraße bis zum Bebelplatz. Im Außenbereich des italienischen Feinkostladens an der Ecke saßen wie so häufig zahlreiche Menschen und genossen Cappuccini, Croissants mit Füllung oder andere Köstlichkeiten. Sie überquerte den Platz und bog hinter der Apotheke in die Lassallestraße ein. Vor der Haustür kramte sie in ihrer Hosentasche nach dem Schlüssel.

»Lodi?«, hörte sie plötzlich eine Stimme in ihrem Rücken.

Sie schoss herum. Sie brauchte ein paar Sekunden, bis sie begriff, in welches Gesicht sie schaute. Vor lauter Schreck fiel ihr der Schlüssel aus der Hand.

Dienstag, später Nachmittag, Dachterrasse

Er lehnte am Terrassengeländer und sah kopfnickend auf die Stadt hinab. »Du hast recht. Man wird belohnt, wenn man oben ist.« Er wischte sich demonstrativ über die Stirn, wie nach einer großen Anstrengung, und ließ den Blick schweifen. Zuerst nach Südwesten, wo sich am Horizont das Gewerbegebiet am Stadtrand und daneben das Fernwärmekraftwerk abzeichneten. Dann zum Kongresspalais, vor dem eine Reihe Fahnen der aktuellen Veranstaltung flatterten, und zuletzt wieder nach vorne, gen Westen. Der Herkules und seine monumentalen Kaskaden als Fixpunkte, die aus der Wolkendecke hervorstachen.

Daniel wandte sich ab. Er kam zu Lodi herüber, zog seinen Rucksack ab und setzte sich neben sie. Schweigend starrten sie eine Zeit lang zu Boden.

»Wo hast du gesteckt?«, fragte Lodi kurz darauf. »Daria und ich haben uns Sorgen gemacht. Wir haben das Überwachungsvideo gesehen.«

Er schaute zu ihr auf und legte die Stirn in Falten. »Ich wusste gar nicht, dass im Science Park Kameras hängen.«

»Nur ein paar. Daria hat sich darum gekümmert. Sie hat uns die Aufzeichnungen von neulich besorgt, als du mich angerufen hast.«

Er lehnte sich nach vorne und stützte sich mit den Unterarmen auf die Oberschenkel. Lodi wartete darauf, dass er etwas sagte, doch er nickte nur nachdenklich vor sich hin.

»Warum hast du aufgelegt?«, fragte sie.

»Ich stand im Flur, und plötzlich kam Max um die Ecke. Ich musste dich wegdrücken. Ich wollte nicht, dass er etwas mitbekommt.«

»Warum nicht? Er will doch auch erfahren, wo seine Mitarbeiterin steckt.«

Daniel knautschte sein Gesicht. »Max sieht es überhaupt nicht gern, wenn wir während der Arbeitszeit privat telefonieren.«

»Und das Video vom Ausgang?« Lodi imitierte Daniels hektische Bewegungen, die die Kamera aufgezeichnet hatte. »Du hast dich panisch umgesehen. So, als wäre dir jemand auf den Fersen gewesen, als wärst du vor jemandem davongerannt.«

Wieder Nicken. »Das bin ich auch. Ich weiß nur nicht, vor wem. Deswegen habe ich dich auch nicht zurückgerufen. Ich hatte ständig das Gefühl, dass mir jemand auf den Fersen ist …«

Lodi schob ungläubig das Kinn nach vorne, doch Daniel lieferte ihr trotzdem keine Antwort. Stattdessen tänzelte sein Blick haltlos über die Dielen. Er kratzte sich am Kopf, wischte sich mit einer Hand durchs Gesicht.

Als sie gerade nachhaken wollte, wandte er sich ihr zu. Mit einer Hand tippte er auf den Rucksack zu seinen Füßen.

»Sonjas Laptop?«, fragte Lodi.

Daniel nickte. »Ich weiß jetzt, warum jemand sie aus dem Weg geräumt hat.« Er nestelte mit seinen Fingern. »Jetzt müssen wir nur noch herausfinden, wer genau dieses Schwein ist …«

Sie kletterten über die Leiter nach drinnen. Bevor sie sich auf die Couch setzten, kramte Lodi die zwei letzten Flaschen Bier aus dem Kühlschrank. Daniel bedankte sich, sie stießen an und tranken beide einen kräftigen Schluck.

Dann griff er in seinen Rucksack und zog ein MacBook heraus. Er klappte es auf und drückte auf den Netzschalter.

Lodi rückte ein bisschen näher, um mehr erkennen zu können. Nickend zeigte sie auf das Notebook auf seinen Oberschenkeln. »Das ist also Sonjas alter Laptop.«

Daniel brummte zustimmend. Er klickte auf dem Trackpad herum, kurz darauf erschien der Startbildschirm. »In einem günstigen Moment habe ich mir die Karte von Max ausgeliehen, das Notebook lag ganz oben im Regal, unter anderen vergraben.«

»Ich erinnere mich, der Friedhof der Endgeräte. Und es handelt sich auch ganz sicher um ihr früheres Gerät?«

»Wir haben eine Excel-Tabelle mit den Seriennummern angelegt. Ich habe sie miteinander verglichen, es ist zweifellos das Notebook, an dem sie zuletzt gearbeitet hat.«

»Ausgeliehen, verstehe.« Lodi nippte an ihrem Bier. »Und worauf genau bist du nun gestoßen?«

»Warte, ich zeig's dir.«

Auf dem Bildschirm leuchtete das Apple-Logo auf, ein angebissener weißer Apfel vor einem dunklen Hintergrund. Lodi kannte sich mit dem speziellen Betriebssystem nicht aus. Angeblich sollte es intuitiver und dadurch leichter zu bedienen sein. Als Daniel nun über die Oberfläche navigierte, erhielt sie jedoch den gegenteiligen Eindruck. Mit großen Augen verfolgte sie seine Aktionen, er wischte über das Trackpad, klickte, vergrößerte Fenster und verkleinerte sie wieder, tippte auf der Tastatur und nutzte in kurzer Abfolge mehrere Tastenkombinationen.

»Als ich das Ding zum ersten Mal gestartet hab, ist mir sofort etwas aufgefallen«, erklärte er. »Jemand hat Sonjas Firmenprofil entfernt.«

Lodi schüttelte verständnislos den Kopf. »Was meinst du damit? Wer hat was …?«

»Wer, kann ich dir nicht sagen.« Daniel trank einen Schluck Bier. »Lass es mich dir erklären: Jeder, der bei Finlytix arbeitet, erhält ein individuelles Firmenprofil. Es funktioniert wie eine digitale Akte. Man trägt dort seine Arbeitszeiten ein, beantragt seinen Urlaub, bekommt die Lohnabrechnungen, kommuniziert intern mit den Kollegen, loggt sich in Video-Calls ein und so weiter. Dein Profil ist ein Portal für alles, es ist DIE zentrale Anlaufstelle.«

»Okay«, versuchte Lodi ihm zu folgen. »Dass auf Sonjas Notebook keines mehr war, ist demnach ungewöhnlich?«

»Auf jeden Fall. Normalerweise werden die Profile erst gelöscht, wenn jemand uns verlässt oder auf ein anderes Gerät umsteigt. Aber das war hier nicht der Fall, ich habe in unseren Listen nachgesehen. Sie hat bis zu ihrem Tod diesen Laptop benutzt.«

»Wer nimmt denn Löschungen vor?«

»Üblicherweise jeder Mitarbeiter selbst. Damit sollen die anderen organisatorisch entlastet werden. Niemals einen Kollegen mit etwas behelligen, das man selbst ins Lot bringen kann – so lautet ein Motto bei Finlytix.«

Lodi ließ eine Augenbraue hochschnellen. »Etwas seltsam, aber okay. Wir gehen also davon aus, dass es nicht Sonja war, die ihr Profil gelöscht hat.«

Daniel zeigte auf sie. »Genau. Bereits das ist seltsam. Noch viel mehr aber, dass derjenige die Spuren der Löschung verwischt hat.«

Grübelfalten bildeten sich auf Lodis Stirn. Sie fragte: »Und wie hast du rausbekommen, dass jemand die Daten entfernt hat?«

Er lächelte, und ein Anflug von Stolz huschte über sein Gesicht. Wortlos wies er mit dem Kinn auf das Fenster auf dem Bildschirm, das eine Ordnerstruktur zeigte.

Lodi beugte sich vor und kniff die Augen zusammen.

»Die Dateien auf der Festplatte?«

Daniel antwortete nicht sofort, sondern grinste weiter vor sich hin. Was war nur mit ihm los?

»Schau genau zu«, sagte er schließlich.

So schnell, dass Lodi die Bewegung kaum wahrnahm, drückte er eine Tastenkombination. Wie von Geisterhand tauchten plötzlich weitere Ordner in dem Fenster auf. Doch sie sahen nicht aus wie die anderen. Sie hatten nicht dieses kräftige Blau, sondern waren blasser, beinahe transparent.

»Versteckte Dateien«, erklärte Daniel, bevor Lodi die Frage stellen konnte, die ihr auf den Lippen lag. »Offensichtlich wollte Sonja verhindern, dass jemand sie löscht.«

Es hatte ihr die Sprache verschlagen. Was hatte das zu bedeuten? Bisher hatte sie diese Funktion nicht einmal gekannt. Was waren das für Dateien, die Sonja versteckt hatte?

Lodi nickte zum Bildschirm und fragte: »Hast du sie dir angesehen?«

»Habe ich.« Daniel griff nach seiner Flasche, genehmigte sich einen beherzten Schluck, als müsse er sich Mut antrinken, und wischte sich anschließend mit dem Ärmel den Mund ab. »In einem dieser Ordner bin ich dann auf das Back-up ihres Profils gestoßen.«

»Eine Art Sicherheitskopie?«

»Richtig. Sonja hat sie getarnt, ich habe sie nur durch Zufall gefunden.« Er wandte sich Lodi zu, und als sie ebenfalls den Blick von dem Bildschirm nahm, sah er ihr in die Augen. Eine Mischung aus Entsetzen, Wut und Angst erfüllte sie. »Ich habe ihr Profil daraufhin wieder aufgespielt und es durchforstet. In ihren Whatsapp-Chats bin ich dann auf diese Sache gestoßen.« Er führte eine Hand zu seinem Mund und knabberte am Daumennagel. »Sie hat jemanden erpresst«, sagte Daniel mit gedämpfter Stimme. »Und ich glaube, dass sie dafür mit ihrem Leben bezahlen musste …«

* * *

»Da steht's!« Daniel zeigte auf die letzte Zeile in dem Chat-Protokoll.

Lodi rückte an den Bildschirm heran. »Ich lasse dich auffliegen«, las sie vor, was Sonja Werkmann ihrem Gegenüber am Nachmittag ihres Todestages geschrieben hatte. Sie ließ die Worte wirken und lehnte sich mit verschränkten Armen zurück.

»Heute Abend, 22.15 Uhr, bekannter Treffpunkt«, zitierte Daniel die Antwort darauf. Nachdenklich fasste er sich ans Kinn.

»Die haben sich schon öfter im Habichtswald getroffen«, schlussfolgerte Lodi. Im Kopf ging sie mögliche polizeiliche Maßnahmen durch. Würde es etwas bringen, die Bewohner der nahe gelegenen Dörfer zu befragen, ob sie Sonja bei einem Spaziergang über den Weg gelaufen waren? Oder sollten sie einen Aufruf in der Presse starten? Der bot allerdings nicht nur Chancen, sondern barg auch Risiken, und durfte daher kein Schnellschuss sein. Schritte dieser Art mussten vernünftig abgewogen sein.

Sie vertagte ihre Überlegungen auf später und deutete mit dem Kinn auf den Bildschirm. »Was gibt denn das restliche Protokoll her? Hat Sonja geschrieben, womit genau sie die Person auffliegen lassen wollte?«

»Leider nein. Aber die Kontaktaufnahme ist auch noch nicht lange her.« Daniel zeigte auf das Datum, das in Klammern vor der obersten Nachricht stand.

Lodi rechnete im Kopf nach, Sonja hatte sich fünf Tage vor ihrer Ermordung zum ersten Mal an denjenigen gewandt.

241

»FinSync. Ich weiß Bescheid«, hatte sie geschrieben. Vier Wörter, die ihr Schicksal besiegelt hatten.

Lodi schaute zu Daniel hinüber. Seinem Gesichtsausdruck zufolge fragte er sich in diesem Moment dasselbe. Sie nickte über die Schulter zu dem Bildschirm.

»Was ist FinSync?«

Er zuckte mit den Achseln. »Keine Ahnung, um ehrlich zu sein.«

»Ist dir dieser Begriff bei der Arbeit schon einmal untergekommen?«

Er schüttelte den Kopf. »Ich höre und lese ihn zum ersten Mal.«

Lodi sprang auf. Verfolgt von Daniels verdutzten Blicken, tigerte sie vor dem Sofa auf und ab, das half ihr beim Denken. Sie fragte in seine Richtung: »Wonach hört es sich denn für dich an?«

Er kratzte sich am Kopf. »Könnte ein Projekt aus einem unserer Teams sein.«

»Müsstest du dann nicht davon wissen?«

»Nicht unbedingt. Das hat mit unserer Firmenstruktur zu tun. Finlytix besteht aus vielen Atomen, die unabhängig voneinander arbeiten. Das soll für eine möglichst ungebundene Arbeitsweise sorgen, in die sich keiner einmischt.«

»Flache Hierarchien«, fasste Lodi das Konzept zusammen.

Daniel wog den Kopf hin und her. »So in etwa. Um sicherzugehen, dass mehrere Atome nicht zeitgleich an ähnlichen Projekten arbeiten, stellen die Teams ihre Ideen und Fortschritte am Ende jeder Woche den anderen vor.«

»Demnach müsstest du also doch davon gehört haben?«

Er machte eine abwiegelnde Geste. »Praktikanten dürfen bei diesen Meetings nicht dabei sein.«

»Aha. So viel zu flachen Hierarchien.«

Daniel lächelte betreten. »Wie gesagt, Max ist ein Kontrollfreak. Er hat panische Angst vor Wirtschaftsspionage. Was die Projekte angeht, vertraut er nur den fest angestellten Kollegen, wenn überhaupt.«

Lodi drehte weiter ihre Runden und tippte sich fortlaufend auf die Nasenspitze. FinSync. Leise murmelnd wiederholte sie das Wort wie ein Mantra, in der Hoffnung, dass sie das auf eine Idee bringen würde. Die Lösung stand vor ihren Augen auf dem Bildschirm. Der Grund, warum Sonja umgebracht worden war, und doch half ihr das nichts.

Daniel beobachtete sie irritiert, sein Kopf folgte ihren Bewegungen. Von Minute zu Minute schien seine Verwunderung zuzunehmen. Zuzusehen regte offenbar auch seine Denkprozesse an, denn als wäre er von einer Sekunde zur anderen erhellt worden, erfasste plötzlich ein Leuchten sein Gesicht. Er streckte sich und hob schüchtern einen Finger. Lodi nahm es aus dem Augenwinkel wahr und drehte sich zu ihm um.

Daniel zeigte auf das Notebook. Es lag immer noch aufgeklappt auf seinen Oberschenkeln. »Was ist mit der Nummer?«, fragte er und klang hoffnungsfroh. »Könnt ihr nicht herausfinden, zu wem sie gehört, wo die Person sich aufhält und das ganze Zeug?«

Lodi nickte. »Können wir. Dauert ein paar Tage.«

Seine Augen funkelten. »Aber dann haben wir ihn doch!« Er strahlte, erfüllt von Optimismus. Er drehte das Notebook zu ihr herum und streckte es ihr symbolisch entgegen. »Hier steht sie, du brauchst sie nur weiterzugeben und …«

Als er Lodis gleichgültige Reaktion bemerkte, brach er ab. Bedächtig nahm er den Laptop wieder herunter, legte ihn vor sich auf dem Couchtisch ab und ließ den Kopf sinken.

Sie blieb stehen und seufzte. »Natürlich lasse ich die Nummer überprüfen. Aber ich kann dir verraten, wie das läuft.

Denn – ohne ins Detail zu gehen – wir haben uns vor Kurzem in einer ähnlichen Situation befunden.« Sie stemmte ihre Hände in die Hüften, Daniel schaute zu ihr auf. »Es liegt nahe, dass diese Nummer«, sie deutete nickend auf das Notebook auf dem Tisch, »unserem Täter zuzuordnen ist. Sonja hat mit ihrem Mörder gechattet. Sie hat ihn erpresst.«

Daniel saß mit verschränkten Armen auf der Couch. Bei jedem ihrer Punkte hatte er zustimmend gebrummt. Nun sah er sie an, als verstünde er die Welt nicht mehr. Wortlos fragte er sie mit den Augen, was sie denn noch alles brauchte, um weitere Schritte einzuleiten.

Lodi atmete tief durch. »Ich verrate dir, was passieren wird. Zunächst rufe ich beim LKA in Wiesbaden an. Da gibt es eine motivierte, fleißige Kollegin. Sie wird die Mobilfunkanbieter abklappern, die werden ihr so schnell wie möglich antworten, und voilà! In ein paar Tagen wissen wir, dass die Prepaid-Karte auf einen Mann namens Max Mustermann aus Musterhausen registriert ist.«

Daniels Mimik verriet, dass er versuchte, gedanklich mit ihr Schritt zu halten.

»Dann fahren wir dorthin, schnappen uns diesen Kerl, nehmen ihn in die Mangel«, Lodi stellte pantomimisch dar, wie sie jemanden würgte, »und der Gute weiß von nichts.«

Daniel schüttelte ungläubig den Kopf. »Aber die Nummer ist doch auf ihn angemeldet?«

Sie grinste zynisch. »Das stimmt. Unser Verdächtiger hat die SIM-Karte gekauft und mit seinem Personalausweis freigeschaltet. Aber er hat sie nicht behalten.« Sie streckte ihren Zeigefinger aus und hob ihre Hand auf Brusthöhe. »Er brauchte nämlich dringend Geld. Für Alkohol, Drogen, fürs Würfeln. Such dir etwas aus.«

Nun lag ein skeptischer Ausdruck in Daniels Gesicht. »SIM-Karten verkaufen?«, fragte er. »Das kann ich mir nicht vorstellen. Damit verdient man doch so gut wie nichts.«

Lodi wog den Kopf hin und her. »Zwischen dreißig und fünfzig Euro pro Karte.«

Er lachte kurz auf. »Und dafür dieses Risiko eingehen?« Er tippte sich an die Stirn.

»Die haben Druck! Die denken nur an den nächsten Schuss, den nächsten Trip, die nächste Flasche, das nächste Was-weiß-ich …« Lodi gestikulierte aufgebracht. »Für diese armen Seelen ist das schnelles Geld …« Sie versuchte, sich zu beruhigen, und sank auf das Sofa. Sie blieb auf der Kante sitzen, ein gutes Stück von Daniel entfernt. »Was ich damit sagen möchte: Natürlich lasse ich die Nummer vom LKA überprüfen. Aber die Aussichten sind nicht besonders rosig.« Sie hob ihre Schultern und ließ sie wieder fallen. »Ich denke, dass eine andere Frage uns dem Mörder näher bringt.«

Daniel sah mit grüblerisch verzogener Stirn zu Boden. »Du meinst …?«

Lodi hob eine Hand und zählte an den Fingern ab. »Wer oder was steckt hinter FinSync? Was wusste Sonja?«

Daniel wippte zurückhaltend mit dem Kopf. »Und warum musste sie dafür mit ihrem Leben bezahlen«, ahnte er die entscheidende Frage.

Lodi nickte und zeigte auf ihn. »Ich bin überzeugt: Dieses kryptische Wort ist der Schlüssel.«

Dienstag, Abend, Kongresspalais

Nachdem sie Daniel zum Hotel an der Stadthalle gebracht und er dort eingecheckt hatte, blieb Lodi einen Moment vor dem Eingang stehen und sah zur Tramhaltestelle hinüber. Eine Jugendliche mit Kopfhörern wartete auf die Straßenbahn. Die Leuchtwerbung an dem Häuschen flackerte in der Dunkelheit.

Lodi war ein Kind des Sommers. Sie liebte die lauen Abende auf ihrer Dachterrasse. Wenn es nie vollkommen dunkel wurde über den Hügeln am Horizont, sondern stets ein Schimmer bis zum Morgengrauen über ihnen blieb.

Wieder das Flackern, Lodi sah erneut hinüber. Es faszinierte sie. Ein flirrendes Licht der Hoffnung, zuckend widersetzte es sich der Finsternis. Ein Sinnbild der aktuellen Ermittlungssituation? Bevor Daniel vor ihrer Tür gestanden und Lodi von FinSync erfahren hatte, war ihre Lage aussichtslos gewesen. Jetzt war da wieder ein Lichtblick. Ihr Spürsinn verriet ihr, dass sie die richtige Fährte aufgenommen hatte. Noch besaß sie keine Vorstellung, wohin sie diese führen würde. Aber an ihrem Ende würde Sonjas Mörder stehen, daran hegte sie keinen Zweifel.

Lodi hatte Daniel angeboten, ihn nach Hause zu fahren. Doch er wollte nicht, er fühlte sich dort nicht sicher. Er war selbst auf die Idee mit dem Hotel gekommen. Auf der Dachterrasse sitzend, war ihm die Leuchtschrift an der Fassade aufgefallen, woraufhin er kurzerhand per App ein Einzelzimmer gebucht hatte.

Lodi stellte sich an die Straße und schaute zum Bebelplatz hinunter. Sie konnte kaum etwas erkennen, nur Andeutungen menschlicher Silhouetten. Scheinwerfer tauchten plötzlich aus dem Schleier auf, durchschnitten die Schwärze für einen Augenblick und wurden umgehend wieder von ihr verschlungen. Blätterlose Bäume überragten den Platz und sahen aus wie Skelettriesen.

Von rechts näherte sich ein Rattern, das musste die Straßenbahn sein. Der Lautstärke nach zu urteilen würde sie bald um die Kurve am Ende der Straße fahren.

Lodi klappte den Mantelkragen hoch und überquerte die Schienen. Zwischen zwei Tempelgebäuden, in denen sich links eine Theaterwerkstatt und rechts eine Kunstgalerie befanden, schritt sie die Treppen hinunter zum Huttenplatz. Sie wollte noch nicht wieder nach Hause gehen, sondern sich ein wenig die Füße vertreten. Vor ihr lag die Goetheanlage, ein Stadtpark aus den Zwanzigerjahren des vergangenen Jahrhunderts, umgeben von gleichförmigen, maiskorngelben Wohnblöcken. Sie ging an der Kindertagesstätte und dem Spielplatz vorbei und spazierte über den Rundweg zu den Streetballfeldern am anderen Ende. In Frühjahr und Sommer erfreuten sich die Bänke am Rand bei den Parkbesuchern großer Beliebtheit, doch jetzt waren sie leer.

Lodi war allein. Sie saugte die mystische Atmosphäre in sich auf, ließ sich von ihr erfüllen. Obwohl der Park in der Stadt lag, herrschte um ihn herum Stille. Auch das war in den wärmeren Monaten anders, dann tummelten sich Menschmassen auf dem

Rasen, saßen oder lagen auf Decken, lasen Bücher, Zeitungen, spielten Wikingerschach, grillten und tranken.

Das Klingeln von Lodis Handy mischte sich unter die Bilder, die sie vor Augen hatte. Sie fischte es aus der Tasche.

»Was für eine Überraschung!«, begrüßte sie ihren Kollegen.

»He, Lodi.«

Er klang bedrückt. Nicht wie der Thomas, den sie kannte. Dem immer ein Spruch auf den Lippen lag, der vor Lebensfreude und Zuversicht sprühte. Er hörte sich an wie eine gedämpfte Version von ihm.

»Wo bist du?«, fragte er.

»In der Goetheanlage.« Sie legte sein Schweigen als Frage aus, was sie dort trieb. »Ich laufe durch die Gegend. Ich muss ein paar Dinge verarbeiten.«

»Verstehe.« Kurzes Zögern. Sie hörte, wie er an einer Zigarette zog. »Ich möchte gern etwas mit dir besprechen.«

»Okay. Meinst du, dass das eine gute Idee ist?«

»Es ist wichtig.«

»Ich bin die einzige Zeugin in dem Verfahren.«

»Wenn ich weiter Dienst geschoben hätte, wären wir uns jeden Tag begegnet.«

Womit er recht hatte.

Lodi beschlich eine Vorahnung, was er ihr mitteilen wollte. »Du schmeißt hin«, sagte sie und bemühte sich, so einfühlsam wie möglich zu klingen.

Wieder eine Pause. »Persönlich. Unter vier Augen.«

»Wann immer du willst.«

»Bleib, wo du bist. Ich komme zu dir.«

»Okay.« Ihr Blick wanderte umher, sie suchte nach einem Anhaltspunkt. »Weißt du, wo früher der Kiosk gewesen ist? Den sie vor Jahren abgerissen haben? Da sitze ich auf einer Bank und warte.«

* * *

Lodi spürte eine Berührung an der Schulter und kam zu sich. Erschrocken richtete sie sich auf und streckte den Rücken durch. Sie musste auf der Bank eingeschlafen sein, sodass sie auf ihr nach unten gerutscht war.

Vor ihr stand Thomas. Er trug eine Jogginghose, Sneaker und eine Laufjacke in Neonfarben. Hatte er etwa wieder angefangen, Sport zu treiben?

Mit einem Handzeichen bat er Lodi zu rutschen und setzte sich neben sie. Eine Weile schauten sie stumm auf den Park. Inzwischen war es stockfinster geworden, nur vereinzelte erleuchtete Fenster als Lebenszeichen in einer Welt, die stillzustehen schien. Andächtig angesichts der Nachricht, die ihr Kollege ihr wahrscheinlich überbringen würde.

»Ist nicht ungefährlich, hier auf der Bank einzuschlafen«, sagte Thomas. »Es läuft viel Gesocks rum.«

»Ich kann auf mich aufpassen«, erwiderte Lodi. »Was ist mit dir? Worüber möchtest du reden?«

Als hätte er ihre Frage nicht gehört, starrte Thomas weiter geradeaus.

Bis er anfing zu nicken. Kaum merklich, als hätte er während seines Schweigens mit sich gerungen und sei nun zu einer Antwort gekommen. Er lehnte sich zu ihr herüber.

»Dieser Schuss hat etwas verändert«, sagte er leise, nur wenige Dezibel über Flüstern. »Es kommt mir vor, als hätte ich mich selbst erschossen.«

Lodi ließ seine Worte für sich stehen und antwortete nicht sofort.

»Du hast niemanden erschossen«, sagte sie schließlich. »Außerdem ist es erst ein paar Tage her. Gib dir noch Zeit. Glaub mir, es wird besser.«

Er schüttelte den Kopf. »Nein, Lodi, das tut es nicht. Im Gegenteil, es wird schlimmer.«

Er zog seine Jackentasche auf. Zum Vorschein kam eine Schachtel, auf der der Name eines Pharmaherstellers ins Auge stach. »Tafil« lautete die Überschrift, darunter stand: »Wirkstoff Alprazolam«. Thomas stopfte die Packung wieder zurück und zog den Reißverschluss zu. Er seufzte.

»Ich weiß jetzt, wie es sich anfühlt«, sagte er.

Zusammen verfielen sie in Schweigen. Lodi wusste nicht, was sie sagen sollte, ihre Zunge fühlte sich wie gelähmt an. Benzos, wie die Arzneimittel aus der Gruppe der Benzodiazepine genannt wurden, kamen vor allem zur Behandlung von Angststörungen und Panikattacken zum Einsatz. Die Patienten durften das Medikament allerdings nur kurzzeitig einnehmen, weil es ein hohes Abhängigkeitspotenzial besaß. Es wirkte beruhigend, indem es das Zentralnervensystem beeinflusste und die Weiterleitung von Erregungsinformationen hemmte.

Nach einer Weile, die Lodi unendlich lang vorgekommen war, beendete Thomas die Stille zwischen ihnen. »Ich erwarte nicht, dass du meine Entscheidung verstehst. Aber ich wünsche mir, dass du sie akzeptierst.«

Gern hätte Lodi »Ja, das tue ich« gesagt. Sie drehte sich auch zu ihm herum, holte Luft, öffnete den Mund – doch die Worte kamen einfach nicht über ihre Lippen. Nicht, weil sie nicht wollte, sondern weil in ihrem Kopf plötzlich ein Geistesblitz querschoss und diesen Satz verhinderte: Thomas ließ sie im Stich. Ein unfairer Gedanke, ermahnte sie sich, denn sie konnte nur erahnen, wie es ihm ging. Sie hatte nicht durchgemacht, was er durchgemacht hatte, fühlte nicht, was er fühlte. Trotzdem war dieses Gefühl da, unterschwellig musste es in ihr geschwelt haben. Sie verdammte sich dafür.

Es schien ihr auf die Stirn geschrieben. Thomas und sie sahen sich sekundenlang in die Augen.

»Es tut mir leid«, flüsterte er. Er drückte sich hoch, vergrub die Hände in den Hosentaschen und schlurfte davon. Lodi sah ihm hinterher.

»He, Thomas«, rief sie ihm nach.

Er drehte sich halbherzig zu ihr um.

»Pass auf dich auf, okay?«

Wieder nickte er bedächtig.

Kurz darauf wandte er sich ab und trabte weiter auf den Durchgang zur Straße zu. Er verschmolz mit der Dunkelheit, bis sie auch das Neongrün seiner Laufjacke gänzlich in sich aufgesaugt hatte.

* * *

Mit seinen Worten im Ohr und dem Bild vor Augen, wie Thomas ihr die Psychopharmaka präsentiert hatte, schleppte sich Lodi nach Hause. Sie hoffte, dass die Erinnerung an beides mit der Zeit verblassen würde wie ein altes Schwarz-Weiß-Foto. Sie wollte ihn anders im Gedächtnis behalten: als zuversichtlichen, verlässlichen, lustigen und ja, manchmal auch nervigen Kollegen. So, wie sie ihn während der sechs Jahre kennengelernt hatte.

Mit diesem emotionalen Gepäck auf dem Rücken kamen Lodi die Treppen noch anstrengender vor. Sie quälte sich Etage für Etage nach oben, und nachdem sie ihren Mantel ausgezogen und aufgehängt hatte, führte ihr erster Gang zum Kühlschrank. Ganz hinten, zwischen Käse- und Aufschnittpackungen, grub sie eine Flasche Weißwein hervor. Zum Glück hatte sie einen Schluck übrig gelassen. Sie schraubte den Deckel ab, wusch notdürftig ein Glas in der Spüle ab und goss sich ein. Beim Anblick der hellgelben Flüssigkeit kam ihr eine Frage von Dr. Klein in den Sinn: »Was tun Sie, um mit solchen Erlebnissen umzugehen?«

Ihr Weg war nicht der beste, das wusste sie. Aber jetzt brauchte sie dieses Glas. Man erfuhr nicht jeden Tag, dass man seinen engsten Kollegen verlor. Trotzdem gab sich Lodi ein Versprechen: Sobald sie diesen Fall abgeschlossen hatte, würde sie sich für die Zukunft eine bessere Strategie überlegen. Momentan fehlte ihr dafür die Kraft.

Sie setzte sich aufs Sofa und kostete den Wein. Mit verzogenem Gesicht stellte sie das Glas wieder ab, er schmeckte schal. Er hatte zu lange offen im Kühlschrank gestanden.

Lodis Blick wanderte durchs Wohnzimmer und streifte dabei das Notebook. Daniel hatte es hiergelassen, denn ihm war wohler damit gewesen, dass es bei ihr blieb. Sie nahm es vom Couchtisch herunter, stellte es auf ihren Oberschenkeln ab und weckte es aus dem Ruhezustand auf. Dankbarerweise hatte Daniel das System nicht heruntergefahren, sodass unmittelbar das Protokoll aufblinkte.

Lodi fing oben an. »FinSync. Ich weiß Bescheid.« Damit hatte Sonja den Chat eröffnet. Fünf Tage vor ihrem Tod, neunzehn Uhr zweiundvierzig. Die Antwort hatte nicht lange auf sich warten lassen, eineinhalb Minuten später schrieb ihr Mörder: »Was willst du?«

Eine Nachricht nach der anderen ging Lodi den Verlauf durch. Mehrmals scrollte sie wieder zum Anfang, las Wort für Wort. Für sie ergab die Unterhaltung keinen Sinn. Sie wirkte zusammenmontiert. Wie aus Versatzstücken, als hätten die beiden aneinander vorbeigeschrieben.

Auffällig war, dass Sonja entschlossen auf ihre Forderungen drängte. »Du weißt, was ich will«, lautete eine ihrer letzten Nachrichten. Die nebulöse Erwiderung: »Wer lange in einen Abgrund blickt, in den blickt irgendwann der Abgrund hinein.«

Lodi lehnte sich zurück und sah zur Decke. Sie dachte nach und tippte sich auf die Nasenspitze. Was konnte sie aus dem Protokoll ableiten?

Auf jeden Fall musste Sonja ihren Mörder gekannt haben, darauf wiesen mehrere Punkte hin. Zum einen duzten sie sich, was nahelegte, dass zwischen ihnen ein persönliches oder zumindest informelles Verhältnis bestanden hatte. Außerdem besaß Sonja seine Handynummer, und sofern diese nicht aus einer offiziellen Quelle stammte, konnte sie sie nur von ihrem Mörder erfahren haben.

Lodi schnappte sich ihr Handy und schrieb eine E-Mail an Öztürk. Obwohl sie sich nichts davon erhoffte, bat sie die Kollegin vom LKA, die Nummer zu checken. Wie sie Daniel gegenüber angedeutet hatte, vermutete sie, dass der Mörder sich derselben Täuschung bedient hatte wie bei der anderen Rufnummer. Möglicherweise hatte er sogar mehrere SIM-Karten bei Blum gekauft. So oder so würde die Überprüfung nichts ergeben, an den wahren Nutzer würden sie auf diesem Weg nicht herankommen.

Lodi kämpfte gegen die Müdigkeit, ständig fielen ihr die Augen zu. Bevor sie ihre letzte Maßnahme für heute ergriff, ging sie in die Küche und kochte sich einen grünen Tee. Mit der Tasse in der Hand, aus der süßlich-frisch duftender Dampf aufstieg, setzte sie sich an den Küchentisch und fuhr ihr eigenes Notebook hoch. Sie schaute Sonjas Einzelverbindungsnachweise und die Funkzellenabfrage vom Tattag durch.

Nichts. Die Nummer tauchte nirgendwo auf. Bei der einen oder anderen machte Lodi ähnliche Ziffernfolgen aus, aber mehr als ein paar Übereinstimmungen waren da nicht. Die Schlussfolgerung: Sonja und ihr Mörder hatten zwar miteinander gechattet, sich jedoch weder Nachrichten geschrieben noch telefoniert.

Lodi klappte das Notebook zu und trank weiter ihren Tee. Mit müden Augen und schweren Lidern stützte sie sich auf dem Tisch ab, ihr Kopf ruhte auf den Handflächen. In Gedanken ließ sie noch einmal diese rätselhafte Antwort von Sonjas

Mörder auf sich wirken. Was hatte er damit sagen wollen? Für sie klang er nach einer Warnung. Doch warum hatte er diesen sperrigen Satz gewählt? Es musste einen Grund dafür geben, das spürte Lodi. Aber welchen?

Sie nickte für ein paar Minuten ein. Als sie aufschreckte, bündelte sie ihre letzten Kräfte und schleppte sich hinüber ins Schlafzimmer. Ohne sich umzuziehen, ließ sie sich aufs Bett fallen und schlief ein.

Stunden später schreckte Lodi hoch. Sie saß senkrecht im Bett, fasste sich an die schweißnasse Stirn. Puls und Atmung gingen schnell und flach, hektisch schnappte sie nach Luft. Die nächste Panikattacke? Sie schloss die Augen und versuchte, sich zu beruhigen. Stellte sich denselben friedlichen Ort vor, an dem sie in diesem Moment war, die Bucht aus dem Sardinienurlaub. Sonnenstrahlen, Sand, Meeresrauschen. Es gelang ihr besser als neulich. Mit der Gleichmäßigkeit der Wellen stellte sich dieselbe auch für ihren Atem ein.

Dann riss sie die Augen auf. Es war keine Panikattacke gewesen! Jetzt, als sie wieder zu sich gekommen war, sah sie es klar vor sich. Diese Worte waren ihr vor Kurzem schon einmal untergekommen. Der Abgrund, der sich gegen denjenigen wendet, der zu lange in ihn hineinblickt. Bereits als sie diesen Spruch zum ersten Mal gehört hatte, war sie stutzig geworden. Nun erinnerte sie sich auch, wann das gewesen war. Und daran, wer ihn gesagt hatte.

Plötzlich ergab alles Sinn. Sonjas persönliches Verhältnis zu ihrem Mörder, die grauen Faserspuren auf der Leiche, die Berichte in der Zeitung … Die Teile fügten sich erschreckend logisch zusammen.

Lodi griff nach dem Handy auf ihrem Nachttisch. Fünf Uhr fünf. Zu früh, um bei der Staatsanwältin anzurufen. Sie musste sich noch mindestens zwei Stunden gedulden.

Sie schwang sich aus dem Bett, torkelte ins Bad und stellte sich unter die Dusche. Wenn schon an Schlaf nicht mehr zu denken war, konnte sie die Zeit wenigstens nutzen. Während das Wasser über ihren Körper lief, fiel ihr mit einem Mal ein, wo und wie sie mit ihren Ermittlungen fortfahren würde.

Blum. Er musste ihn identifizieren.

Alles, was sie dafür brauchte, war ein Foto.

Mittwoch, Morgen, Auto

Wieder Autobahn, wieder Fritzlar. Diesmal jedoch allein. Sie würde nachher zu Grün Kontakt aufnehmen, wenn sie zurück in Kassel war. Aber zunächst war Blum an der Reihe. Er erwartete sie, Lodi hatte ihn aus dem Bett geklingelt. Erwartungsgemäß besaß er keine E-Mail-Adresse, geschweige denn einen PC mit Internetzugang, der kurze Dienstweg schied demnach aus. Wenn sie ihm eine Frage stellen wollte, müsste sie zu ihm kommen, hatte er mit schlaftrunkener Stimme gesagt. Für den Preis eines Frühstücks würde er sich das Foto anschauen.

Auf der Dienststelle war Lodi über dunkle Flure und an gespenstisch leeren Büros vorbeigelaufen. Sie hatte sich den Schlüssel für den Mercedes aus dem Fach geholt und sich danach auf den Weg nach Fritzlar begeben. Kurz vor acht, hinter den Scheiben war es immer noch stockfinster. Wenn man der Radiomoderatorin Glauben schenken durfte, würde sich daran heute nur marginal etwas ändern. Null Sonnenstunden bei dichter Bewölkung, gebietsweise Regen, verkündete sie.

Lodi kam in Fritzlar an und parkte den Dienstwagen wieder am Grauen Turm. Obwohl Orientierung nicht zu ihren Stärken gehörte, fand sie den Weg durch die verwinkelten Gassen, ohne ihr Handy zu Hilfe zu nehmen. Anscheinend hatte sie ihn sich bei ihrem Besuch mit Grün gut eingeprägt.

Blum empfing sie in Boxershorts und Feinrippunterhemd. Er rieb sich die Augen. »Ich hätte nicht damit gerechnet, dass Sie wirklich kommen.«

»Hier bin ich nun.« Lodi sah an ihm hinunter. »Wollen Sie sich etwas anderes anziehen? Ich lade Sie zum Frühstück ein.«

Er gähnte und kratzte sich am Bauch. »Klingt gut. Geben Sie mir 'ne Minute.«

»Das waren sieben«, sagte Lodi, als Blum die Treppe herunter auf sie zukam. Er hatte lange gebraucht, um sich Schuhe, eine ausgewaschene Military-Hose und eine viel zu große Daunenjacke mit Fellkragen anzuziehen. Ein Dress, das jenem von neulich – dem schreiend bunten Jogginganzug mit Blitzen in Neonfarben – in nichts nachstand. Wahrscheinlich verfügte er so kurz nach seiner Rückkehr aus der Klinik noch nicht über ausreichend Garderobe. Was er trug, sah nach Altkleidersammlung aus.

»Tut mir leid«, sagte Blum schmucklos. Er schaute zum Himmel, verzog das Gesicht und streifte sich die Kapuze über. »Wohin gehen wir?«

Lodi zuckte mit den Schultern. »Sie wohnen hier.«

»Das Nägel. Ist ein nettes Café, drüben am Rolandsbrunnen.« Mit dem Kinn deutete er nach Osten.

Sie nickte. »Klingt gut.«

Schweigend trotteten sie über das vom Regen glitschige Kopfsteinpflaster. Blum ließ den Kopf hängen. Sie gingen am Gebäude der Stadtverwaltung vorbei und nahmen dann eine Abkürzung durch die Spitzengasse.

Sie waren die ersten Gäste im Café. Das »Nägel« befand sich in einem kleinen schiefen Fachwerkhaus. Im Gegensatz zur äußeren Fassade war die Innenausstattung zeitlos modern und schlicht gehalten. Sie suchten sich eine Sitzecke im hinteren Bereich aus und setzten sich. Blum griff nach der Frühstückskarte und studierte sie mit großen, offensichtlich hungrigen Augen.

»Geht auf mich«, stellte Lodi noch einmal klar. »Nehmen Sie, was und so viel Sie möchten.«

Er nickte sparsam.

Die Servicekraft kam an ihren Tisch, begrüßte sie mit einem Lächeln und nahm ihre Bestellung auf. Blum orderte einen Milchkaffee und das Frühstück für zwei Personen, mit Orangensaft statt Sekt. Lodi beließ es bei einer Tasse Tee und einem Früchtemüsli.

»Wenn Sie mir diese Aussage gestatten«, knüpfte sie an, »Sie sehen besser aus als neulich.« Sie zeigte auf den Bereich unter ihren Augen, wo sich bei Blum zwar weiterhin Ringe abzeichneten, sie waren jedoch kleiner geworden. Um zu verdeutlichen, dass er außerdem eine gesündere Farbe bekommen hatte, strich sie mit der Hand über ihr Gesicht.

»Danke«, erwiderte er. »Ich finde langsam wieder ins Leben zurück.«

»Sie machen das gut. Aber es ist hart, nehme ich an? Nach so einer langen Zeit?«

Er sah auf und blickte Lodi stumm in die Augen. Legte die Karte beiseite, seufzte und stützte sich auf die verschränkten Arme.

»Mir wurde eine neue Chance gegeben, dafür bin ich sehr dankbar. Aber ich bin unter schwierigen Bedingungen in mein zweites Leben gestartet.« Sein Blick wurde glasig. »Meine Freunde hatte ich schon vorher verloren. Meine Familie schämt sich für mich. Und versuchen Sie mal, mit diesem Lebenslauf einen Job zu finden.« Er griff erneut nach der Karte, diesmal jedoch, um an ihr zu nesteln. »Ich wünschte, ich könnte viele Dinge ungeschehen machen. Es ist egal, was ich tue, die

Menschen werden in mir immer den Junkie und Knastbruder sehen.«

Lodi presste kurz die Lippen zusammen. »Sie tun, was Sie können. Viele sehnen sich nach der zweiten Chance, die man Ihnen gewährt.«

Er nickte. »Ja, vielleicht.«

»Ist das der Grund, warum Sie sich zu diesem Treffen bereit erklärt haben? Weil Sie etwas gutmachen wollen?«

Er friemelte weiter an der Karte herum. Dabei vermied er jeden Augenkontakt, denn vermutlich hätte er Lodis fragendem Blick nicht standgehalten. Eine Weile starrte er stumm vor sich hin.

»Zeigen Sie mir einfach das Foto«, sagte er schließlich.

Sie griff in die Brusttasche ihres Mantels und holte den Ausdruck heraus. Strich das Papier glatt und schob es zu ihm über den Tisch.

Lodi hatte lange im Internet gesucht, bis sie auf die Aufnahme gestoßen war. Sie zeigte ihn bei einer Podiumsdiskussion, während seiner Wortmeldung. Ein größeres und schärferes Bild hatte sie von ihm nicht gefunden. Um ihn zu identifizieren, sollte es reichen.

Blum rührte sich nicht. Er stierte auf das Foto, schob die Augenbrauen zusammen, Falten bildeten sich auf seiner Stirn. Er bemerkte nicht, dass die Bedienung den Milchkaffee brachte und vor ihm abstellte. Lodi bedankte sich und schaute ihr hinterher, bis sie außer Hörweite war.

Anschließend drehte sie sich wieder um und beugte sich zu ihm über den Tisch. »Herr Blum, bitte versuchen Sie, sich zu erinnern. Haben Sie diesem Mann SIM-Karten verkauft?«

Er schwieg. Fing an, hastig zu blinzeln. Ließ seinen Kopf sinken und ging dichter an die Aufnahme heran.

Dann wich er plötzlich zurück, als hätte er etwas entdeckt. Unruhig rutschte er auf seinem Stuhl herum.

»Das da …« Er tippte auf das Ohr des Mannes. »Sehen Sie das?«

Lodi zog das Bild zu sich heran und nahm es dicht vors Gesicht. Tatsächlich. Bei genauem Hinsehen war es zu erkennen: eine Narbe am Ohrläppchen, nur wenige Millimeter lang.

»Scheint das Ergebnis einer Operation zu sein«, sagte Lodi. »Wahrscheinlich hat er früher Schmuck getragen. Es kommt häufiger mal zu Rissen in der Ohrmuschel.«

Blum nickte. Er streckte sich und tippte erneut auf das Bild, nun jedoch kräftig und entschlossen. »An diese Narbe erinnere ich mich. Einhundert Prozent.«

Lodi richtete sich auf. »Wie können Sie da so sicher sein?«

»Ganz einfach.« Er lehnte sich zurück und verschränkte die Hände hinter dem Kopf. »Weil ich ihn damals danach gefragt habe.«

* * *

»Er hat ihn erkannt!«

Lodi saß in Hannah Grüns Büro und zeigte auf die Stelle auf dem Foto, auf die Xaver Blum gestoßen war. Sie gab seine Erklärung weiter. »Eine Verletzung aus der Vergangenheit. Engel wollte als Jugendlicher Fleshtunnels tragen und hat dabei sein Ohrläppchen zu schnell gedehnt. Es ist gerissen und musste operativ geschlossen werden. An der Narbe ist er eindeutig zu erkennen.«

Grün wippte stumm mit ihrem Stuhl. Während Lodi der Staatsanwältin von den neuen Hinweisen berichtet hatte, hatte sie in ihrem Gesicht keinerlei Regung wahrgenommen. War die Energie, mit der sie sie vor Kurzem in der Eingangshalle der Justizbehörden empfangen hatte, etwa verflogen? Irgendetwas schien die junge Frau in ihrem Tatendrang zu zügeln.

Möglicherweise benötigte sie Zeit. Auch Lodi hatte eine Weile gebraucht, um die Teile zusammenzufügen und alles zu verarbeiten. Sie hoffte, dass Grün zu demselben Schluss kommen würde wie sie: dass Engel, den Xaver Blum anhand einer Narbe im Ohrläppchen wiedererkannt hatte, der Mörder von Sonja Werkmann war.

Grün atmete tief durch. »So leid es mir tut, Frau Lenke, aber das ist zu wenig für einen Anfangsverdacht.«

Lodi blinzelte sie irritiert an. »Zu wenig?« Sie nahm ihre Finger zum Aufzählen zu Hilfe: »Da sind die Faserspuren an der Leiche, dieselbe Farbe wie die Firmenkleidung. Wir wissen, dass Sonja ihren Mörder geduzt hat, was bei Finlytix alle tun. Blum hat ihn identifiziert, Engel hat also registrierte SIM-Karten bei ihm gekauft. Und ein Motiv haben wir dank der Chat-Protokolle ebenfalls.« Lodi nahm ihre Hand herunter und sah Grün auffordernd an.

Die Staatsanwältin wippte weiter mit ihrem Stuhl.

»Sie wissen, dass ich Sie sehr schätze«, leitete sie ein, nachdem sie eine Weile geschwiegen und währenddessen wohl überlegt hatte, wie sie Lodi das Folgende beibringen sollte. »Sie haben in dem Fall gute Arbeit geleistet. Ihr Kollege ebenfalls, und was ihm widerfahren ist, tut mir wirklich leid.«

Lodi spürte einen Stich in ihrer Brust. Sie wandte sich von ihr ab, denn die Erinnerung an ihr Gespräch mit Thomas blitzte wieder in ihr auf. Grün war über seine Entscheidung, den Dienst zu quittieren, noch nicht informiert. Sie hatte auf den Schusswaffengebrauch angespielt, und Lodi sah ihr an, dass ihr Mitgefühl nicht gespielt war, sondern von Herzen kam.

Sie sprach weiter: »Was das Motiv angeht, bin ich ganz bei Ihnen. Es spricht einiges dafür, dass die Erpressung dem Täter die Motivation geliefert hat. Bei Ihrem Verdacht gegen Max Engel stellt sich die Lage allerdings differenzierter dar.« Grün griff sich einen Kugelschreiber vom Tisch, lehnte sich zurück und nutzte den Stift, um ihre Argumente zu unterstreichen. »Lassen Sie uns alles zusammen durchgehen. Punkt eins: Faserspuren. Die können auch von jedem anderen grauen Kleidungsstück stammen, dafür müssten wir zunächst einen Abgleich vornehmen. Punkt zwei: die persönliche Ebene. Wir wissen nicht, mit wem Frau Werkmann gechattet hat, und das Duzen bei Finlytix ist bestenfalls ein Indiz dafür, dass der Täter aus diesen Reihen stammt, mehr nicht. Punkt drei: die SIM-Karte. Nun, selbst wenn wir annehmen, dass Engel bei Blum eine solche gekauft hat, können wir nicht nachweisen, welche das gewesen ist.« Sie presste ihre Lippen aufeinander, wie eine Entschuldigung für ihre deutlichen Worte. »Damit können wir keinen Anfangsverdacht gegen Engel begründen. Selbst für eine Vorladung reicht das nicht. Sie können versuchen, etwas aus ihm herauszubekommen. Vielleicht gelingt es Ihnen, ihn aus der Reserve zu locken, ich würde es begrüßen. Aber wenn ich Ihren Schilderungen Glauben schenke, dürfte das schwierig werden. Ohne weitere Beweise würde ich mir an Ihrer Stelle keine Hoffnungen machen.«

Lodi nahm es nickend hin. Was hätte sie auch antworten sollen? Sie hatte so sehr gehofft, die Staatsanwältin überzeugen zu können, doch es war ihr nicht gelungen. Mit einem Mal fühlte sie sich einsam. Ausgelaugt. Kraftlos. Sie hatte alles gegeben in den letzten Wochen. Jetzt war da nur noch Leere.

Sie stand auf, schnappte nach dem ausgedruckten Foto und klopfte zum Abschied auf den Tisch. »Vielen Dank für Ihre Zeit, Frau Staatsanwältin. Ich melde mich, sobald ich etwas Neues weiß.«

* * *

Schnaufend trat Lodi aus dem Gebäude und blieb unter dem Vordach stehen. Unschlüssig, wohin sie gehen sollte, schaute sie nach links zum Weinberg, dann geradeaus in die Fünffensterstraße und schließlich nach rechts zum Fridericianum hinunter.

Sollte sie zum Präsidium zurückkehren? Nein. In dem Büro zu sitzen, das Thomas und sie sich geteilt hatten, würde Erinnerungen an ihre gemeinsame Zeit wachrufen. Im Augenblick fühlte Lodi sich nicht stark genug, ihnen standzuhalten.

Sollte sie sich stattdessen ins Getümmel in der Fußgängerzone werfen? Auch keine gute Idee, denn nach dem Gespräch mit Grün wollte sie vor allem eines: allein sein. In Ruhe nachdenken. Die Ereignisse sacken lassen. Ihr graute vor der Vorstellung, viele Menschen um sich herum zu haben.

Sie entschied sich für die dritte Möglichkeit. Hinter dem Justizgebäude bog sie in die Seitenstraße ab, überquerte die Parallelstraße »Schöne Aussicht« sowie den roten Sandweg dahinter und setzte sich im Schneidersitz auf die hüfthohe Steinmauer am Rand. Unter ihr lag der Rosenhang, daneben das Ehrenmal. Vor ihr erstreckte sich die Karlsaue, durchzogen von verwunschenen und baumgesäumten Wanderwegen. Mit den Augen folgte sie dem Verlauf des Küchengrabens. Zu ihrer Rechten deuteten sich das Dach und die Säulen des kleinen Tempels auf der Schwaneninsel an, im hinteren Teil des Aueteichs, verschlungen vom Herbstgrau.

Lodi stützte die Ellbogen auf die Oberschenkel. Wie sollte es weitergehen? Sie würde das LKA bitten, die Faserspuren mit der Firmenkleidung abzugleichen. Eine Übereinstimmung würde Lodis Verdacht gegen Engel erhärten, aber keinen aussagekräftigen Beweis darstellen. Schließlich hatte Sonja selbst bei Finlytix gearbeitet und Firmenkleidung in ihrem Schrank gehabt, die Ermittler waren bei der Hausdurchsuchung auf sie gestoßen. Sogar im günstigsten Fall, wenn ein Abgleich ergeben würde, dass die Fasern zu den von Engel nachweislich getragenen Klamotten gehörten, wäre damit nichts bewiesen. Er würde behaupten, dass sie sich am letzten Arbeitstag vor ihrer Krankmeldung im Büro begegnet seien und sich umarmt hätten. Wie Lodi es drehte und wendete, sie musste der Wahrheit ins Auge sehen: Diese Spur führte in eine Sackgasse.

Dasselbe galt für die SIM-Karte. Grün hatte recht: Sie würden Engel niemals zweifelsfrei mit dem Kauf in Verbindung bringen können. Brutal ausgedrückt, hatten sie nichts in der Hand außer der Aussage eines ehemaligen Drogensüchtigen, der behauptete, ihm vor Jahren begegnet zu sein.

Ob sie sich verrannt hatte? Vielleicht wünschte sich Lodi zu sehr, dass sie nach all den Enttäuschungen endlich den Richtigen gefunden hatte, und konnte deshalb nicht mehr klarsehen. Möglicherweise tat sie Engel unrecht. Zwar war er gegenüber Thomas und ihr wie ein Kotzbrocken aufgetreten, aber das machte ihn noch lange nicht zum Mörder. Hannah Grün hatte es deutlich gesagt: Was sie brauchten, waren Beweise, und zwar handfeste.

Zum Beispiel das Tatwerkzeug. Der Stein, mit dem Sonja der Kopf eingeschlagen worden war. Bei der Leichenschau hatte Dr. Wittmann kleinste Steinkörner an der Schädeldecke gefunden, sodass die Kollegen vom LKA bei einem Abgleich das passende Gegenstück würden identifizieren können. Leider hatte keine der Suchaktionen den Stein zutage befördert, und das, obwohl der Tatort in einem größeren Radius als gewöhnlich abgesucht worden war. Unzählige Freiwillige hatten sich beteiligt, sie wohnten überwiegend in den Gemeinden im Umland und fühlten sich verpflichtet, die Polizei zu unterstützen. Lodi hatte dieses Engagement gerührt, doch leider half auch das nichts, die Tatwaffe blieb unauffindbar. Thomas und sie waren zu der Einschätzung gelangt, dass der Täter den Stein nicht am Tatort zurückgelassen haben konnte. Für sie sah es danach aus, dass er ihn entweder in ein Gewässer geworfen, vergraben oder auf anderem Weg entsorgt hatte. So oder so würde es einem Zufall gleichkommen, wenn er ihnen in die Hände fiel. Es sei denn, der Täter würde einen Fehler begehen und die Ermittler unbemerkt zu der Stelle führen, wo er sich der Tatwaffe entledigt hatte. Aber wieso sollte er das tun? Solange er sich in Sicherheit wähnte, würde er niemals …

Lodi streckte den Rücken durch. Bei diesem Gedanken drängte sich ihr eine Eingebung auf: Sie musste versuchen, ihn aufzuscheuchen. Sie musste ihm eine Falle stellen, sodass er hoffentlich in Panik geraten würde. Mit ein bisschen Glück schnappte sie zu, bevor er es bemerkte. Aber wie sollte ihr das gelingen?

Sie ließ ihre Ideen kommen und gehen und griff jede von ihnen auf, selbst wenn sie abwegig erschienen. Sie durchdachte sie, verwarf sie ganz oder teilweise und schmiedete einen Schlachtplan. Das könnte tatsächlich funktionieren! Sie würde Sonjas Mörder mit seinen eigenen Waffen schlagen.

Lodi lächelte sanft. Sie sprang von der Mauer und machte sich die Straße hinunter auf den Weg in Richtung Innenstadt. Dort würde sie das bekommen, was sie zur Umsetzung ihres Planes benötigte.

* * *

Lodi parkte den Mercedes unter einem Baum. Der Motor verstummte. Die Stille am Ende der Schanzenstraße übertrug sich auf das Innere des Wagens – und auf sie. Seit sie ihren Plan ausgetüftelt hatte, war ihr alles leichter gefallen. In ihrem Kopf hatte wieder Klarheit geherrscht.

Sie drehte sich um und schaute auf die andere Straßenseite. Zwar hatte sie Max Engels imposante Villa schon einmal mit Thomas und sogar bei Tageslicht bestaunt, doch dieser

Eindruck war zu oberflächlich gewesen. Erst jetzt betrachtete Lodi sie genauer.

Sie sah aus, als hätte sie viele Geschichten zu erzählen. Ihre Mischung aus Eleganz und Modernität stach aus der Nachbarschaft heraus. Glas, Sandstein und Holz vereinten sich harmonisch miteinander, und selbst im Dunkeln erkannte Lodi an der Fassade Schnitzereien und filigrane Details. Hinter den riesigen Fenstern mussten sich lichtdurchflutete Räume verbergen, zumindest an sonnigeren Tagen. Mit akkurat geschnittenen Hecken, die die farbenfrohen Blumenbeete umgaben, einer Steinbrücke, die über einen Bachlauf führte, sowie einem Teich mit Insel, auf dem eine Holzbank und ein Bistrotisch standen, fügte sich der Vorgarten nahtlos in dieses Bild ein.

Lodi griff nach dem Handy auf dem Beifahrersitz und öffnete das Nachrichtenmenü. Sie hatte das Fossil – mit Tasten, Mini-Bildschirm und ohne smarte Funktionen – bei einem Shop in der Innenstadt gekauft. Dann hatte sie sich auf einer Bank am Königsplatz auf die Lauer gelegt. Menschen waren über den Platz geströmt, Straßenbahnen vorbeigerattert, Zeit verstrichen.

Bald fiel Lodi ein Mann auf, der Passanten ansprach. Die meisten gingen wortlos weiter oder signalisierten, dass sie in Ruhe gelassen werden wollten. Manche blieben jedoch stehen, ließen sich anquatschen. Nach einer Weile zog man sich in eine schlecht einsehbare Häuserecke zurück, Hände wurden gereicht, Tütchen und Geldscheine wechselten die Besitzer.

Nachdem Lodi diesen Vorgang mehrmals mitverfolgt hatte, wusste sie, dass er der Richtige war. Sie schlenderte zu dem Kerl hinüber und sprach ihn beiläufig an. Er drehte sich herum, scannte sie in Millisekunden ab. Zu ihrem Glück schätzte er sie so ein, dass sie ihm nicht gefährlich werden würde.

Lodi unterzog ihn ebenfalls einem Schnellcheck. Er trug in Teilen zerfetzte Kleidung. Seine Haare hingen wirr ins Gesicht, es wurde von einem wilden Bart umrahmt, wies mehrere dunkle Stellen auf. Narben erzählten die Geschichten vergangener Kämpfe, waren stumme Zeugen seines Daseins auf der Straße. Sein Blick war durchdringend, als wähnte er sich allzeit auf der Hut vor der nächsten Bedrohung. Der Kerl schien ein rastloses Leben zu führen, voller Entbehrungen.

Lodi hatte sich bei ihm nach registrierten SIM-Karten erkundigt. Er hatte seinen Stückpreis genannt – sechzig Euro – und gefragt, wie viele sie brauchte. Dann hatten sie sich unter einen Kaskadenbogen gestellt und das Geschäft abgewickelt. Auf dem Weg zum Präsidium hatte Lodi die Karte in das Handy eingelegt.

Jetzt saß sie im Auto vor Engels Haus und schaute aufs Display. Sie tippte die Nachricht, die ihren Plan ins Rollen bringen sollte: »Der Stein. Ich weiß Bescheid.«

Sie zögerte. Sollte sie es wirklich tun? Mit diesem Schritt ging sie ein verdammt hohes Risiko ein. Nicht weniger als ihr Job stand auf dem Spiel, denn ihre Aktion war nicht mit der Staatsanwaltschaft abgesprochen. Lodi war jedoch zu der Erkenntnis gelangt, dass sie Engel auf anderem Weg sehr wahrscheinlich nie zu fassen kriegen würden.

Die Nachricht war ein Testballon. Sie würde ihn in der Hoffnung steigen lassen, dass sie Engel aus der Reserve lockte und unter Zugzwang setzte, denn unter Stress unterliefen Menschen die meisten Fehler – und die größten.

Lodi drückte auf »Abschicken«. Sie sperrte das Display, legte das Handy in der Mittelkonsole ab und sah hinüber zum Haus. Obwohl es erst kurz vor zwanzig Uhr war, brannte nirgends Licht. Trotzdem ging sie davon aus, dass jemand zu Hause war, denn in der Einfahrt parkten zwei Autos.

Lodi würde Geduld brauchen. Sie machte es sich bequem, zog an dem Griff unter ihrem Sitz und schob ihn weit nach hinten. Drehte an dem Rädchen an der Seite und brachte ihn in eine annähernd waagerechte Position. Zuletzt schaltete sie das Radio ein, wählte einen Klassiksender aus und stellte ihn auf die niedrigste Lautstärke.

Dann lehnte sie sich zurück. Sie schloss die Augen und ließ sich berieseln. »Spiegel im Spiegel« von Arvo Pärt. Die Klavier- und Geigenklänge streiften ihr Ohr, verschmolzen zu einer Melodie, transparent und klar wie Morgentau. Wie ein Fluss floss das Lied dahin. Sanft folgte es einem Auf und Ab, schwebte durch das Interieur. Es legte sich um Lodis Sinne und entführte sie in eine Welt innerer Ruhe und Stille.

Ein Vibrieren in der Mittelkonsole riss sie aus dieser Welt heraus. Sie schreckte hoch, griff nach dem Handy und schaute nach. Eine Antwort von Engel, nur drei Wörter: »Wer bist du?«

Lodi tippte die Erwiderung ein, die sie sich zurechtgelegt hatte: »Ich werde dich den Bullen ans Messer liefern.«

Abgeschickt. Ihr Blick wanderte wieder zum Haus auf der anderen Straßenseite. Immer noch kein Licht.

Sekunden darauf ein erneutes Vibrieren.

»Warum sollten sie dir zuhören?«

Lodi hatte mit so etwas gerechnet, Engel stellte sie auf die Probe. Er wollte herausfinden, ob sie etwas Konkretes gegen ihn in der Hand hatte. Ein entscheidender Moment, denn mit ihrer nächsten Nachricht spielte sie va banque.

»Der Stein«, textete sie zurück.

Wieder Warten. Sekunden vergingen, Minuten. Nichts passierte, das Handy blieb stumm. Sollte sie eine SMS hinterherschicken? Dachte Engel noch über seine Antwort nach oder hatte Lodi es verspielt?

»Der, mit dem du sie erschlagen hast«, schrieb sie. »Ich werde die Bullen zu der Stelle führen, wo du ihn entsorgt hast.«

Volles Risiko. Wenn Engel mit dem Stein anders verfahren war, als sie vermutete, wusste er jetzt, dass sie bluffte.

Dann würde er nun ihre Nummer blockieren und seelenruhig einschlafen.

Weiter keine Reaktion. Lodis Blick pendelte zwischen Handy und Haus hin und her. Weder tat sich etwas auf dem Display noch in der Villa. Als sie plötzlich Stimmen hörte, die sich ihrem Auto näherten, duckte sie sich. Ein Pärchen spazierte auf dem Bürgersteig vorbei. Sie konnte ihr Gespräch verstehen, die beiden unterhielten sich über den Film, den sie im Kino gesehen hatten.

Lodi wartete einen Augenblick, erst dann richtete sie sich auf. Engels kleiner Palast lag nach wie vor in Stille da. Kein Anzeichen dafür, dass sich daran bald etwas ändern würde.

Sie kämpfte gegen die Schwere ihrer Lider, ständig fielen ihr die Augen zu. Zum Glück hatte sie sich auch hierauf vorbereitet. Im Fußraum lag ihre Thermoskanne, sie hatte sie ausnahmsweise mit Kaffee befüllt. Auf den Koffeinkick hoffend, trank sie zwei Becher hintereinander. Das schwarze Gold floss warm ihren Rachen hinunter. Die Wirkung ließ nicht lange auf sich warten, der Kaffee hatte es in sich. Er putschte sie auf und hauchte ihr gefühlt neues Leben ein. Nun war sie fürs Warten gerüstet, egal, wie lang diese Nacht auch werden würde …

Mittwoch, Nacht, Auto

Sie wurde länger, als der Inhalt der Thermoskanne reichte. Lodi schlief ein. Ihr Traum wirkte real, als würde sie tatsächlich an einem Sommertag durch den Wald spazieren. Links und rechts des Pfades ragten Bäume in den Himmel. Buchen, Eichen, Fichten, Kiefern und Birken, ihre Blätterdächer ließen nur vereinzelte Sonnenstrahlen hindurch, sie spendeten Schatten und Kühle. In der Luft schwebte der Geruch nach Erde und frischem Grün. Vögel zwitscherten, ein Windhauch strich durch Lodis Haar.

Sie gelangte an eine Lichtung. In ihrer Mitte wuchs eine einzelne Birke, die ihre Äste wie Arme ausstreckte und deren Wurzeln tief in den Erdboden reichten. Lodi schlenderte zu ihr hinüber, berührte ihre weißbraune Rinde. Augenblicklich fühlte sie eine Verbindung zwischen ihnen. Ruhe und Geborgenheit durchströmten sie, als würde die Birke sie an ihrer Weisheit teilhaben lassen und ihr Mut zusprechen.

Dann plötzlich ein Licht. Lodi riss die Augen auf, mit einem Mal war der Wald verschwunden. Vor ihr die Straße, auf der anderen Seite das Haus. Der Bewegungsmelder im Vorgarten hatte eine Laterne eingeschaltet, sodass grelles Licht über den Rasen flutete. Und mittendrin Max Engel, eingepackt in

Mantel, Mütze und Schal. Lodi erkannte ihn an seiner Statur – und an dem entschlossenen Gesichtsausdruck, mit dem er auf das Gartentor zuging.

Sie rutschte auf ihrem Sitz ein Stück hinunter. So tief wie möglich, damit Engel sie nicht erkennen konnte, und hoch genug, um über den Fensterrahmen zu linsen. Ein Blick ins Postfach: Auf ihre letzte SMS hatte er nicht mehr geantwortet. Es war kurz nach halb drei. Was hatte er vor um diese Uhrzeit, mitten in der Nacht?

Engel verließ das Grundstück. Er drehte sich um und schloss hinter sich das Gartentor. Er trug einen Rucksack auf dem Rücken. Darin musste er einen oder mehrere Gegenstände transportieren, denn der Boden hing sichtbar durch.

Als Engel auf die Straße trat, sah er sich zu beiden Seiten um. Ein Licht flackerte auf, Lodi zog den Kopf ein. Der Kegel glitt an den Autofenstern vorüber, sprang von einem zum anderen und verweilte bei jedem für ein paar Sekunden.

Dann erlosch die Taschenlampe. Lodi wagte sich nach oben und sah auf die Straße. Engel musste sich sicher fühlen, denn er war nicht wieder ins Haus zurückgekehrt. Stattdessen ging er auf einen grauen Kleinwagen in einer Parkbucht zu, auf dessen Seite der Schriftzug eines Carsharing-Unternehmens prangte. Kurz darauf leuchteten die Blinker auf, Engel öffnete die Fahrertür und ließ sich hinters Steuer sinken.

Lodi sah ihm hinterher. Ihr Herz fing an zu klopfen, neue Fragen drängten sich ihr plötzlich auf. Warum war Engel nicht in eines seiner eigenen Autos gestiegen? Waren diese etwa nicht mehr fahrbereit? Und wo wollte er so spät hin? Hatte sie ihn mit der SMS doch aus der Reserve gelockt?

Sie wartete, bis er aus der Parkbucht gefahren war. In der Schwärze der Nacht schrumpften seine Rücklichter zu kleinen Punkten, er fuhr auf die Kreuzung am Ende der Straße zu und blinkte links. Raus aus dem Wohnviertel, Richtung Hauptstraße.

Lodi ließ den Motor an und nahm die Verfolgung auf.

* * *

Engel fuhr über die Rasenallee. In engen Serpentinen wand sich die Straße durch den Bergpark. Lodi blieb an ihm dran, immer dicht genug, um ihn nicht aus den Augen zu verlieren, und gleichzeitig mit dem nötigen Abstand, damit er sie nicht bemerkte.

An der Kreuzung zur Bundesstraße bog er nach links ab. Hier in der Nähe waren Sonjas Leiche und ihr SUV gefunden worden. Wenige Minuten später überquerten sie die Stadtgrenze. Lodi ging vom Gas und ließ den Abstand zwischen ihnen größer werden, denn sie durfte Engel unter keinen Umständen auffallen. Wenn er Verdacht hegte, wäre ihr Plan gescheitert. Immer wieder geriet sein Auto für einen Moment außer Sichtweite.

Als sie aus dem Wald hinausfuhren, erhob sich zu ihrer Rechten der Hohe Dörnberg in den Himmel. In der spätherbstlichen Finsternis sah er mystisch aus, wie ein dunkler Wächter über die Menschen in den Ortschaften an seinem Fuße. Wenige Hundert Meter weiter erreichten sie die gleichnamige Gemeinde. Engel schien sich auszukennen, denn vor einem Blitzer bremste er scharf ab und tuckerte durch den Ort. Dieselbe Strecke musste er in der Mordnacht gefahren sein. Welchen brauchbaren Beweis Lodi in der Hand gehabt hätte, wenn er dabei zu schnell gewesen und geblitzt worden wäre. Sie nahm sich vor, das zu überprüfen, sobald sie wieder im Präsidium war.

Sie kamen aus Dörnberg heraus, dann ging es weiter auf der Bundesstraße nach Habichtswald und bis zur Anschlussstelle der Autobahn, sie fuhren unter der Brücke durch und bogen Richtung Burghasungen ab. Gemütlich gondelten sie durch den Ort, vorbei an Feldern auf der einen und Einfamilienhäusern auf der anderen Seite. Engel schien Kurs auf die Kirche zu nehmen.

Er bremste überraschend ab und parkte in einer Seitenstraße. Lodi tat es ihm nach, stellte den Mercedes im Lichtschatten zwischen zwei Laternen ab und schaltete den Motor aus. Ihre Augen brauchten einen Moment, um sich an die Finsternis zu gewöhnen. Allmählich sah sie klarer, dort am Ende der Straße tappte Engel in Richtung des Berges, der direkt vor ihnen lag, davon. Lodi gewährte ihm einen Vorsprung, zählte leise die Sekunden, die sie verstreichen ließ.

Dann stieg sie aus, schloss den Dienstwagen ab und schlich ihm hinterher. Er folgte einem Pfad, der zwischen zwei Häusern hindurch den Berg hinaufführte. »Klosterruine« stand auf dem Wegweiser, Lodi erahnte in der Dunkelheit die Gemäuer der alten Benediktinerabtei. Hatte er den Stein hier in der Nähe entsorgt? Das erschien ihr unwahrscheinlich, da täglich vermutlich viele Menschen an dieser Stelle vorbeikamen.

Engel folgte dem Pfad an der Ruine vorbei und weiter den Berg hinauf. Angestrengt schaute Lodi ihm hinterher, doch sie sah lediglich einen Schatten, der mit der Nacht verschmolz. Eine schnelle Bewegung, ein kurzer Sprint, und schon hätte sie ihn verloren. Wenig später verschwand er zwischen den Bäumen.

Lodi blieb stehen. Bei diesem Anblick fing ihr Herz an zu rennen. Am Tag gelang es ihr zumindest wieder, sich einem Wald oder waldähnlichen Gebiet zu nähern, ans Hineingehen war jedoch nicht zu denken. Sie spürte eine innere Blockade, konnte sich nicht bewegen. Ihre Füße wie festgeschraubt auf dem Schotterweg, wieder schossen die alten Bilder bruchstückhaft durch ihren Kopf.

Wald. Mantel. Mutter.

Sie schwitzte. Unheil verkündendes Zittern. Herzrasen, Atemnot. Lodi begriff augenblicklich: Wenn sie Engel jetzt nicht in den Wald folgte, hatte sie die Tatwaffe nicht nur für den Moment verloren. Dann würde er genügend Zeit haben, sie ein für alle Mal zu entsorgen …

Ihr Plan funktionierte. Herzschlag und Atem verlangsamten sich, sie konnte wieder Luft holen.

Lodi öffnete die Augen. Vor ihr erstreckte sich der Wald, verströmte seine düstere Energie. Bleib ruhig, sagte sie sich, denk an den Strand. Vorsichtig erhob sie sich von den Knien, schaute auf das Dunkel zwischen den Bäumen. Sie musste jetzt stark sein.

Sie nahm ein paar tiefe Atemzüge und ging weiter. Sie setzte einen Fuß vor den anderen. Blieb nicht stehen. Auch nicht, als sie den Waldrand erreichte und sich die Bäume über ihr bedrohlich zu einem Blätterdach verwuchsen. Unter ihren Füßen schmatzte es, durch den Regen hatte sich das Laub mit dem Erdreich zu einer schlammigen Masse vermengt. Behutsam schritt Lodi voran. Schnell genug, um nicht stehen zu bleiben, und so langsam wie möglich, um nicht aufzufallen.

Dann plötzlich ein Rascheln. Es war von rechts gekommen, ganz aus ihrer Nähe. Lodi verlangsamte weiter ihren Gang, bewegte sich wie in Zeitlupe durchs Geäst.

Da war es wieder. Sie sah zu der Stelle hinüber … und erkannte den Schatten eines Menschen. Engel, wer sollte das sonst sein? Seinen Bewegungen und den Geräuschen zufolge schien er nach etwas zu graben.

Lodi pirschte sich heran. Sie hatte richtig vermutet, er buddelte mit einer Schaufel ein Loch in den Waldboden. Hatte er dort etwa den Stein verscharrt?

Sie ging in die Hocke und kramte ihr Handy aus der Tasche. Wartete. Als der richtige Moment gekommen war, entsperrte sie das Display und dimmte es herunter. Ihr Blick schoss zu Engel, er hatte nichts mitbekommen und grub unbeirrt weiter. Lodi richtete die Kamera auf ihn aus. Sie deaktivierte den Blitz und fing an, zu filmen. Vor Gericht würden die Aufnahmen keine Beweiskraft haben, das wusste sie. Aber in Verbindung mit der Tatwaffe, die sie bei ihm finden würden, sobald er wieder im Auto saß und Lodi Verstärkung gerufen hatte, würden sie seine Schuld bekräftigen.

Dann fiel ihr Blick auf das Batteriesymbol. Ihre Augen weiteten sich, es zeigte zwanzig Prozent. Hoffentlich ging ihr nicht mittendrin der Saft aus. Sollte sie das Handy besser wieder weglegen?

Zu spät. Mit einem Brummen machte das Gerät auf den niedrigen Akkustand aufmerksam.

Stille. Das Graben hörte auf. Nur Engels angestrengter Atem war aus seiner Richtung zu hören.

Lodi schaute zu ihm hinüber. Er hatte sich aufgerichtet, starrte ihr ins Gesicht, wie versteinert, mit der Schaufel in der Hand.

Sie erhob sich aus der Hocke. Jetzt oder nie.

»Polizei!«, rief sie ihm zu. Ihre Hand glitt an ihren Gürtel, wo normalerweise ihre Dienstwaffe klemmte. Sie hatte sie zu Hause im Safe gelassen, schließlich war sie – zumindest offiziell – nicht aus dienstlichen Gründen hier. »Bleiben Sie, wo Sie sind, Herr Engel. Und zwingen Sie mich nicht, zu schießen.« Behutsam bewegte sie sich auf ihn zu.

Mit einer blitzartigen Bewegung holte er aus und warf die Schaufel nach ihr. Lodi konnte gerade noch ausweichen, sie rauschte an ihrem Gesicht vorbei durch die Luft und landete im Blätterreich. Engel rannte durch die Dunkelheit davon.

Lodi nahm die Verfolgung auf. Sie sprang über Baumstämme, wich Ästen aus, die ihr ins Gesicht peitschten. Kurzatmig hetzte sie Engel hinterher und blieb an seinem Schatten dran. »Stehen bleiben!«, brüllte sie immer wieder. Er dachte nicht daran, aufzugeben. Im Abstand von wenigen Dutzend Metern wetzten sie durch die Nacht.

Bis er mit einem Mal aus ihrem Blickfeld verschwand. Seine Schritte verstummten, als hätte das Laub sie verschluckt. Lodi blieb stehen, stützte sich auf ihre Oberschenkel. Gierig saugte sie die kalte Luft ein, Atemwölkchen pufften aus ihrem Mund. Engel musste sich auf den Boden geworfen oder hinter einem Baum verkrochen haben. Lodis Herz schlug heftig in ihrer Brust.

Dann ging sie weiter. Sie bewegte sich möglichst lautlos, ihre Schritte wurden vom Waldboden gedämpft. Sie brauchte Licht. Sie nahm ihr Handy zu Hilfe und aktivierte die Taschenlampe. Ihr Blick schoss von links nach rechts, von einem Baum zum anderen. Der Kegel enthüllte nur Bruchstücke ihrer Umgebung. Knorrige Baumstämme, dichtes Unterholz.

Ein leichter Schauer setzte ein. Tropfen fielen von den Baumkronen, sie benetzten Lodis Kopf. Der Duft von frischer Feuchtigkeit, Moos und Erde stieg ihr in die Nase. Im Zusammenspiel mit dem lauen Wind klang der Regen wie ein Flüstern. Als wollte der Wald sie warnen, dass Engel ihr überall auflauern konnte. Ein Windhauch fuhr über ihr Gesicht, Gänsehaut kroch ihre Arme hinauf.

Plötzlich eine Bewegung. Ein Schatten glitt durchs Unterholz und löste sich wieder in der Schwärze auf. Lodi kniff die Augen zusammen und versuchte, etwas zu erkennen. Da war nichts, dieselbe Finsternis wie zuvor.

Mitten aus der Dunkelheit sprang eine Gestalt auf sie zu. Sie drückte sie brutal zu Boden, das Rauschen des Regens verschluckte Lodis Schreie. Das Handy fiel herunter, das Licht der Taschenlampe erstickte im Laub.

Engel hockte über ihr. Seine Hände schlossen sich um ihren Hals. Sie kämpfte um Luft und tastete hektisch nach Halt.

Angst und Wut schossen durch ihre Adern und saugten die Energie aus ihrem Körper.

»Niemand wird mein Lebenswerk zerstören«, zischte Engel. »Schon gar nicht eine versnobte Tussi oder eine jämmerliche Polizistin!«

Sein Griff zog sich weiter zu, wie ein Schraubstock. Verzweifelt grub Lodi ihre Fingernägel in seine Haut, doch sie wurde schwächer und schwächer. Ihre Gedanken wirbelten durcheinander, Erinnerungen schossen durch ihren Kopf, Gesichter, Momente, alles drohte sich zu überschlagen.

Mit einer letzten Anstrengung riss Lodi die Beine hoch. So fest sie konnte, rammte sie ihre Fersen in Engels Rücken. Überrascht taumelte er zurück, fluchte. Sie rollte sich zur Seite und griff nach dem Pfefferspray an ihrem Gürtel, das sie im Gegensatz zu ihrer Dienstwaffe nicht zu Hause gelassen hatte.

Lodi zielte auf ihn und drückte auf den Auslöser. Ein Sprühstoß löste sich, er hüllte Engel in eine Gaswolke. Er stieß einen erstickten Schrei aus. Reflexartig fuhren seine Hände zu seinem Gesicht, um die brennenden Augen zu reiben, doch vergeblich. Der Reizstoff entfaltete seine Wirkung. Ein stechender Schmerz, seine Lider mussten sich anfühlen wie Bleiklumpen, die Haut wie Feuer. Er wälzte sich über den laubbedeckten, nassen Waldboden, schrie.

Lodi stand atemlos daneben und sah auf ihn hinunter. Als sie wieder zu sich gekommen war, tastete sie nach dem Lederetui an ihrem Gürtel, öffnete den Druckverschluss und holte die Handschellen heraus. Sie griff Engel an den Unterarmen, drehte ihn auf den Bauch und legte ihm die Acht an.

»Hiermit nehme ich Sie vorläufig fest«, erklärte sie. »Wegen des dringenden Tatverdachts des Mordes an Sonja Werkmann.« Ihre Worte wurden von Schmerzensschreien übertönt.

Sie hob den Kopf und schaute nach oben. Der Regen war stärker geworden, immer mehr und immer größere Tropfen perlten an ihrem Gesicht entlang. Ohne zu wissen, warum, schloss Lodi die Augen und lächelte dem nachtschwarzen Himmel entgegen.

Unvermittelt ging ihr ein Gedanke durch den Kopf. Mit einem Mal durchströmten sie ungewohnte Gefühle von Sicherheit, Zuversicht, Gottvertrauen. Die Angst war verschwunden, wie weggespült vom Regen.

Sie hoffte, dass die Gefühle bleiben würden. Dass sie sich wieder so geborgen, behütet und bewacht fühlen würde, wie sie es als Kind und Jugendliche getan hatte.

Hier.

In dunklen Wäldern.

Tage später, Vormittag, Bebelplatz

Lodi saß als Einzige im Außenbereich des Cafés. Zum ersten Mal seit einer gefühlten Ewigkeit hatte die Sonne ihren Platz am Firmament zurückerobert und die Wolkenpanzer – zumindest für heute – verdrängt. Dem Spätherbst entsprechend folgte sie einer flachen Kreisbahn und stand tief am Himmel. Von Lodis Tisch betrachtet sah es aus, als würde sie in hauchdünnem Abstand über den Dächern schweben und die Häuser mit einem zarten Schimmer aus Gold bedecken.

Als ihr Handy klingelte, stieß Lodi einen Seufzer aus und schaute aufs Display. »Hallo, Frau Staatsanwältin.«

»He, Rambo«, erwiderte Hannah Grün. Sie klang beschwingt. »Oder wie soll ich Sie nennen?«

»Ich weiß schon, wer den Schaden hat …«

»Nur ein Scherz. Aber Sie haben ihn sich redlich verdient für Ihre Solonummer neulich.«

Lodi nippte an ihrem Tee. »Kein Problem, durch die Sprüche meiner Kollegen bin ich abgehärtet. Was kann ich für Sie tun?«

Auch Grün trank hörbar einen Schluck. »Ich wollte Sie nur darüber in Kenntnis setzen, dass Engel gerade ausgepackt hat.«

»Er hat gestanden?«

»Vollumfänglich. Unsere Argumente scheinen ihn überzeugt zu haben. Das Geständnis war seine einzige Chance auf Strafminderung.«

Sie spielte auf die Beweise an, die ihn belasteten, allen voran die Tatwaffe. Nachdem Engel abtransportiert worden war, hatte die Bereitschaftspolizei den Wald durchsucht. In dem Loch, das er gegraben hatte, fanden sie einen siebzehn Zentimeter langen, spitzen Stein, an dem vertrocknete Blutspuren hafteten. Die Kollegen vom LKA hatten herausgefunden, dass es sich um das Blut von Sonja Werkmann handelte. Sie verglichen die Hautreste unter den Fingernägeln der Leiche mit Engels DNA und erhielten eine Übereinstimmung. Das Gleiche bei den Fingerabdrücken am Hals, es waren seine. Dass bei der Durchsuchung seiner Villa zudem die beiden auf Xaver Blum registrierten SIM-Karten gefunden wurden, setzte der Beweislage die Krone auf. Engel musste eingesehen haben, dass seine Lage aussichtslos war. Gern hätte Lodi die Befragungen geführt, doch wegen des Alleingangs hatte von Rheinfeld endgültig rot gesehen und sie von dem Fall abgezogen. Obwohl Kathrin es abgelehnt hatte, für Thomas nachzurücken, war es dem Präsidenten mit seiner – euphemistisch ausgedrückt – überzeugenden Art gelungen, ihr diesen Fall aufs Auge zu drücken.

»Was ist mit FinSync?«, fragte Lodi. »Haben Sie dazu etwas herausbekommen?«

»Haben wir«, antwortete die Staatsanwältin. »Es handelt sich um eine App, die Finlytix entwickelt hat.«

»Also ganz harmlos?«

»Keinesfalls. Mithilfe der SIM-Karten hat Engel auch mit anderen Firmenchefs von großen Privatbanken und

Versicherungen kommuniziert, was wiederum meine Kollegen vom Sekretariat 56 auf den Plan gerufen hat. Wirtschaftsstrafsachen.«

»Okay …«

»FinSync sollte eine Art Trojanisches Pferd werden. Engel wollte darüber sensible Personendaten der Nutzer abgreifen und diese weiterverkaufen.«

»Wissen ist Macht«, zitierte Lodi.

»In unserer Zeit ganz besonders«, stimmte Grün ihr zu. »Nicht nur für Banken und Versicherungen können diese Daten Gold wert sein. Je genauer Unternehmen die Gewohnheiten ihrer Kunden kennen, desto besser. Da sind schwindelerregende Summen im Spiel.«

»Und Sonja hat davon gewusst?«

»Das behauptet zumindest Engel. Einer der beiden App-Entwickler soll ihr im Suff nach einer After-Work-Party davon erzählt haben. Sie muss davon ausgegangen sein, dass sie das große Los gezogen hatte.«

»Sie wollte Engel hochgehen lassen?«

»Sieht ganz danach aus.«

»Aber welche Beweise hatte sie?«

»Nun, die brauchte sie gar nicht.« Die Staatsanwältin schlürfte erneut an ihrem Getränk. »Sie haben von Viron und den Übernahmeplänen gehört?«

»Ich habe darüber gelesen.«

»Die bloßen Gerüchte in der Presse hätten gereicht, um Engel in unseren Fokus zu rücken. Das hätte Finlytix in die denkbar schlechteste Verhandlungsposition gebracht.«

»Niemand wird mein Lebenswerk zerstören!«, gingen Lodi seine Worte im Wald durch den Kopf. Dort hatte sie sie kaum wahrgenommen. Sie hatten sich in das Karussell aus Gedanken, Geräuschen, Gerüchen und Erinnerungen ihres halb bewusstlosen Gehirns gemischt. Jetzt verstand sie, dass Engel bei dem

Versuch, auch sie auszuschalten, das Motiv für den Mord an Sonja Werkmann offenbart hatte.

»Wir werden sehen, worauf sein Anwalt plädieren wird«, holte Grün sie ins Hier und Jetzt zurück. »Was ist mit Ihnen? Es tut mir leid, dass man Sie abgezogen hat.«

»Ich werde es überstehen«, antwortete Lodi. »Der nächste Fall steht bestimmt schon bald am Himmel.« Sie schaute flüchtig nach oben. Strahlendes Blau, eine herbstlich schwache, aber immerhin sichtbare Sonne. »Auch wenn er heute nicht danach aussieht.«

Die Staatsanwältin lachte verhalten. »Das stimmt. Aber Sie und ich wissen, dass da oben in Kürze wieder dunkle Wolken aufziehen können.«

»O ja«, antwortete Lodi. »Leider.«

Niemand wusste das so gut wie sie.

* * *

Lodi wollte es versuchen. War sie inzwischen nicht einen guten Schritt vorangekommen? Irgendetwas hatte ihr die Hoffnung zurückgegeben, dass sie sich schon bald wieder für längere Zeit am Stück in einem Wald aufhalten können würde.

Sie malte sich aus, wie dieser Moment sein würde: Sie lag im Moos und tauchte in eine tiefere Verbindung mit der Natur ein. Dazu schloss sie die Augen und lauschte. Sonnenstrahlen, die durch das Blätterdach drangen, erwärmten ihr Gesicht und warfen am Boden sanfte Muster aus Licht und Schatten. Vogelgesänge mischten sich in das Blätterrauschen, sie klangen wie ein Orchester der Natur. Ein Windhauch streifte über ihr Gesicht und erfrischte sie.

Dann konzentrierte Lodi sich auf das Riechen. Mit jedem Atemzug fing sie den Geruch nach Erde ein, den der Wald verströmte, und dazu den Duft der Wildblumen, der sich mit dem

Moos und den Blättern vermischte. Sie verbanden sich zu einer olfaktorischen Symphonie.

Lodi öffnete ihre Augen wieder, um die kleinen Wunder um sie herum zu bestaunen. Sie machte eine Ameise aus, die einen winzigen Zweig trug. Danach zog ein Schmetterling ihre Aufmerksamkeit auf sich, er tanzte in der Luft, sodass seine Flügel im Sonnenlicht schimmerten. Über den Stamm des Baumes, unter dem sie lag, huschte ein Eichhörnchen nach oben und verschwand in der Baumkrone.

In diesem Moment kam Lodi wieder die Faszination in den Sinn, die sie als Jugendliche im Wald empfunden hatte. Ihr Herz pulsierte, sie spürte, wie die Energie des Waldes sie erfüllte. Ein Moment der Ruhe und Verbundenheit. Sie fühlte sich eins mit der Natur. Der Wald umhüllte sie mit seiner Pracht und schenkte ihr einen Augenblick der Stille. Während Lodi den Klängen lauschte, die kleinen Wunder um sie herum beobachtete und die Düfte einatmete, erkannte sie sich selbst als Teil des großen Ganzen.

Doch bis es so weit war, musste Lodi noch ein erhebliches Stück gehen. Deshalb wollte sie sich in kleinen Schritten voranwagen. Konfrontationstherapie in Etappen.

Sie setzte sich in die Straßenbahn und fuhr bis zur Endhaltestelle unterhalb des Bergparks. Auf der anderen Straßenseite begann die Herausforderung, der Schotterweg führte sie bergauf zum Schloss Wilhelmshöhe. Sie blieb stehen, beschirmte ihre Augen zum Schutz vor der Sonne und schaute nach oben auf den klassizistischen Palast. Von ihrer Dachterrasse aus hatte sie ihn in der letzten Zeit häufig umhüllt von regenschwerem Nebeldunst gesehen, doch jetzt erstrahlte der Himmel darüber in klarem Blau.

Lodi kämpfte sich den Weg hinauf, sie konzentrierte sich auf jeden ihrer Schritte. Achtete zugleich darauf, dass ihr Atem frei, ruhig und gleichmäßig floss und versuchte, sich von den

Baumreihen, die den Weg in eine Allee verwandelten, nicht verunsichern zu lassen. Bei der Verfolgung von Engel hatte sie es auch geschafft, ihre Ängste für den Moment zu unterdrücken, doch da – so beurteilte es zumindest Dr. Klein – habe dies vor allem am Adrenalin gelegen. Die Lage jetzt war eine andere.

Lodi spazierte zur Rückseite des Schlosses und setzte sich auf eine Bank mit Blick auf die Schlosswiese. Bei gutem Wetter tummelten sich auf ihr zahlreiche Menschen, sodass sich auf dem Grün ein Mosaik aus bunten Decken erstreckte. Heute war die Wiese leer. An sie grenzte der Fontänenteich an, über den der Jussow-Tempel als einziges Gebäude auf einer kleinen Insel wachte. Dahinter stieg der Bergpark steil an, bis zu den Kaskaden hinauf zum Oktagon und Herkules. So oft hatte Lodi sich schon vorgenommen, die beleuchteten Wasserspiele anzuschauen, aber sie selbst und ihre Ängste hatten ihr stets im Weg gestanden.

Es waren nur wenige Spaziergänger unterwegs. Wahrscheinlich, weil es unter der Woche und gegen Mittag war. Lodi sah zwei Personen auf sich zukommen, einen schlaksigen, hochgewachsenen Mann und eine junge, schwarz gekleidete Frau. Sie sprachen angeregt miteinander, blieben stehen, gestikulierten, gingen ein paar Schritte weiter.

Lodi interessierte sich für die beiden und behielt sie im Blick. Allmählich näherten sie sich ihr, bis …

Sie kniff die Augen zusammen und beugte sich vor. Sah genauer hin. Diese blau gefärbten, hochtoupierten Haare, das selbst aus der Ferne auffällig weiße Gesicht … Das war Marina!

Jetzt erkannte sie auch den Mann an ihrer Seite, es war ihr Vater. Er trug einen dunkelblauen Anzug, als läge ein offizieller Termin vor oder hinter ihm. Vielleicht hatte er gerade seinen Anwalt besucht, dachte Lodi. Denn sie wusste, dass die Staatsanwaltschaft wegen seiner Verstöße gegen das Arzneimittelgesetz sowie des unerlaubten Waffenbesitzes und

-gebrauches ein Strafverfahren gegen ihn eingeleitet hatte. Ob Marina und er darüber sprachen? Oder diskutierten sie über etwas anderes? Trotz ihrer Bemühungen konnte Lodi nichts verstehen außer Raunen und Gemurmel.

Unverhofft blieben die beiden stehen. Sie wandten sich einander zu, schauten sich an, schwiegen. Dann fiel Marina ihrem Vater plötzlich in die Arme. Sie schmiegte sich an ihn, als wollte sie ihn erdrücken. Sie vergrub das Gesicht an seiner Brust, schluchzte, wie Lodi aus ihren zuckenden Bewegungen schloss, als sähe sie ihn zum ersten Mal nach einer langen, langen Abwesenheit. Auch Martin Werkmann zog seine Tochter fest an sich. Er schloss die Augen, drehte seinen Kopf zur Seite, legte ihn auf ihrem ab, streichelte über ihr Gesicht.

Versöhnung. Frieden.

Dieser Anblick weckte vergessene Bilder ins Lodis Kopf. Ihr Vater, im Streifenwagen der Polizei, ihr Vater als Angeklagter vor Gericht, ihr Vater als Häftling. Und heute? Seit Jahren schon war er wieder ein freier Mann. Doch an seiner Präsenz in Lodis Leben hatte das nichts geändert. Für sie galt, was sie ihm damals gesagt hatte, als sie nach der Verkündung des Urteils im Gefängnis vorbeigekommen war: nämlich, dass ihre Mutter dort im Wald nicht allein gestorben war, sondern er mit ihr. Er hatte nur dagesessen, zu Boden gestarrt und geschwiegen, so wie immer seit seiner Verhaftung. Als Lodi die Haftanstalt verlassen hatte, hatte sie nicht zurückgeschaut. Am Tag des Mordes an ihrer Mutter war sie zur Vollwaise geworden.

Dann spürte sie mit einem Mal Blicke auf sich ruhen. Sie hob den Kopf, und tatsächlich: Martin Werkmann sah zu ihr herüber, er schien sie zu erkennen. Ein Lächeln zeichnete sich in seinem Gesicht ab, seine Augen glänzten. Langsam hob er einen Arm und winkte Lodi zu.

Dann löste Marina sich aus der Umklammerung ihres Vaters und zeigte in Richtung des Teiches. Arm in Arm zogen sie davon, hin und wieder berührten sich ihre Köpfe leicht, sie lachten. Lodi schaute ihnen noch eine Weile hinterher. Sie folgten dem Weg, der nach links abzweigte und tiefer in den Westflügel des Bergparks hineinführte.

Als die beiden außer Sichtweite waren, erhob sie sich von der Bank und trat den Rückweg an. Sie ging hinunter zur Haltestelle, wo die Straßenbahn wartete.

Den ersten Teil ihrer Konfrontationstherapie hatte Lodi erfolgreich absolviert. Sobald sie sich bereit für den nächsten fühlte, und in Rücksprache mit Dr. Klein, würde sie ihn wagen. Ohne Eile. Einen Schritt nach dem anderen.

Folge der Autorin auf Amazon

Wenn dir dieses Buch gefallen hat, folge Rieke Jost auf Amazon. Dann erhältst du eine Benachrichtigung, wenn die Autorin ihr nächstes Buch veröffentlicht. Um der Autorin zu folgen, gehe bitte folgendermaßen vor:

Desktop:

1) Suche auf Amazon.de oder in der Amazon App nach dem Namen der Autorin.
2) Klicke auf den Namen der Autorin, um auf die Autorenseite zu gelangen.
3) Klicke auf den »Folgen«-Button.

Smartphone und Tablet:

1) Suche auf Amazon.de oder in der Amazon App nach dem Namen der Autorin.
2) Klicke auf einen Titel der Autorin.
3) Klicke auf den Namen der Autorin, um auf die Autorenseite zu gelangen.
4) Klicke auf den »Folgen«-Button.

Kindle eReader und Kindle App:

Wenn du dieses Buch auf einem Kindle eReader oder in der Kindle App liest, wird dir automatisch angeboten, der Autorin zu folgen, nachdem du die letzte Seite des Buches gelesen hast.

FSC
www.fsc.org
MIX
Papier | Fördert
gute Waldnutzung
FSC® C083411

Zeitfracht Medien GmbH
Ferdinand-Jühlke-Straße 7
99095 Erfurt, Deutschland
produktsicherheit@kolibri360.de

Druck:
CPI Druckdienstleistungen GmbH
im Auftrag der
Zeitfracht Medien GmbH
Ein Unternehmen der Zeitfracht - Gruppe
Ferdinand-Jühlke-Str. 7
99095 Erfurt